晉江破200億積分
大神級作家

犀利筆鋒柔軟筆觸之
最強說書人

Priest
著

創時代新武俠風格鋒芒十足

北斗倒掛，天將破曉，再長的噩夢，也總有被晨曦撕碎的時候！
周翡亂世橫刀，謝允跑馬江湖，譜一曲盪氣迴腸的有匪長歌！
超值收錄八篇番外，揭祕更多江湖隱事！

有匪

挽山河

肆

大結

長河入海，茫茫歸於天色也——

目錄

第五十一章　進退　7
第五十二章　螳臂當車　32
第五十三章　應「姑娘」　49
第五十四章　齊門禁地　76
第五十五章　破而後立　100
第五十六章　白骨傳　124
第五十七章　喪家之犬　144
第五十八章　不可說　166
第五十九章　南都金陵　181
第六十章　風滿樓　199
第六十一章　霜色滿京華　212

尾聲 231
番外一 少年子弟江湖老 238
番外二 託孤 251
番外三 夜深忽夢少年事 271
番外四 道阻且長 282
番外五 郎騎竹馬來 289
番外六 桃李春風一杯酒 308
番外七 朱雀橋邊 315
番外八 狂瀾之巔 325

第五十一章 進退

石頭的位置雖然很低，對於小孩來說，也須得墊著腳了，他那小細胳膊約莫也就兩根手指粗，基本沒什麼力氣，扒著山岩半晌，那石頭仍然紋絲不動。

周翡問道：「你做什麼？」

小孩被她的聲音嚇得一哆嗦，警惕地側過身，後背緊靠在山岩上，像一隻受了驚嚇的小動物。

周翡無奈，只好順手將凶器碎遮往楊瑾背後一掛，走上前去，扣住那塊石頭，往下一掰……她沒掰動。

周翡有些意外，手指陡然繃緊，手背上跳出一片青筋，她使了八成力，沙土被內力所激，簌簌地往下落，那石塊卻仍然紋絲不動。先前她見那孩子篤定地伸手摳，還以為只是一塊虛虛塞在裡面的石頭，沒想到它居然和後面的山岩是一體的。

吳楚楚半蹲下來，小心翼翼地看著那小孩的眼睛，問道：「你為什麼要去摳那塊石頭呀？那裡有什麼嗎？還是你看見家裡大人把它拿下來過？」

那小孩怕周翡，對吳楚楚倒是還行，他低著頭不吭聲，手指有一下沒一下地摳著背後的石縫，偷偷瞥了周翡一眼，然後飛快地點頭。周翡皺了皺眉，她近幾年確實專注破雪刀，可也不代表別的功夫不行，到了一定程度以後，武學一道都是觸類旁通的——倘若連她都掰不開那塊石頭，那幾個尋常農夫又是怎麼做到的？

他們要是有這手功夫，豈會被人輕易殺死在路邊？

李妍彎下腰看著那孩子，問道：「哎？他怎麼都不說話？我看他跑得挺利索的，也聽得懂別人說話，不該不會說呀。」

小孩把自己縮得更小了。

周翡想了想，說道：「說不定山谷中人確實是靠一些活動的石頭做路標，但這小崽不見得記得是哪塊，不如我們在附近找一找。」

楊瑾抓緊一切機會嘲諷她道：「是妳不行吧？」

周翡對楊挑釁這種沒事找事的貨色無話可說，乾脆往旁邊退了一步：「你行你來。」

楊瑾哼了一聲，十分寶貝地將碎遮安放在一邊，拽出自己的斷雁刀，他乃是個南疆人中的異類，生得十分高大，雙臂一展足有數尺，手持那雁翅大環刀的時候，天然便有架勢，只見他退後半步，雙肩微沉，低喝一聲。

「斷雁十三刀」在他掌中絕不僅僅是架勢，楊瑾驀地上前一步，大刀好似要橫斷泰山似的轟然落下，刀風也被利刃一分為二，「嗚」一聲短促的尖鳴，站在三步之外的李妍被那勁風刮得半個臂膀生疼，她罵了一句「蠻人」，急忙拎起縮成一團的小孩，往旁邊躲去。

刀刃與山石撞出一聲叫人牙酸的響動，「嗆」一聲在山中經久不絕，刀尖精準無比地切入了幾乎被塵土蓋住的細小石縫中，整個岩壁都被他這石破驚天的一刀震得顫動不休……然而沒什麼用。

斷雁刀以蠻力將原本的石縫加深了半寸有餘，但那塊小孩指認過的石頭仍然紋絲不動地長在原地。

楊瑾怒吼一聲，從腦門一直紅到了鎖骨，當即便要抽刀再戰。

李晟方才沒來得及出聲阻止，此時終於看不下去了，說道：「楊兄，就算那山谷中的人真用活動的石頭做路標，那也是大人做的路標，大人怎會特意挑這麼矮的石頭？你……你……」

周翡「嗤」一聲笑了出來，接道：「是不是傻？」

楊瑾：「……」

吳楚楚眼看幾個同伴有內訌的趨勢，忙出聲打岔道：「但至少說明這孩子沿途曾經看見過父母取下山壁上的石頭，對吧？孩子如果有樣學樣的話，會不會說明放石頭的大人當時也是墊著腳的？」

周翡伸長了胳膊，微微踮起腳，在上層的山岩上摸了一圈，感覺每塊石頭都結結實實地紮根在原地，沒摸出哪塊被人動過手腳。

「還是沒有。」周翡皺眉道，「會不會是那小崽連地方也記錯了？」

「那應該不會，」吳楚楚輕聲細語地說道，「前面就是岔路口，妳看，阿妍一個從沒來過此地的人，都知道在樹坑下作記號，如果谷中人真的留下過記號，肯定也是在每個岔路附近。」

眾人聞言，一時都沉默下來，五個人十隻眼睛都不時若有所思地往那小孩身上瞟，那孩子好像更不安了，將自己蜷成一小團，臉埋在了吳楚楚懷裡，顯然，指望從他嘴裡問出點什麼是夠嗆了，何況這麼小的孩子也未必能條分縷析地說出他見過的事。

突然，李妍開口道：「有沒有可能……」

眾人一同望向她。

李妍縮了縮脖子：「就……我就隨便一說，那個，姐……會不會是妳……不夠高？」

周翡瞥了她一眼，楊瑾斜著眼一瞥周翡頭頂，露出個鄙視的笑容。

李妍忙氣沉丹田，站穩立場，鏗鏘有力道：「不過長那麼高沒用，咱又不立志當傻大個！我是說……要麼你往上看看？」

傻大個楊瑾：「……」

他為什麼要和這些討厭的中原人混在一起？

李晟道：「我來。」

他話音沒落，便見周翡腳尖在地面上輕輕一點，倏地躥上了山岩間，腳步輕得好似一片羽毛，被斷雁刀禍害了個夠的山壁上竟連一粒沙都沒滾下來。李晟從來都知道周翡不以輕功見長，然而時至今日，她這仿如清風的輕功卻叫他心頭突然冒出「無痕」二字。

不知怎麼的，李晟想起了謝允。

「發什麼呆，」周翡輕巧地攀在山岩上，說道，「刀遞給我。」

李晟回過神來，忙將碎遮扔給她，周翡便用刀柄將上上下下的石塊來回敲過去，忽然，李妍叫道：「小心！」

只見一塊巴掌大的石頭憑空脫落了下來，周翡眼疾手快，一抄手接住，翻身從山岩上一躍而下。山岩上多出了一個空洞，露出裡面小小的機簧來，一旦石塊被人敲擊，機簧就會自動起跳，把那石頭彈出來，只是機簧經年日久，已經微微有些生銹，幸虧周翡謹慎起見多敲了幾遍，否則一不小心便將它漏過去了。

李晟問道：「石頭上有什麼玄機？」

「好像畫了個方向。」周翡道，「等等，這又是個什麼？」

「拿來我看。」李晟忙接過來，只見那小小的石板上居然刻了一幅八卦圖，旁邊是密密麻麻的注解，都是蠅頭小字，一不留神便要看串行，而內容也十分高深，不說楊瑾之流，就算周翡都不見得能把字認全。

這東西會出自谷中避難的流民之手嗎？

李晟大致掃了一眼，見那刻石的人好像怕人看不懂，在一堆複雜的注解中間騰出了一小塊地方，刻了個簡單粗暴的箭頭，一面寫著「出」，一面寫著「入」。

「是指路標。」李晟道，「這山谷怕是人為的，進出的密道也都是前人事先留下的……會是齊門禁地嗎？可既然是禁地，怎會容這麼多外人靠近？」

幾個人想著無論如何要先看看再說，便就地解決了那斑鳩斥候，沿途摸了過去，每到一個岔路口，便按著這種方式四下尋找石頭路標，李晟還將每個路標上面複雜的八卦陣法圖解都拓了下來。都是年輕人，腳程很快，然而儘管這樣，還是在此地繞了足有兩個多時辰，周遭山石林木簡直如出一轍，若不是石頭路標上的注解各有不同，他們幾乎要懷疑自己還在原地兜圈子。

從日落一直走到夜深，露水都降下來了，那好似一成不變的林間小路終於拐了個彎，視野竟開闊起來，李妍心神俱疲，見此又驚又喜，剛要開口叫喚，被周翡一把捂住嘴。李晟一擺手，幾個人便藏在路邊陰影處，那孩子也十分乖覺，睜著大眼睛一聲不吭。

片刻後，只見小路盡頭有人影閃過，竟有人來回巡邏。

李晟衝周翡一點頭——找對地方了。

周翡提起碎遮，倏地旋身而起，這一夜正好月黑星黯，她掠上樹梢，一片葉子也未曾驚動，像一隻警惕的鳥，轉眼便不見了蹤影。

深夜潛伏的事她已經駕輕就熟，不著痕跡地從夜色中穿過，幾個起落便逼近到了山谷入口處，周翡探頭一看，只見那裡居然守著十多個衛兵，比普通的城門樓還要森嚴些，衛兵們個個披甲執銳，卻是面朝山谷——顯然，這些人不擔心外人能闖進來，防的是山谷中的人逃出去。

整個山谷亮如白晝，山谷入口附近，碎枝杈與木頭樁子堆在一堆，都是新砍下來的樹，葉子還很鮮亮，不知是不是因為有人借著山間密林出逃後加強了防備。

不時有披甲之人來回走動的金石之聲順風傳來，森嚴非常，果然是有大軍駐紮。

這時，周翡聽見一聲熟悉的鳥叫，她抬頭一看，見山上有什麼東西衝她一閃，原來李晟他們是爬到了高處。

周翡同他十分有默契，一聽這鳥語，便明白了他的意思，手中扣了一把餵馬的豆子，揚手打了出去，黑豆加了勁力，撞到山岩石塊上，「劈里啪啦」一陣亂響，衛兵們立刻被驚動，紛紛拿起刀劍四下尋覓。

周翡倏地從樹上落下，衛兵們只覺得一道黑影閃了過去，根本看不出是不是人，當即如臨大敵地追了過去，尖銳的哨聲四下響起，那山谷入口處一時一片混亂，趁周翡引開衛兵的時候，李晟等人飛快地從山岩上比較黑的地方跑過，好在山上的樹沒來得及砍光，只有入口處清理乾淨了，躲過了那一小段路，裡面不至於無處藏身。

入口處的衛兵叫周翡遛了個夠，最後，一圈拿著刀劍的人順著聲響小心地逼近木頭堆，為首一人連著衝手下打了好幾個手勢，繼而驀地上前一步，大喝一聲，用手中長槍捅向一堆樹葉，只聽枝葉間一慘叫，嚇得眾衛兵紛紛拔刀拔劍，小頭目卻將長槍一撤，只見他的槍頭上竟扎了一隻大鳥，還沒死，撲騰著翅膀垂死掙扎。

「怎麼是鳥？」那小頭目莫名其妙地搔了搔頭，「散了散了，各自回崗位……這是烏鴉還是什麼？怎麼這麼大個？真邪了門了！」

見是「虛驚一場」，山谷入口很快又恢復平靜，只有那小頭目覺得半夜三更突然冒出一隻大得嚇人的烏鴉不吉利，便將那大鳥拿去火上，打算直接燒死。他哼著不知是哪裡的小曲，長槍懸在火堆上，沒留神身後緩緩探出一點寒光，直指他後心。

這時，突然一陣腳步聲傳來，谷中巡邏隊走了過來，遠遠衝他打招呼道：「烤什麼呢？偷吃可以，勿要誤事！」

那小頭目吆喝著應了一聲，沒看見他背後那一點寒光又緩緩地縮了回去。

周翡轉頭望向開闊的山谷，見谷中有不少寒酸的民居，有些被推平了紮了寨，正中間一個巨大的中軍帳在火光掩映下十分顯眼，糧草高高堆起，戰馬整齊劃一……這和她想像中的「齊門禁地」相差太遠，尤其那些沒來得及被推平的民居，顯然是經風沐雨、有些年頭了，她從高處目光一掃，還能看見幾塊破磚爛瓦和倒了一半的牲畜欄圈。

齊門從來神祕莫測，「禁地」更是個傳說，那黑判官在齊門中混跡了那麼多年，都沒有摸到禁地的邊，裡頭會有一幫老百姓養豬放羊嗎？

不可能的。

周翡止不住失望，暗自嘆了口氣，只覺這一天一宿都是白忙，其實想想也知道，哪那麼容易就撞進齊門禁地裡了，要是有那個造化和運氣，她還能東奔西跑三年多一無所獲嗎？周翡索然無味地收回碎遮，看了一眼那無知無覺中撿條命的北軍小頭目，悄無聲息地閃身貼著山壁邊角避走了。

北朝大軍在此集結，便不是他們這些草莽人能管的江湖事了。

周翡心道：最好還是趁天黑，怎麼進來的，怎麼出去。

李晟因為隨身帶著吳楚楚和一個小孩，不敢太過冒進，一直小心地在山谷周邊借著山石林木遮掩往裡探查，越看越心驚，低聲道：「你們看，糧草和武庫充足，整個山谷沒有一個老弱殘兵，全是精壯人……那斥候說得不對，至少有將近四萬人了，主要是騎兵和弓箭手。」

楊瑾和李妍大眼瞪小眼，全都不明所以，沒人理他。

只有吳楚楚輕輕地接道：「輜重很少，恐怕不會在此久留。」

李晟總算找到個聽得懂人話的，欣慰地嘆了口氣。吳楚楚又伸手一指，問道：「那裡是怎麼回事？」

幾個人都是習武之人，夜間視力極好，順著她手指方向望去，只見山谷角落裡有一處重兵把守之地，四下以鐵柵欄攔著，隱約可見其中有衣衫襤褸的身影。

這時，身後突然傳來一聲輕響，有人用刀柄敲了一下石頭，楊瑾嚇了一跳，猝然回頭，見來人是周翡，這才放下斷雁刀。周翡有些不耐煩地說道：「快走吧，咱們就這麼幾個人，還帶著個小崽子，被人發現不是玩的——哥，回頭我自己去找齊門，你先趕緊趕路回去找我爹，別耽擱正事。」

「等等。」吳楚楚忽然道，「你們快看，他們要幹什麼？」

只見一個傳令兵從中間的大帳裡跑了出來，站在空地上，舉高了手。

鐵柵欄旁邊圍坐的一圈看守看見來人，全都站了起來，周翡他們離得太遠，不知道雙方交流了些什麼，反正片刻後，那傳令兵便轉身離開了，鐵柵欄外的衛兵們卻接二連三地點起了周圍的火把。鐵柵欄原本建在黑暗處，先前只能看見裡面好像關著一些人，李晟他們剛開始以為那只是個靠山的小角落，關的大約也是比較倒楣的流民，多不過十幾二十幾個。

可是隨著一個又一個火把亮起，幾個人都呆住了。

只見那鐵柵欄原來並不是背靠山腳，而是封著一個山洞，山洞看不出有多深，裡頭全是人，老少兼有，一水的衣衫襤褸、面容呆滯，僅從表面大略一看，便足有數百人之多，那些人像牲畜一樣給困在鐵柵欄後，鐵柵欄的尖頭上頂著一顆已經爛出了白骨的人頭！

李妍震驚道：「天……天哪，怎麼會有這麼多人！」

楊瑾詫異道：「是流民？這麼多人不殺也不放，把他們都關起來做什麼？養著嗎？」

「我猜北斗巨門和破軍初來乍到此地的時候，肯定看得出這山谷的隱蔽是人為的，摸不清情況，心裡拿不準這山谷是否有其他密道，」李晟輕聲道，「此地有這麼多流民，倘若貿然痛下殺手，萬一流民們知道其他祕密出入口，逃出幾個漏網之魚，他們這回的戲就唱不下去了。」

吳楚楚立刻明白了他的意思，恍然大悟道：「所以他們要先穩住這些流民。」

「不錯，比如剛開始的時候，這些北軍可以恩威並重，一方面說流民南渡是叛國，該當誅九族之罪，再從中抓一個領頭的，殺一儆百，殺完以後順勢將罪名都推到死人頭上，再對驚慌失措的流民施以懷柔，宣布他們是受奸人蠱惑，若是誠心悔過，則罪責可脫。」李晟略微思索了一下，接著道，「如果是我，我會假裝派人重新給他們編冊入籍，告訴他們如今北方人口銳減，朝廷打算重新丈量、分配撂荒土地，持此籍者，日後回去，都能分得一等田，這樣一來，流民穩住了，人數清點完了，還省得有人混水摸魚。」

楊瑾低頭一看，發現自己被李晟三言兩語說得起了一身雞皮疙瘩——這些中原人殺人不用刀。

有威逼再加上利誘，對付失了領頭羊的羊群，一圈一個準。流民大多膽小，畢生汲汲所求，也不過就是一隅容身之地，不到活不下去，不會貿然逃跑反抗，只要能有吃有喝不挨打，就能叫他們老老實實地待在這裡，或許還能收買那麼幾個心智不堅的，幫這些北軍排查其他密道。

等北軍將地形摸得差不多了，就可以撕破臉皮了——而到了這步田地，這些流民早已失去了一開始的能力和勇氣，基本只有任人宰割的份，這時候要殺他們滅口也好，要支使他們做苦力也好，怎麼擺弄都可以。

但是可惜，再怎麼千人一面的人群，也總能生出異類——那幾個帶著小孩逃出去的人就是。他們倒也未必有什麼大智大勇，或許是機緣巧合、因為什麼緣故不得不跑，還一不小心成功了。

而北軍已經快要集結完畢，此時洩密必將功虧一簣，在這個節骨眼上，李晟都能想像得出谷天璇等人得有多震怒，因此不惜派出數批人馬追殺幾個村婦農夫，非得趕盡殺絕不可。同時，既然養著這些流民已經沒有價值，那為防類似的事再發生，正好將他們統一滅口。

山谷中，鐵柵欄外，一隊衛兵齊刷刷地扣上鎧甲，提起鋥亮的砍刀——周翡他們也不知怎麼趕得那麼巧，居然正好撞上這「滅口」的一幕。

吳楚楚抱著的孩子再次拼命掙動起來，可這回吳楚楚長了記性，硬是抓著他沒讓動，那孩子情急之下喉嚨裡發出小獸一樣的嗚咽聲，低頭便去咬她的手，只是還沒來得及下口，便被一隻手掐住了下巴。

周翡強行掰開他的嘴，抬起那孩子的小臉，冷冷地瞥了他一眼，手指輕彈，拂過他的昏睡穴，小孩的眼圈一下紅了，卻無從抵抗，只好心不甘情不願地閉了眼，眼淚「刷」地一下被合上的眼簾逼出眼眶，流了滿臉。

周翡擦去指尖沾上的眼淚，低聲道：「李晟。」

李晟強行收回自己的目光，遲疑了一下，咬牙道：「江湖有江湖的規矩，不惹朝廷事，一碼歸一碼，走吧。」

李妍難以置信地睜大了眼睛：「哥？」

李晟充耳不聞，拎起她的肩膀輕輕往前一推，催她快走，同時對吳楚楚伸出手：「這孩子我來抱，你們走前面。」

山下，「待宰」的流民好像明白了什麼，人群恐慌地亂了起來，那昏暗的山洞裡也不知擠了多少人，他們尖叫、推搡、求饒與痛哭聲沸反盈天，從寬闊的山谷一直傳到高處，不住地往幾位少俠的耳朵裡鑽。

李妍倉皇之間回頭去看，不留神被李晟一把推了個趔趄。

「看什麼看，」李晟暴躁起來，不耐煩地呵斥道，「走妳的！」

李妍不由叫道：「李晟你瞎嗎？他們是要殺人！殺一路逃荒過來手無寸鐵的人……那麼多人，一個山洞都是，阿翡！妳倒也說句話呀！」

周翡的腳步頓了頓，卻沒吭聲。

李妍還以為她沒聽見，「阿翡」、「阿翡」地連著叫了好幾聲，周翡卻一直沒理她。一瞬間，李妍好像明白了什麼，她愣愣地看了看周翡，又看了看李晟，大眼睛裡倒映的光好像被冷水澆過的小火堆，驚愕地逐漸黯淡下去。

好一會，她訥訥開口道：「不……不管他們啊？」

李晟冷聲道：「妳想找死嗎？」

李妍委屈極了：「可是在濟南府，阿翡不是還從童開陽手裡救了那個大叔？」

周翡低頭摩挲著碎遮的刀柄。

李妍又對李晟道：「還有你，你路上不是還吹牛，說自己在柳家莊帶著一幫人打退了鐵面魔殷沛，你……」

「妳有完沒完？」李晟截口打斷她，「阿翡跟童開陽交手不止一次，拔刀之前她心裡就有數。柳家莊那次，大家本來就商量好了圍剿殷沛，妳知道『圍剿』是什麼意思嗎？若不是這些年各大門派都是一盤散沙，殷沛根本不可能蹦躂到現在——妳再看看這裡！」

他倏地回頭往山谷下面一指：「那是多少人？這又是幾？我們總共五個人，帶著個累贅小崽子——還有妳這樣不能當個人使的。我實話告訴妳，李妍，今天別說是我和妳，就算是大姑姑帶著咱們寨中所有前輩都在這，她也不敢貿然對數萬北朝精兵出手。」

李晟對她總是沒有好臉色，卻也很少真的疾言厲色。李妍被她哥突然發作嚇住了。

李晟深吸了一口氣，聲音壓低了些：「就算妳法力無邊，能搬山倒海，把這數萬大軍都鎮住，然後呢？妳看看那些人，站都站不起來的是大多數，妳怎麼把他們救走，啊？李妍，不小了，說話什麼時候能過過腦子？」

很久以前，李晟曾經滿心想著「出人頭地」，自己同自己慪氣，慪得私自離隊，他真心實意地相信李少爺天下無雙，認為自己總有一天能將天也捅個窟窿，死也不肯承認周翡比他功夫好。而今，他學會了怎麼井井有條地打理寨中防務，學會了在外人面前做到真正的八面玲瓏，也學會了韜光養晦，知道「天下無雙」並非什麼好詞……他甚至會因為霓裳夫人幾句意味深長的暗示而臨陣脫逃。

他長大了。

很久以前，周翡也曾經初生牛犢不怕虎，她操著一把半吊子的破雪刀，一邊跟謝允冷戰，一邊不知天高地厚地槓上青龍主鄭羅生，還自覺很有道理，認為「亂世裡本就沒有王法，如果道義也黯然失聲，那麼其中苟且偷生的人們，還有什麼可期盼的」？

到如今，她破雪的無常刀已成，能讓木小喬親口說出「李徵也未必能贏妳」的話，手腳卻好像被「綁」了起來。她會在與童開陽狹路相逢的時候虛以委蛇，也會在群雄圍剿殷沛的時候隱藏在暗處不露面。甚至有時候，她想起迷霧重重的前事，心裡會生出無邊的懷疑與不解。

李晟要回四十八寨，寨中一大堆瑣事雜務還在等著他，李瑾容不可能永遠庇護四十八寨這條風雨飄搖中的小舟，她在緩緩將擔子往年輕一輩肩上移。周翡還要去齊門禁地，去尋找那一點微末的希望，近年來她總有種不知從何而來的緊迫感，好像自己不快一點，謝允就等不了了。

吳楚楚知道自己本領低微，能把人家後腿拖穩了已經是超常發揮，心裡有再大的不平，也萬萬不敢慷他人之慨，因此只有默默聽著李晟兄妹吵架。

誰也不是孑然一身，哪怕真能做到「輕生死」，後面也還跟著一句「重情義」，怎敢逞這等魯莽無謂的英雄。

江湖風雨如晦，未必會讓英雄的血脈變成貪生怕死的小人，卻也總能教會一個人「不惹麻煩」。

李妍艱難地抽噎了一聲，下意識地叫道：「阿翡……」

周翡避開她的視線，沒有附和李晟，卻也沒袒護她，只生硬地插話問道：「還走原路出去嗎？」

楊瑾一臉舉棋不定，五官快要糾纏成一團。

這時，好一會沒吭聲的吳楚楚再次看了一眼山谷，忍了半晌，還是忍不住說道：「那個鐵柵欄後面關的……好像沒有女人。」

從北往南的流民裡自然是男女老少什麼人都有，這些流民遠道而來，在山谷定居務農，不可能只剩下一水的男子，那麼女人既然不在這裡，又到哪去了呢？

漫山遍野血氣方剛的兵，此事是不必言明的。

吳楚楚一句話出口，眾人都閉了嘴。

「嗆」一聲，哭喊陣陣中，利器捅開了鐵柵欄。

此時，風平浪靜的東海之濱，謝允正拿著一把刀反覆端詳：「陳師叔，你那『好刀』的標準到底是什麼？能不能給個明白點的說法？」

陳俊夫身上可沒有透骨青，被滾燙的爐火烤得渾身大汗淋漓，他將上衣脫下來抹了一把下巴上的熱汗，語氣卻依然是不慍不火的：「你覺得呢？」

「首先得材料好，其次手藝好，刃利而不脆，刀背堅而不動，逆風時不受阻，順風時不輕浮……當然，還得結實耐用——這是好刀。」謝允頓了頓，又道，「若是刀主人本領大，叫刀銘聲名遠播，便成了傳世名刀。」

陳俊夫笑了笑。

謝允問道：「怎麼？」

陳俊夫道：「你不用刀，說的都是工匠的話，若是叫阿翡聽見了，必要笑你的。」

謝允沒皮沒臉道：「術業有專攻，隨便笑——師叔，您說句不『工匠』的聽聽。」

陳俊夫道：「好多年以前，有個出手大方的小丫頭，到蓬萊求我做一副刀劍，說是要賠給朋友。刀銘為『山』，劍銘為『雪』……」

謝允道：「這我倒是有幸見過。」

「那把『山』是盛世之刀，」陳俊夫說道，「我未曾見過原物，都是那小女娃娃自己描述的，她是個爽快人，活潑得很，說話像倒豆子一樣，她描述的刀劍是她仰慕的英雄所持，不是我自誇，那刀劍打出來，便溫柔又莊重，裡頭裝著美酒酬知己的心意，那就好刀好劍。再比方說……妖刀『碎遮』。」

謝允道：「呂國師遺作，我小時候在皇上那見過一次。」

「呂潤一生，文成、武就，當得起『經天緯地、驚才絕豔』八個字，然而一生身不由己，上對不起家國，下對不起朋友，中間對不起自己，死後數百年，師門藥谷還因為出了個他，而要被曹仲昆戕害，分崩離析。」陳俊夫道，「呂潤受制於天、受制於人、受制於命，漫天華蓋無從掙脫，只好不看不聞不問，故其所做妖刀『碎遮』，咄咄逼人、滿懷激憤，雖在阿翡之前，它從未開刃，卻已經有了橫斷乾坤之戾氣。」

謝允微微皺起眉。

「但那也是好刀，絕世好刀。」陳俊夫道，「兩把好刀，材料都是稀世少見的好鐵，手藝都很好，刃都很利，刀背都堅，『逆風時不受阻，順風時不輕浮』是最基本的，也都結實耐用得很——兩者卻天差地別，這麼說，你明白了嗎？」

陳俊夫伸手拍了拍謝允的肩膀：「一把盛世之刀，一把破壞之刀，你想打一把什麼樣的刀？」

周以棠在蜀中將碎遮交給周翡的時候，曾經同她說過一個故事。那是人之一生、刀之一世、草木一秋……造化的一個冷笑。

這時，被鎖在山洞中的流民恐慌地往山洞裡擠去，北朝衛兵在鐵柵欄外組成了一道刀劍圍牆，其中一人上前，甩出一個長長的卷軸，對著名單開始唸上面登記的名字，唸了誰，倘若一時無人答應，先前闖進去的衛兵便會用裝了倒刺的馬鞭在人群中抽打。這樣一來，哪怕先開始有人猶猶豫豫地不敢應聲，也會被周圍抱頭鼠竄的同伴推出來。

點名人的嗓門很大，鏗鏘有力，山壁上的周翡等人都能零星聽見幾聲——他們竟然真如李晟所料，將流民統統登記在冊，嚴格確保沒有一條漏網之魚。

揮鞭的聲音在夜色中格外清晰，吳楚楚意識到自己多嘴了，抿抿嘴，低下頭道：「別管我，我只是……」

李晟不便像發作李妍一樣發作吳楚楚，他微微垂了一下眼，輕聲解釋道：「當務之急，咱們得盡快讓姑父和聞將軍他們知道這件事，否則我朝大軍背腹受敵，干係就大了。不然我們就算跟著山谷同歸於盡，一起炸上天，照樣沒什麼用。」

李晟這人，心裡越是鬱結，嘴上便越是理直氣壯，他會拼命給自己找一堆理由，還非要自欺欺人地說出來，恨不能將「我有理」三個字裱起來頂在腦門上。楊瑾不善言辭，周翡比較內斂，倆人誰也沒接李晟這話頭，可是都知道他在扯淡——因為報訊的事根本不是藉口，倘若單為了給大軍報信，叫李妍和吳楚楚先走不就行了嗎？江陵離蜀中也沒多遠的路，李妍再不濟也是秀山堂中拿到名牌的人，有吳楚楚這穩重人看著她，難不成她倆還能找不著家裡的暗樁送封信？

李晟將這蒼白的藉口在嘴裡含了一會，怎麼嘗怎麼不是滋味，於是怒氣衝衝地看向其他人，遷怒道：「怎麼沒人說句話？都啞巴了？」

周翡心裡將自己要做的事從頭盤算了一遍，她要去找齊門禁地，還得去找解決透骨青的辦法，得回四十八寨。

殷沛還沒死，王老夫人的仇還沒報，「海天一色」更是個隨時準備興風作浪的隱憂……可是她挑挑揀揀，感覺哪一樁都不能掏出來說，因為心裡即便有對她自己而言重於泰山的理由，一說出口，便卑劣了。

楊瑾卻忽然說道：「李兄，快別兜圈子了，你婆婆媽媽地說了這許多，不就是留下不敢、走了不安嗎？」

倘若此時是白天，李晟的臉皮大概都漲紅了。

「我也是啊。」那姓楊的南蠻口無遮攔道，「喂，周翡，都不傻，妳也痛快點，別裝了。」

周翡無言以對。李晟覺得自己方才是鬼迷心竅了，居然指望這幾個貨能說出什麼有建樹的話。他重重地吐了口氣，眼不見心不煩地不再看楊瑾他們，將整個山谷拋諸腦後，率先順著來路往回走去。他不過是四十八寨的一個小小後輩，既不是山川劍，也不是老寨主，更不是什麼武林盟主、皇親國戚，鬧不好一輩子註定籍籍無名、庸庸碌碌，那為什麼要自作多情地背這種英雄的負疚和不安？

死再多的人，不也都是路人嗎？和他有什麼關係？

結果他剛這麼一轉身，楊瑾便道：「我倒是有一個辦法。」

楊瑾此人，天生與「辦法」二字沒有一點關係，突然說出這麼一句話，眾人都一起呆呆地將目光投向他。

楊瑾便道：「你們都背過身去。」

周翡道：「你要幹什麼？」

楊瑾一擺手：「快點，別廢話。」

等幾個人都依言扭開視線，楊瑾便彎腰從地上撿了幾根細長的草莖，其中四根掐成差不多的長短與形狀，另一根留了個長尾巴草根，完事以後他將這五根草葉攥在手心裡，遞到眾人面前。

李晟嘴角抽了一下：「……楊兄，這是什麼意思？」

楊瑾便說道：「我們那裡信奉萬物有靈，逢年過節、或是遇上什麼大事，都要請個巫來占卜是非吉凶，他們神神叨叨的那一套我不太懂，但是道理總歸差不多的，都是聽老天爺的——你們抽吧，一人抽一根，有一個人抽到了特殊的那根，咱們就走，要是誰也抽不到，讓它最後留在我手裡，咱們就好好合計合計怎麼辦，行吧？」

眾人一時無言以對，連李妍都翻了個白眼。

李晟從未想過還有這麼「別出心裁」解決辦法，當即尷尬地乾咳一聲，委婉道：「咳，這個，楊兄……」

周翡直白地補全了他的下半句話：「你是不是有病？」

楊瑾額角跳起了一簇小青筋，可還不等他笨拙地反唇相譏，周翡便突然伸出手，從他五根垂頭喪氣的小草中抽了一根，攤手一看，草根被掐掉了，便道：「我這根不是。」

李晟：「……」

這女的到底站哪邊，為什麼這麼善變？

李妍關鍵時刻，永遠都是跟著周翡跑，也學著她抽了一根：「我的也不是。」

吳楚楚緊跟著抽了第三根：「不是。」

楊瑾將僅剩的兩棵草遞到李晟面前：「你抽不抽？」

生死存亡之際，他們幾個人躲在山坡上抽草根玩，這說出去都是什麼事！李晟不由得悲從中來，成日跟這幫二百五混在一起，還能有什麼前途？

然後……他就自暴自棄地從兩棵草裡挑了一棵，緩緩將它拉出楊瑾手心。纖細的小草打從長出來那天開始就沒想過自己有一天會肩負這種重任，在夜風中瑟瑟的微顫，好像隨時會斷，五個人十隻眼全都盯在了那根小草身上。

抽出來的草莖下面光禿禿的，楊瑾將手攤開，那棵留下草根的靜靜地躺在他黝黑的手掌中，細小的根鬚上還沾著土渣。兩個年輕男人相對靜默了片刻，同時將手中的小草往旁邊一丟，李晟一改方才逮著誰咬誰的狂躁，眨眼間便冷靜下來，說道：「我們不能全留在這裡，叫阿妍跟吳姑娘帶著這孩子先走——李妍，妳知道最近的暗樁在什麼地方嗎？」

李妍剛跟著他將各地暗樁從西往東捋了一圈，立刻回道：「知道。」

李晟又道：「原路出去，最好不要等天亮，附近也許會有北斗的斥候巡邏，那些斥候狡猾得很，多半會喬裝改扮，妳們倆蒙上臉，快馬加鞭趕緊走，裝作趕路路過，把身上的兵刃都亮出來，誰叫都不要停下，遇上擋路的就一刀劈過去。真遇到應付不了的事，及早放寨中的煙花，萬一有自己人或者道上朋友遇上了，能救命。」

周翡想了想，轉身轉到密林中幾棵大樹後面，片刻後，她拎著一件仿如絲綢的銀白軟甲出來。周翡手指一劃，那軟甲邊角處點綴的一排貝殼便齊刷刷地掉下來落入她手心。她將貝殼收好，把軟甲丟給吳楚楚，說道：「軟甲『彩霞』，跟當年殷夫人的『暮雲紗』出自同一位大師之手，刀劍不入、水火不侵……當然，軟甲不能防撞，遇上掌風能隔山打牛的那種高手還是得跑，妳們倆帶上，自己商量誰穿。」

說完，周翡又搜遍了自己全身，從隨身帶的包裹裡翻出一個扣在手腕上的鐵護腕，纖細的少女尺寸，非常精緻華麗，像個別緻的寬邊手鐲：「也是那位大師做的一個小機關，裡面藏好暗器，遇到危險可以保命，一丈之內，只要妳不慌，瞄準了，像妳哥這種水準是躲不開的。」

李晟無端遭到譭謗，一腦門官司地瞪她。

周翡平日裡沒有用暗器的習慣，生疏地給李妍和吳楚楚展示了一下這東西怎麼用，她翻開那鐵護腕一看，機關是很好，但裡面空空如也，什麼都沒有，正在尷尬，楊瑾突然遞上一個小紙包：「這個裝得進去嗎？」

李妍詫異地接過來，見那紙包裡居然是一把細針。

「有些是蛇毒，有些是迷藥，我也分不清，就放一起了，妳們趕上什麼是什麼吧。」楊瑾蹭了蹭鼻子，又道，「都是那些藥農瞎鼓搗的。」

李晟道：「一會誰去入口處製造一點騷亂，妳們倆趁機走。」

「我。」周翡責無旁貸，說道，「我去露個面，給那兩個北狗下一封戰書，陸瑤光和谷天璇不是正經八百的將軍，聽說有人挑戰，一定會按著江湖規矩露面，阿妍和楚楚趁這時候走，你們倆趁這時候去救人。」

楊瑾震驚道：「妳一個人打得過兩個北斗？」

「當然打不過。」周翡坦然道，「但我是後輩，當著這麼多北軍，只要我一開始表現得弱勢一點，他們倆未必會拋開面子一起上。」

李晟皺眉道：「我看他倆未必會出手，最大的可能是叫人把妳亂箭射死，死丫頭出的什麼餿主意？」

「亂箭射死我自然容易得很，可是憑他手下那些兵，想活捉我是不可能的。」周翡道，「如果我讓他們覺得蹊蹺，谷天璇和陸瑤光拿不準我身後是否還有別人，他們一定會親自出手。」

「明白了，」李晟嘆道，「故弄玄虛，全靠妳來演——滾蛋，不行，太凶險了。」

周翡：「那你說怎麼辦？」

李晟雖有將帥之才，奈何巧婦難為無米之炊，看著眼前這兩三個人，著實也是一籌莫展，不由啞然。

「我還有這個。」楊瑾說著，從懷中摸出了兩個圓滾滾的東西，「也是旁門左道的藥農弄的，據說砸在地上能激發出大把的藥粉，叫人睜不開眼，可能受了點潮，不知道還能不能用。可以把這個砸在鐵柵欄的衛兵堆裡，趁他們亂，咱們把人放出來就是，算是盡力了，能不能跑得了，全看他們的造化，也不必送佛送到西。」

李晟想了想，遲疑道：「我身上還有幾個我們寨中聯絡用的煙花，彈出來有火星，放出來他們可能會以為咱們要火燒連營，倒是能分散他們的兵力……不成，這計畫太粗糙了，我怎麼想怎麼覺得不靠譜——咱們首先得快如疾風閃電，得運氣夠好，北軍集結與反應速度必須要慢，他們的將領必須都得是草包，還有……谷天璇和陸瑤光至少有一個得要臉，否則阿翡脫不了身。這得是什麼運氣？得有個太上老君當親爹才行。」

周翡補充道：「那些流民還得夠機靈，指哪打哪才行——我看也夠嗆。」

幾個人短暫地沉默下來。先前不知天高地厚的李妍聽到這，終於意識到自己好多事沒想到，忍不住小聲道：「所以呢，咱們還是……」

不要管了吧？

李晟沉吟了一下，說道：「咱們四個人都沒把那根留根草抽走，我相信這是天意。既然是天意……運氣應該總有一點，是不是？」

最後一句，他說得也不太有底氣，求助似的抬頭看了一眼周翡。

周翡將碎遮扣在手中，一拍李妍肩膀：「走，我送妳倆出去。」

李妍突然想哭，後悔起自己方才幼稚的激憤和仗義，周翡卻沒給她留下抹眼淚的工夫，她在各種林中隱祕穿行格外駕輕就熟，轉眼便將吳楚楚和李妍帶到了臨近出口、沒有樹木掩映的地方。

周翡忽然對李妍說道：「我剛下山的時候，比妳現在還要小一點，功夫強不到哪去，也是被兩個北斗包圍，一邊哭、一邊發誓一定要把楚楚護送回蜀中……那時她可還是個大小姐，跑都跑不動，現在她師從大當家，至少不用妳護送了。」

李妍悄悄抹了一把眼淚。

吳楚楚朝她點頭道：「妳放心。」

周翡露出了一點吝嗇的笑容，隨後又轉向李妍道：「要是我們運氣不太好，妳……妳就替我去一趟南國子監，找那位林老夫子，跟他說一聲就行。」

李妍張了張嘴，正要說什麼，周翡卻深深地看了她一眼，暗夜中化成了一道殘影，倏地飛掠了出去。

第五十二章　螳臂當車

周翡身形太快，以至於當她從光禿禿一片的山岩上穿過時，一水的衛兵眼大不聚光，愣是都沒察覺。她腳尖在堆成一堆的木頭上輕輕一借力，支楞出去的樹葉「刷」一聲輕響，山谷入口處的衛兵聞聲一激靈，忙提起手中火把，往那聲音傳來的地方望去，可還沒等他看出什麼所以然來，脖頸便被兩根冰涼的手指扣住了。

山谷入口處一大幫衛兵同時拔出兵刃，如臨大敵地圍成一圈，盯著突然落到他們中間的女人。

周翡目光四下一掃，手指緊了幾分，那衛兵整個人往後仰去，喉嚨裡「咯咯」作響，翻起了白眼，她輕輕一笑，吝惜嗓子似的低聲道：「叫谷天璇和陸瑤光出來，就說有故人前來討債。」

她既不高，又不壯，站在那裡的時候好似會隨風而動，像個突然從深沉夜色中冒出來的女鬼，憑空帶了三分詭異。一個頭目模樣的中年男子匆忙趕來，呵斥開眾人，從一圈衛兵中分開一條路，在五步之外戒備地瞪向周翡：「妳是什麼人？好大的膽子！」

夜風中飄來幾不可聞的窸窣聲，只有極靈的耳力，才能分辨出夜風掠過石塊的聲音和腳步聲之間細微的差別，周翡的目光靜靜地望向山谷中，耳朵卻已經捕捉到吳楚楚和李妍的小動靜，她用一根拇指緩緩推開碎遮，寒鐵與刀鞘彼此輕輕摩擦，發出「嗆」一聲又長又冰冷的嘆息，正好給那兩個輕功不過關的人遮住了腳步聲。

然後她忽然笑了，一字一頓道：「去和你們領頭的說一聲，就說四十八寨周翡，破雪刀第三代傳人，今日不請自來，代我祖輩、父輩與幾年前折在他手中的諸位同門，同兩位北斗大人問聲好，勞煩通報。」

「周翡」這名字，她一年到頭要被人叫好多遍，聽得耳根生繭，可是自己說出來，卻總覺得陌生又拗口。她下山至今，很少自報名號——初出茅廬時是沒必要說，反正說了也沒人知道，後來「南刀」陰差陽錯地傳出了些聲名，她又忽然懶得說了，有時是怕給四十八寨惹麻煩，有時也覺得自己從未做過什麼長臉的事，傳出個「南刀周翡」未免厚顏無恥，因此多半不提。

直到這時，周翡才知道，原來「南刀」二字於她，不是「尋常布衣」，而是一件祖輩流傳下來的「盛裝」，衣襬曳地數丈之長，錦繡堆砌、華美絕倫，堂皇的冠冕以金玉鑄就，扣在頭頂足有數十斤重。這麼一身盛裝，她就算再喜歡、再嚮往，也不可能整天披著它喝茶吃飯、上山下地……但也總有那麼一兩個場合，能將其穿在身上，遠遠窺見先人遺跡。

被她掐住脖子的衛兵身上突然傳來一股臭烘烘的騷味，居然活生生地被嚇尿了。

周翡「嘖」了一聲，甩手將那廢物扔在一邊，然後提著碎遮，旁若無人地往山谷裡走去。

從入口到山谷腹地的一小段路，轉眼便被北軍圍滿了，個個如臨大敵。周翡餘光掃過，心裡微微一沉——原想著陸瑤光和谷天璇兩個「統帥」都是半桶水，但「兵慫慫一個，將慫慫一窩」的場景卻居然沒有出現。

這些北軍們顯然各有各的組織，中層及以下的兵將絕非他們想像中那種被外行人瞎指揮的草包，四萬大軍名義上是聽兩位北斗大人指揮，實際上，陸瑤光和谷天璇恐怕更像是兩個比較厲害的隨軍打手。

一探深淺，便覺出師不利。

楊神棍好的不靈壞的靈，周翡忽然有種不祥的預感，心道：鬧不好今天真得被亂箭射死。

她不動聲色地將餘光收回，暗自深吸了兩口氣，心裡默默唸起內功心法的口訣，周身真氣好像一團被攪動的水流，忽而疾走，順著她的經脈緩緩遊走全身，外放出來。周翡腳下「喀」一聲輕響，石階被她踩出了幾道蛛網似的裂紋，一片半黃的樹葉飄飄悠悠地從她身邊落下，行至半空時，倏地一分為二，陡然加速衝向地面，其中一片扎進路邊泥土裡，露出好似被利刃割開的斷口，整齊而肅殺地直指夜空。

此事早有人報入中軍帳中，陸瑤光與谷天璇聽罷，這一驚可謂非同小可。來之前，端王曹寧特意反覆叮囑過他們倆，這回行軍關係重大，一在快，一在保密，須得萬無一失，否則他們身家性命危矣，如今眼看已經快要成功，老天爺卻好似發了瘋一樣跟他們作對，先是讓幾個流民跑了，隨後又來了這麼個不速之客！

陸瑤光頓時有些沉不住氣，撂下一句「我去看看」，便起身出了大帳。

當年周翡在兩軍陣前劫持端王曹寧，實在太讓人印象深刻，時隔數年，陸瑤光竟一眼認出了她，脫口道：「是妳！」

周翡笑道：「陸大人，別來無恙？」

滿山谷的黑甲冷刃，她一個年輕姑娘若無其事地身處其中，八風不動——在陸瑤光看來，此事太蹊蹺了，必定有詐！

陸瑤光腦子裡那根弦一瞬間便緊繃到了極致，再聯想起周翡的身分，當時便下意識地往山谷周遭的樹叢中望去，只覺得到處都是敵人的埋伏。

周以棠的女兒在這，他會不知道？

陸瑤光先把自己嚇出了一身冷汗，心裡只剩下一句話：「這回完了。」

而就在這時，好似為了佐證他的猜測，密林深處突然彈起了一枚冷冷的煙花，尖叫著便上了天，炸得整個山谷轟鳴作響，火樹銀花一般遍染蒼穹。

陸瑤光當即色變。

高手對陣，最忌走神，周翡一見他眼神浮動，立刻便知他被這動靜嚇住了，而谷天璇還沒趕來。此機斷不可失！

碎遮倏地動了，刀光流星似的遞到了陸瑤光眼前。

陸瑤光大喝一聲，倉皇間只好橫刀與她槓上，周翡顧忌那此時仍然不見露面的谷天璇，分出一半心神來留意周遭，出手刻意留了三分力，被他生硬地一撞，碎遮立刻走偏，她好像氣力不繼似的腳下踉蹌了半步，刀光下的笑容頓時看起來有些勉強。陸瑤光從來自負，果然中計，心道：南朝這幫窩囊廢，果然盛名之下其實難副者多，一個小丫頭片子也配叫「南刀」了。

他嘴角輕輕抽動了一下，陰沉地看著周翡：「就憑妳？」

說著，陸瑤光竟不顧手下一干兵將，當即便要親自上前，將周翡拿下，兩人轉眼繞著大帳纏鬥起來。

周翡這邊仗著陸瑤光傻，勉強還算順利，李晟和楊瑾則在谷中氣氛繃緊時悄然靠近了鐵柵欄。就這麼片刻的光景，鐵柵欄裡的流民名單便都已經清點完畢，中軍帳中鬧出那麼大的動靜，這些衛兵居然絲毫也不擅離職守，依然有條不紊地準備殺人滅口。

流民被鞭子抽了幾頓，給嚇破了膽子，懵懂地依著那些北朝衛兵的要求，排排站好，兩側衛兵立刻上前，點出十個流民，將這第一波倒楣蛋五花大綁地推出鐵柵欄外。

臨時充當劊子手的衛兵提起了砍刀，後面的流民這才知道大禍臨頭，在鐵柵欄裡沒命地掙扎起來，哭喊震天。

李晟借著這動靜，吹了一聲長哨，示意楊瑾動手。楊瑾遠遠地衝他一點頭，伸手探入懷中，摸出那顆傳說中能放出藥粉的「藥彈」，李晟立刻以布蒙面，遮擋住口鼻，捏緊了腰間雙劍。

就在屠刀第一次落下的瞬間，兩個人同時動了。

楊瑾猛地將藥彈摔向地面，與此同時，李晟好似大鵬一樣，倏地從眾人頭頂掠過，提劍直指那一排劊子手，打算趁著藥彈製造的濃煙快速混進去，從衛兵之間殺一個進出。兩人配合可謂十分默契，然而誰知就在這個節骨眼上，意外又出現了。

楊瑾砸在地上的藥彈「噗」一下裂開，卻沒有炸，那小球跟咳嗽似的「噗哧噗哧」嗆了幾聲，原地冒了幾行小白煙，滾了滾，不動了！

楊瑾：「……」

李晟：「……」

楊黑炭這死烏鴉嘴，他平時一身臭汗還老不換洗，那藥彈放在他身上果真受潮了！

原本「煙塵滾滾，神兵天降」的效果頓時變得逗樂起來，小藥彈艱難地在地上放著白煙屁，李晟孤零零地一個人站在一群衛兵中間，措手不及地跟他們大眼瞪小眼。李晟渾身的汗毛都炸起來了，飛流冷汗三千尺，腦子裡一片空白。

所以他們可能是把「天意」理解錯了，那被抽走的四根無根草不是叫他們留下救人，分明是讓他們能走多遠走多遠！

然而到了這步田地，再說什麼都晚了。

李晟一咬舌尖，不理衛兵的喝問，揹著一身冷汗，當即動起手來——倘若此時衝出來的是楊瑾，躲在暗處的是李晟，李晟一定知道當務之急是「故弄玄虛」，絕不會貿然現身。藥彈失效，他還可以先以暗箭傷人，靠出手快營造出有埋伏的效果，再放出幾個信號彈製造聲勢，將帶有明火之物瞄準谷中糧草庫，叫谷中北軍以為是有敵夜襲，拖延一二。

可楊瑾那傻麅子哪裡是「故弄玄虛」的料！他完全不會隨機應變，一看藥彈失效，跟事先說好的不一樣，便頓覺黔驢技窮，乾脆自暴自棄地當起了打手。

不待李晟阻止，楊瑾便直接從他藏身之處跳了出來，將大刀一沉，「嗷嗷」叫著闖入北軍之中，衝殺起來。結果這邊鐵柵欄一遇襲，周遭臨近的北軍隊伍頓時訓練有素集結圍攏過來，同時，哨兵奔赴中軍帳。

谷天璇近年來留起了小鬍子，手中扣著摺扇，顯得越發老奸巨猾。

陸瑤光慌裡慌張地衝出去迎敵，他沒阻止，聽見外面陸瑤光和周翡打得昏天黑地，他也愣是坐鎮帳中，不為所動。此時聽了哨兵來報鐵柵欄遇襲，谷天璇突然目光如電地抬起眼，問道：「他們來了多少人？」

哨兵一愣，隨後訥訥道：「人……人不多，彷彿只有兩三個，但都是高手，咱們兄弟一時半會攔不住他們。」

「哈，」谷天璇冷笑一聲，「有意思，原來是跑到別人家門口來唱空城計的。」

準備不充分，還唱砸了。

谷天璇驀地站起來，將身上大氅往下一褪，露出裡面一身精悍的短打，吩咐道：「調弓箭手圍住他們，既然有『大俠』執意要救那幫礙事的叫花子，乾脆叫他們同生共死吧。」

他說著，大步走出中軍帳，一掀簾子，人影一閃便到了周翡近前，抬手拍出一掌，同時手中摺扇「刷」一下打開，那扇骨竟是精鐵打造，寒光凜凜地直指周翡眉心。周翡對谷天璇早有防備，破雪「斬」字訣在自己身前劃了個巨大的圓弧，將這一掌一扇一同隔開，倏地落在三步之外。

陸瑤光莫名不悅道：「你這是幹什麼？區區一個乳臭未乾小丫頭，我……」

「破軍啊，你可真是數十年如一日的不長進。」谷天璇低聲嘆了口氣，隨後臉色陡然一沉，「此乃軍營重地，哪容宵小搗亂，還不速戰速決拿下她！」

中軍帳中眾守衛一聽，頓時齊齊大喝一聲，數十杆長槍快速結陣，衝周翡當頭壓下來。

同時，谷天璇將手中鐵扇一擺，毫不留守地衝周翡刺去。

陸瑤光只覺一陣眼花繚亂，卻見方才他覺得「名不副實」的周翡手中破雪刀陡然變臉，「風」字訣一起，三招之內便將數十親兵的長槍陣挑得七零八落，同時，她竟還能在間隙中接下谷天璇鐵扇。

碎遮映著周遭火光，烈烈灼眼，陸瑤光自然看得出谷天璇並未留手，而他那把縱橫江湖數十年的鐵扇竟隱隱有被長刀壓制之勢。陸瑤光心裡大震，這才知道，原來方才周翡只是為了拖住他，故意放水！

陸瑤光雖然身居北斗之末，卻也凶名遠播，何曾受過這等奇恥大辱，當即大怒，橫刀而上，與谷天璇聯手將周翡困在中間。

周翡雖然面不改色，心裡卻是一陣焦躁——李晟和楊瑾那兩個不靠譜的貨也不知道在搞些什麼，原來說好在濃煙滾滾中放出流民，叫北軍在措手不及裡弄不清多少人闖入山谷，好配合她這邊裝神弄鬼。

誰知那倆貨這麼半天一點動靜都沒有，讓她唱獨角戲！

而谷天璇與陸瑤光顯然沒有半點高手風度，非但以二打一，還叫來一大幫衛兵隨時結陣，逼得她到處遊走。從周翡亮出名號，走進山谷那一刻開始，所有的環節全跟他們的計畫背道而馳。

這先人的在天之靈已經不是不肯保佑她了，簡直是在詛咒她！

鐵弓上弦聲從四處傳來，在山谷中隱約帶了回聲。

周翡心道：要完。

李晟近年來與周以棠接觸最多，時常給他姑父跑腿，甚至親自跟著南軍上過戰場，他根本不必聽弓弦聲響，就已經知道他們陷入到最糟的境地裡了。楊瑾這麼猝不及防地衝出來，意味著他們仨都在明處，連個可以當後援的也沒有。

如此境地，別說是他李晟，就算換了歷朝歷代哪個兵法大家來，手中無人可用，也得玩完。

李晟實在沒有別的辦法，只好一往無前。他一劍捅穿了兩個擋在他面前的北軍，完事之後也懶得往外拔劍，直接將雙劍之一連同屍體一起推出去當了盾牌，橫衝直撞到鐵柵欄門前，順手一丟，隨後，他用僅剩的另一把劍捅入門鎖，一別一彎，便將北軍倉促之間鎖上的鐵柵欄撬開了。

他回手宰了一個追上來的北軍衛兵，衝鐵柵欄裡的人吼道：「快出來！」

鐵柵欄中一水的流民驚恐畏懼地看著他。李晟一陣氣結，他一把拎起鐵柵欄門口那些被斬首的流民，將那人身上的繩子砍斷，隨即猛地將他向前一推：「跑！」

那流民本以為大限將至，誰知峰迴路轉，竟又撿回了一條小命，踉蹌著站穩後，立刻下意識地撒腿狂奔起來。有了這麼一個領頭的，那些被關押的流民終於反應過來，爭先恐後地一擁而上，從鐵柵欄中往外擠，後面的人不住地推搡催促前面的人，竟連試圖攔截的北軍衛兵都撞開了，恐慌好似找到了閘口的洪水，總算匯成了一股力量。

還不等李晟鬆口氣，楊瑾便突然喝道：「小心！」

李晟便聽耳邊一陣厲風擦過，他來不及細想已經錯步閃開，偏頭一看，只見一根鐵箭被斷雁刀從半空中削了下來，正好落在他方才站立的地方。隨即，弓弦的「嗡嗡」聲好似剛被捅了窩的馬蜂，四下響起，叫人頭皮發麻，致命的流矢從各處射來，雨點一般傾盆落下。跑在最前面的流民在眾目睽睽之下被一根鐵箭貫穿了腦袋，直接給釘在了一塊大石頭上，紅紅白白的染了一片。

跟著他亂跑的流民嚇破了膽子，全亂套了。

李晟被漫天箭雨逼到了一棵古樹後面，從敵軍的屍體上隨便撿了一把砍刀，一邊勉力抵擋周遭流矢，一邊大聲吼道：「分開跑！找地方躲，不要聚在一起，不要回頭！別回那山洞！不能往山洞跑！」

亂哄哄的流民往哪躥的都有，一部分人四處亂鑽，很快被釘在地上，有一撥比較聰明的學著李晟的樣子，在谷中分散躲避，鑽到各種能藏身的巨石與大樹後面，還有一小撮人在慌亂之下，也不知聽沒聽見李晟的喊聲，居然又掉頭往鐵柵欄後面的山洞中跑回去。

李晟嘶聲叫道：「出來！快出來！他們會用火！」

他覺得自己就像個蹩腳的羊倌（注），嗓子都喊啞了，那些人就是不聽他的。

李晟突然沉默下來，聽著山谷中風聲、箭聲、吼叫聲與慘呼聲，不知怎麼想起霓裳夫人那句「振臂一呼天下應」。當時他覺得惶恐之餘，還有點小得意，現在想來，卻簡直要苦笑出聲。別說「天下應」，他連這百十來人也攏不到一起來。

想來是霓裳夫人素來不拘小節，鬧不好只是見他青春年少，過來隨便撩個閒逗他玩的。

李晟想，自己只不過是個膚淺又善妒的年輕後生，這輩子大概只配管一些瑣事，將來變成另一個秀山堂大總管馬吉利，便算是到了頭，畢竟，少年時大當家就說過，他連練武的資質都不怎麼樣。

李晟猛地回過神來，低喝一聲，狼狽地用砍刀撞開一支橫空射來的箭，北軍這一批箭尖上果然淬了火油，從空中劃過時火苗噴濺，好似一顆顆天外流星。

「火！火！」

李晟的側臉被火光烤得發燙，他藏身處的古木樹根已經被火燎著，火星與樹木自身的水氣相撞，很快兩敗俱傷——樹幹焦黑了一片，火光也黯然熄滅，然而很快，更多點了火油的箭矢也接二連三地破空而來。

他們來的時機太不巧了，北軍已經集結完畢十之八九，看這樣子，北軍應該本來便已經準備好殺光此地流民，一把火毀去山谷，奔襲前線……那點火油一點沒浪費，全都給他們用上了。

跟著李晟四下躲藏的人雖然狼狽，卻一時半會間還算能勉力支撐，方才執意要躲進山洞的那些人境遇就不那麼美妙了——本想著進了山洞便能躲避漫天亂飛的弓箭，誰知飛來的小火球落在山洞口，很快點著了流民們自己墊的乾草和席子。

這夜的風剛好是往山洞裡吹，頃刻便將火苗捲入洞中，那山洞既然被北軍當成天然的牢房，裡面自然是一條死胡同，而方才躲入洞中的流民為了保命，全都縮在最裡頭，根本來不及反應，濃煙便鋪天蓋地地滾滾升起，火苗爆發似的轉眼便成勢，結結實實地堵住了洞口。

此時再要跑，已經來不及了。

不知是不是李晟的錯覺，他總覺得自己聞到了一股燒焦的肉味，胸口登時一陣說不出的噁心，李晟拼命忍著想要乾嘔的衝動，眼淚都快出來了。

忽然，李晟眼前人影一閃，楊瑾踉踉蹌蹌地落在他面前。

南邊的人不大習慣像中原男子一樣束髮，往日裡披頭散髮還能算是個「黑裡俏」，這時候披頭散髮可就作死成「黑裡焦」了，楊瑾的頭髮給四處亂飛的火箭燒短了一截，焦香

注：專職放羊的人。

撲鼻地打著妖嬈的彎，那形象便不用提了。所幸他臉黑，叫煙熏一熏也看不出什麼端倪。

「管不了了！」楊瑾衝他大吼道，「除非會噴水，我反正不行，你會噴嗎？」

李晟：「……」

李少爺被他噴了一臉，心裡那點優柔寡斷被楊瑾簡單粗暴一把扯碎，他立刻回過神來，沉下心緒，狠狠地抹了一把自己臉上的灰。

李晟側頭放眼一望，將整個山谷中的場景盡收眼底，一眼便瞧出問題——所有弓箭手和火油都衝著鐵柵欄這一側使勁，山谷正中處的北軍反而有些混亂。

對了，還有周翡！

「叫剩下的人跟我走，」李晟沉聲道，「沒到走投無路的時候。」

周翡被谷天璇與陸瑤光兩個人堵在中軍帳前，剛開始還有心情憂心一下自己小命要玩完，到後來已經基本無暇他顧了。

她先前同楊瑾承認，自己一個人鬥不過巨門與破軍聯手。可是事到如今，卻沒有尺寸之地給她退縮，再鬥不過也得硬著頭皮上。周翡認命認得也快，既然覺得自己今天恐怕是死到臨頭，便乾脆收斂心神，全神貫注在手中碎遮上。

就算今日這把走無常道的破雪刀會成絕響，也得是一場酣暢淋漓的絕響。

谷天璇的鐵扇居高臨下地衝著她前額砸下，同時，陸瑤光自她身後一刀極刁鑽捅來，罩住她身上多處大穴。眼看周翡避無可避，她整個人竟在極逼仄之處倏地旋身，碎遮與刀鞘交叉自她身前，一上一下，竟同時別住了谷天璇的鐵扇與陸瑤光的刀。

浸潤在她經脈中數年的枯榮真氣在這片刻的僵持中甦醒，運轉到了極致，將她周身的經脈撐得隱隱作痛，而後周翡倏地一鬆手，那華麗的刀鞘不堪重負，當空折斷，其中勁力竟絲毫不泄，咆哮著分崩兩邊，谷天璇與陸瑤光不得不分別退避。

碎遮「嗡」的一聲，被鐵扇壓得微微彎折的刀尖倔強地彈了回來。

周翡雙手握住微微溫熱的刀柄，沉肩垂肘而立。那一瞬間，她心裡冒出一個清晰的念頭，想道：我未必會輸。

武學中的慢慢求索之道，四下俱是一片漆黑，那些偶爾乍現的念頭好像忽然明滅的煙火，瞬間劃過便能照亮前路……叫她頓悟一般地看清竟已落後半步的對手。

「北斗」是中原武林二十年破除不了的噩夢，當中有貪狼、文曲與武曲那樣的絕頂高手，也有祿存、廉貞這種擅長旁門左道與暗箭傷人的無恥小人，更有奸猾者如巨門，權貴者如破軍，他們身為北朝鷹犬，權與力雙柄在握，自幾大高手相繼殞落之後，更是橫行世間、再無顧忌，令人聞聲膽寒。

可是再長的噩夢，也總有被晨曦撕碎的時候。

周翡那一雙手，從背面看，還是細嫩水靈的女孩的手，掌心卻在生繭與反覆磨破之後落成了堅硬的線條。

這雙手拿過幾文錢買的破刀，拿過路邊死人身上撿來的爛劍，拿過當世大師仿造南刀李徵佩刀所做的「望春山」，也拿過呂國師留存人世間最後一把悲憤所寄的碎遮……一線的刀刃曾與這江湖中無數大大小小的「傳說」相撞，也曾從最艱險之地劈出過一條血路——

周翡的虎口處崩開了一條小口，她滿不在乎地將手上的血跡抹在刀柄上，生平第一次有這樣一種篤定的感覺，手握長刀，便不怕贏不了的對手。當年大笑著說出「我就是麻煩」的段九娘，一身驕狂原來並沒有隨著那人身死而消弭，而是順著暴虐的枯榮真氣流傳下來，深深地埋在了她的經脈與骨血中。

李瑾容曾經同她說過，「鬼神在六合之外，人世間行走的都是凡人」，周翡一直記得這句話，並且常常以此自勉，而直到這一刻，當她雙手握住碎遮時，方才心領神會。

谷天璇目光陰沉地掠過刮傷了他一側耳垂的半截刀鞘，開口說道：「衝著妳爹是周存，妳要是現在束手就擒，我們會留妳一條命。」

周翡一縷長髮從臉側掉下來，垂落腮邊，她嫌礙事，用長刀輕輕一捲，便將它削了下去，然後她好似十分忍俊不禁似的，淡淡地垂目一笑。

三大高手過招，戰圈中可謂瞬息萬變，根本不是外人能隨意插手的。

縱然中軍帳前身邊圍著數萬大軍，也只能投鼠忌器，團團圍在一邊，絲毫不知該怎麼插手。

鬥了這麼久依然沒個結果，此時除非陸瑤光和谷天璇中有一個人肯豁出去挨上一刀，纏住周翡，讓另一個人趁隙退出戰圈，再想方設法以暗器從遠處偷襲掩護，方才能打破這種僵局。

可谷天璇與陸瑤光雖然共事多年，表面兄友弟恭，私下裡看對方卻都不太順眼——谷天璇嫌陸瑤光心性浮躁毫無長進，陸瑤光覺得谷天璇虛偽做作，本領未必有多大，鑽營倒很有一手。

此時他們倆斷然不肯為對方豁出去。

谷天璇這時候已經後悔和周翡動手了，他料到了周翡的武功必然比她剛開始表現出來的高，卻沒料到她已經到了這一步——這倒是很正常，因為動手之前，連周翡本人也不知道，她居然真能牽制住兩大北斗，而且纏鬥良久，絲毫不露敗相。

再這樣鬥下去，谷天璇知道，縱然是以二打一，心生畏懼的也肯定不是周翡。因為拳怕少壯、刀劍怕……人也怕。

黃塵遍染，不能光是只老英雄，光陰的劫難，「噩夢」也終於難逃。

幾十年裡，谷天璇的修為縱然一再精進，可當年四大北斗圍攻南刀李徵時那種年輕的貪婪與凶狠卻再難重現，以至於如今面對著這張後輩的面孔，他心裡竟然隱隱升起恐懼。

李晟在濃煙中縱身躍起，高高躥到樹梢，朗聲道：「你們想不想活命！」

一支火箭「篤」一下釘在了他腳下踩著的樹枝上，樹枝「劈啪」作響，他卻看都不看一眼，喊聲裡帶了內勁，震得附近的石塊輕輕顫動：「你們是不是爹生娘養！還是不是人！既然是人，為何要讓他們當成畜生糟踐殘殺？」

那樹杈齊根斷裂，李晟足尖一點，翩然落地，撿來的砍刀與從大樹縫隙中落下來的流矢相撞，撞了個「玉石俱焚」，他便毫不吝惜地把斷刀丟在一邊，俯身撿起一把北軍身上掉下來的重劍。

一個流民模樣的少年突然從他藏身的大石後面衝出來，從屍體上抓起兵器，又將滾落在側的頭盔往腦袋上一頂，露出一雙通紅的眼圈，大叫一聲跟上李晟。無數火油浸泡過的鐵箭終於戰勝了草木清華，他們躲藏的地方黑煙再也壓不住烈火，倖存的流民避無可避，唯有拼死掙扎著往外逃。

楊瑾削去自己燒焦的髮尾，一馬當先地開路，往山谷正中混亂的中軍帳附近闖過去，厚重的斷雁刀崩掉了好幾個齒，刀背上的幾個環不知脫落到了什麼地方，再也發不出騷包的雁鳴聲。

淬了火的箭雨一路緊隨他們，所經之處樹叢、草地紛紛倒伏，燒出了光禿禿的地面，楊瑾他們竟將火勢引到了中軍帳附近，射過了頭的弓箭手很快被喝止。

周翡與兩個北斗打得刀光劍影，叫人分不出誰是誰，巨門與破軍的親兵團不敢上前，往來請示的哨兵與各自為政的將軍們也都不敢擅自做主，只好分別令士兵親身上陣，在谷中肉搏阻截亂竄的流民。

流民短暫的悍勇很快被蜂擁而至的大軍敲碎，李晟不知砍了多少人，雙臂已經沒有了知覺，腰間被火箭擦過的傷口火燒火燎的疼，喉間泛起腥甜。就在這時，那些原本進退有序的北軍突然自亂了陣腳。

李晟用力按了按自己「嗡嗡」作響的耳朵，聽見有人嘶聲慘叫：「蛇！哪來的蛇?!」

第五十三章　應「姑娘」

什麼玩意來參戰了？

李晟剛開始還以為是自己耳鳴聽錯了，正在錯愕間，便見那楊掌門一反方才大刀開路的威風，屁滾尿流地撤退回來，嚇得面如土色，肩上的箭傷都顧不上往外冒血了，失色道：「那邊為什麼來了那麼多蛇?!」

李晟：「……」

人都不怕，居然怕蛇，楊大刀實乃奇人哉。

楊瑾一本正經地建議道：「我看為了保險起見，咱們換條路撤退吧？」

李晟將他往身後一推：「敵軍太多，流民都陷進他們陣中了，能不能撤退還兩說呢，你來得正好，快去幫忙。」

只要不讓楊瑾直面可怕的毒蛇，叫他單槍匹馬地去刺殺北帝都行，楊掌門二話不說，轉身便向李晟身後衝去，悍然從密密麻麻的北軍中側翼直接闖入，斷雁刀上下翻飛，殺了個幾進幾出。陷入敵陣中正在絕望的流民見他如見救星，連忙自發聚攏在他周圍。

混亂是從山谷西北角開始的，數萬大軍群龍無首，突然聽見這動靜，不由得有些恐慌。

江陵一帶夏日裡潮濕悶熱，野外確實有不少蛇蠍之類的冷血爬蟲，可是但凡動物都怕人，很少成群結隊地往大批人馬聚居處靠近。更何況此地數萬兵馬煞氣衝天，方才又放了一場火箭，幾乎燒了小半個山谷，此時濃煙四下瀰漫，而火勢還在蔓延……怎會還會有蛇往裡闖？

李晟覺得奇怪，抓起一個被他一劍刺穿的北軍當盾牌，一邊左躲右閃，一邊詫異道：「西北到底有什麼？」

他本是隨口自己唸叨，不料旁邊卻有人帶著哭腔回道：「是我姐姐，她們被關在那邊。」

李晟將北軍屍體一推，砸開幾個從背後偷襲的，偏頭一看，見是那個最早撿了北軍頭盔和兵刃跟著他衝出來的少年，那少年運氣不錯，也頗為機靈，一路緊緊地跟著李晟，此時除了臉上蹭了不少灰，幾乎是毫髮無傷。

李晟奇道：「你說什麼？」

那流民少年面黃肌瘦，手長腳長，身體卻仍是細細的一條，好像躥個子躥一半沒力氣了，半途而廢地歇在那，還是個孩子樣。

李晟這麼一問，他便當場哭了起來：「我姐姐……還有其他人，都被他們抓去了，就關在西北的大帳裡，我想跟他們拼了，可是他們按著我，讓我不要沒事找事，他們說，路上幾個饃饃便能買走一個大活人，能值幾個錢？女人們跟他們走也是好事，起碼有口吃的能活命，他們叫我不要拖累她，還說我那是害她……」

李晟在亂軍叢中替他擋開幾支冷箭，一時竟無言以對。

在村落與城郭間安居樂業者，叫做「黔首」，叫做人。人一旦流離失所，就成了野狗草芥，死上成千上萬也不值一提。難怪當年他們與王老夫人下山行至岳陽附近，那些村民們寧可守著窮山惡水也不肯遷移。

不過……既然西北邊關的只是一群可憐的女人，那這些北軍慌什麼？總不能是女人就地變成了蛇吧？

此時山谷中瞬息萬變，李晟他們兩人帶著的百十來個流民與混亂的西北方向幾乎連成一線，眼看谷中要失控，北軍低沉的號角聲四下響起，七八個披甲的北軍將領趕來，越眾而出，有一人看不出品級，卻挺敢說話，衝谷天璇和陸瑤光大喝道：「二位大人，此時當以大局為重，何必與這等江湖草莽糾纏不休！」

他不吭聲還好，一說話，谷天璇熱汗都冒出來了——這些將軍們雖然日常也習武，但與真正的武林高手可不是一碼事，根本看不出三人一進一退之間的險象環生還以為谷天璇他們倆是執意逞強鬥勇，才與人打鬥不休，說不定心裡還在奇怪，破軍也就算了，巨門大人平日裡挺有城府的，今天唱的是哪一齣？

谷天璇虛晃一招，想將破雪刀引到陸瑤光那邊。

周翡和陸瑤光卻都不上當，只見那陸瑤光斜劈一刀，看似斬向周翡，凝成實質的刀風卻隱隱指向谷天璇，周翡則根本不接招，兀自走起蜉蝣陣法，一把長刀以破雪為魂，當中又帶出幾分「斷水纏絲」的險峻奇詭，叫人只覺那刀光若離若即，卻又無處不在，只要踏錯一步，便有割喉之危。

三個人各懷鬼胎，誰都掙脫不開誰。

而就在這時，李晟總算看見了騷亂的來源，那邊跑來的居然真是一群衣衫襤褸的女人！

女人們個個面有菜色，髮絲凌亂，是典型的流民打扮，脖頸與手腕間卻是一片花花綠綠，走近一看，才知道她們身上根本不是什麼項鍊手鐲，而是纏滿了大大小小的毒蛇！

那些毒蛇好像自己生了靈智，並不畏懼人群與煙火，反而攻擊性十足，但凡有人靠近，便抬起三角腦袋，張開大嘴作勢去咬，除了女人身上，地面上也有不少大小毒蛇窸窸窣窣地遊過，無孔不入，到處亂鑽，給那些女人保駕護航一般。

兩路逃命的人馬很快匯合到了一起，李晟聽見身邊那少年突然大叫一聲「姐姐」，拔腿便往那邊跑去，他慌裡慌張間險些踩到一條蛇，那長蟲凶狠地抬起上半身，仰頭便咬，李晟眼疾手快地一把揪住他後頸，將他拖了回來。

一個身披花蟒的年輕女孩看見了那少年，連忙喊道：「小虎，不要靠近，也別踩蛇！遠著點跟著蛇姑娘和我們走！」

李晟：「……蛇姑娘？」

不遠處傳來一段尖銳的笛聲，更多的蛇好似從地下冒出來的，匯成了一道叫人頭皮發麻的「蛇流」，順者昌逆者亡地呼嘯而來，李晟定睛望去，只見那吹笛人個頭高挑，頭上梳了個不倫不類的髮髻，也不知是要打扮成婦人還是女孩，露出一張蒼白清秀的側臉……怎麼看怎麼眼熟！

好像是當年在永州見過的那位毒郎中應何從！

「應……」李晟愣怔間險些被幾個北軍的長槍挑個正著，狼狽不堪地踉蹌閃開，「應兄」二字愣是沒說出口，他震驚道，「應……那個什麼，你、妳是女的？」

這可是真人不露相！李晟感覺自己從未見過女扮男裝這麼像的大姑娘！

應何從一臉一言難盡，陰惻惻地說道：「你是不是找死？」

他一出聲，李晟就放心了，這嗓音雖說不上渾厚，卻也十分低沉，一聽就不是女人。

小虎的姐姐卻好似大吃一驚：「呀！蛇姑娘，原來妳會說話？」

「閉嘴！」應何從腦門上冒出一排青筋，「快走！」

堂堂毒郎中，莫名其妙地跟一幫流民混在一起，這也就算了，他混的還是女人那堆，而且怕暴露身分，居然一直裝啞巴，沒敢跟人家開口說過話！

這事真有點不能細想。

好在此時形勢危急，李晟也沒那個閒工夫，他大聲道：「小心弓箭手和騎兵，衝擊他們中軍帳！」

那滿地的毒蛇實在太可怖，兩撥流民匯聚成一股，彼此間卻也不敢靠太近，只見應何從將手探進懷中，不知摸出了什麼，往李晟身上彈了幾下，那些遊走的毒蛇便自動避開了他，很快將李晟納入己方。

女人們見了，紛紛有樣學樣，在自己相熟的人身上彈上避蛇的藥粉。這麼一來，除了楊瑾，眾人一路被圍追堵截的壓力頓時都小了不少。

應何從道：「我的蛇雖然暫時能開路，但他們只需兩側騎兵讓開，高處弓箭手火攻，我就沒辦法了，還是得盡快想對策……不過奇怪得很，他們現在怎麼不放箭了？莫非是火油用完了？」

李晟道：「他們投鼠忌器。」

靠近中軍帳，那兩位礙事的「主帥」不肯挪地方，弄得親兵團與一眾將軍團著他們團團轉，弓箭手豈敢往谷中射火箭。

應何從愣了愣，正待問個明白，便聽李晟運氣丹田，喊道：「周——翡！」

周翡耳根微動，雖沒回頭，卻能通過聲音大致辨出李晟等人的位置，她倏地一沉手腕，枯榮真氣與碎遮分外合拍，那長刀好似十分愉悅地發出一聲輕響，破雪刀陡然凌厲起來。

而後周翡好似抽了瘋，居然就這麼丟開陸瑤光，拼著後背硬挨上破軍一刀，直指谷天璇。

到了他們這種境界，哪個高手會將自己的後背亮給敵人？因此陸瑤光第一反應就是有詐。而那谷天璇方才幾次三番想要禍水東引，陸瑤光心裡的怒氣已經積累到了一定程度，此時見他倒楣，陸瑤光心裡還劃過一絲竊喜。

這一點猶豫和竊喜，叫他出手時不由自主地凝滯了一瞬。就在這一瞬、一眼未曾眨完的間隙，谷天璇居然在猝不及防間硬接了周翡十四刀。

兩人的速度已非人眼能看清，簡直是全憑直覺。谷天璇手中鐵扇竟不堪重負，當場分崩離析，四分五裂的扇骨將谷天璇的手割得鮮血淋漓，他大叫一聲——直到這時，陸瑤光姍姍來遲的長刀才堪堪抵達周翡肩頭。

周翡好像忘了自己已經將「彩霞」脫給了吳楚楚，被北斗破軍從背後一刀砍過來也依然有條不紊，刀尖堪堪劃破她肩胛上一層油皮的千鈞一髮間，她踩在蜉蝣陣上的腳步方才滑開，魅影一般上前，頭也不回，長刀自下而上挑向谷天璇下巴。

谷天璇此時已是赤手空拳，還有一掌重傷，只好咬牙大喝一聲，用沒受傷的手掌拍向碎遮刀背。周翡順勢就著他的掌風往旁邊蕩開，剛好避開了陸瑤光從身後追至的一刀，她竟以谷天璇為掩，繞著他轉了半圈。

谷天璇方才情急之下一掌拍出，使的是十分力，根本來不及撤，此時掌風未散，他咽喉要命處已經被籠在了破雪刀下。

谷天璇僵住了，陸瑤光也傻了。連好不容易混入中軍帳附近，還在思索下一步該如何脫身的李晟也愣住了——

堂堂巨門星，縱橫江湖這許多年，有朝一日，竟嘗到了脖子上被人架刀刃的感覺。

周翡方才打鬥中全神貫注，渾然不覺，這會忽然停下，她才發現方才實在已經到了極限，她的五官六感與四肢經脈全都被使用過度似的，一身大汗倏地便發了出來，整個人瞬間脫水，嘴唇竟崩開了幾道小口。

然而無論她是什麼形象，都無法改變碎遮架在了谷天璇脖子上這事實。

周翡的胸口還在劇烈起伏，氣海處裂開似的疼，她咬牙強行撐住了，生生擠出一個冷笑，說道：「谷大人既然執意要送我們一程，那我們便卻之不恭了。」

這話音未落，周翡已經出手如電，隔空封住谷天璇身上好幾處大穴，刀刃穩穩當當地壓在了他的頸側，遠遠地看了李晟一眼，喝道：「走。」

北軍數萬精銳齊聚谷中，主帥之一竟被擒在中軍帳前，說出去，此地兵將簡直得集體自殺！

周翡一字一頓道：「讓路。」

裡三層外三層的北軍別無辦法，只好讓出一條路，周翡推著一身僵硬的谷天璇，方才邁出一步，便覺自己好像腳踩刀山一樣，針扎似的疼痛從腳下一直傳到腰間，她不動聲色地深吸口氣，甚至有暇衝陸瑤光冷笑一聲，在神色陰晴不定的破軍眼皮底下大搖大擺地走了出去。

兩撥流民敬畏地望著周翡，連人帶蛇，跟著她從北軍讓出來的通道中魚貫而出。

周翡身上實在太難過了，使用過度的枯榮真氣隱約有反噬的跡象，偏偏還不能在谷天璇面前表現出來，她只好盡量轉移自己注意力，一眼便瞥見了那打扮詭異的應何從，當即一愣：「妳怎麼是女的？」

應何從：「……」

她跟剛才那小子肯定是親生的兄妹。

周翡看了看旁邊披著毒蛇的女人們，又看了看應何從，好像有點明白了，便道：「所以你是一直跟她們在一起？你怎麼會跑到這裡來的？」

「說來話長，」應何從面無表情道，「我本來是為別的事來的，機緣巧合被困在這裡了，要不是你們今天這場大鬧，就算我再多帶點蛇，也不見得能帶她們出去。」

「嗯，」周翡不客氣地接道，「我知道，你功夫不行。不過話說回來，應……公子？還是姑娘？唉，隨便吧，你怎麼每次都這麼能撿漏？」

應何從眼角猛跳，一條紅彤彤的小蛇從他領口露出頭來，狠狠地衝周翡呲了一下牙。

李晟：「行了，阿翡，妳別欺負……」

他話音突然頓住，目光跳過周翡，落在她身後巨大的山谷中，被北軍燒過的地方草木成灰，火勢便慢慢往其他地方走了，露出光禿禿的山岩和地面，遠看好像……組成了某種圖形！

李晟不知道自己是不是太過疲憊，乃至於出現了幻覺，不禁用力揉了揉眼睛——來時路上，每個拐角處的指路石上都有一個簡單的路標，只需認得「出入」倆字就能看懂，但除此之外，旁邊還有一個複雜的八卦圖，李晟當時只是粗略掃了一遍，並沒有細想，因其與沖雲子學過齊門陣法，對五行八卦奇門遁甲之道頗有興趣，還特意拓下來隨身帶著，預備日後仔細研讀。

此時他卻忽然怎麼看怎麼覺得，那燒出來的空地正好與路標上的太極圖一角對上了！

李晟猛地往四下望去，如果按著這個尺寸推斷，那這整個山谷彷彿就是一張完整的太極圖。如果真是那樣，那這山谷是何人所建？建來做什麼？

這些鳩占鵲巢的流民與北軍知道其中的祕密嗎？

他忽然有種渾身戰慄的感覺。

李晟立刻將手探入懷中，去摸那些拓印的圖紙。

就在這時，一聲驚叫在耳側炸開，李晟倏地回過神來，尚未及反應，肩頭便被人重重一推，一支鐵箭破空而來，正好釘在他方才站立的地方。

推開他的應何從喝道：「小心！」

李晟吃了一驚，只見谷中北軍竟在這短短數息之間重新集結列隊完畢，弓箭手整肅地站成兩排，不管谷天璇死活，直接放箭了！

陸瑤光手一揮，大批北軍迅速封堵了山谷出入口，高處的弓箭手更是重新架起了火油的大桶，「嘶拉」一下，第一根蘸著火油的箭在半空中著了起來，燎著了行將破曉的天。

別說應何從手裡那堆小蛇，就算他手裡有條龍王，也未必能在火海裡撲騰起來。

周翡當時之所以刻意挑了比較不好控制的谷天璇下手，就是防著這一手。

她知道，倘若她挾持的人是陸瑤光，走不出三步，谷天璇這老奸巨猾慣了的東西準能當機立斷，讓他們倆一起血濺當場……誰知陸瑤光傻歸傻，反應也確實慢了些，骨子裡的狠毒卻一點也不少，傻毒傻毒的。

谷天璇沒料到陸瑤光與自己稱兄道弟這麼多年，關鍵時刻竟然直接翻臉，要連自己一起置於死地，當時瞠目欲裂，恨得要咬碎牙根。偏偏他穴道被制，叫也叫不出聲來，只憋得死去活來，一臉青紫。

鐵箭接二連三地呼嘯著落下，流民們抱頭鼠竄。

周翡自動斷後，眼看一支利箭逼至眼前，她本想拽著谷天璇躲開，誰知恰好胸口一痛，又嗆了一口煙，手上脫力從谷天璇身上滑落，自己踉蹌半步沒能拉住他。

耳畔「噗」一聲悶響，周翡瞬間睜大了眼睛，谷天璇竟被一支鐵箭射穿了小腹。

他僵硬地站著，脖頸間的青筋暴起，好像要炸開皮肉呲出來怒吼，喉嚨裡「咯」的一聲響，噴出了一口黑紫色的血……也不知是傷是氣，他好像走火入魔了！

周翡這會哪還顧得上他，狼狽地就地滾了兩圈，順手將一個嚇傻了的中年女人揪起來往後推去：「別愣著，快跑！」

周翡本身就不屬於內力深厚、一掌能推倒山的路數，更別提此時她已經力竭。一掌打出去掀飛一堆鐵箭什麼的，她連想都不用想，只好疲於奔命地拿碎遮挨個去擋，盡可能地給周圍的流民斷後。她無意中回頭看了一眼方才落腳的地方，見漫天的火油已經將地上的青草點著了，火光四下肆虐蔓延，大口地吞噬著立在中間的人。

谷天璇直挺挺地站在火海之中，胸腹、四肢上插滿了自己人的箭，畸形的影子被火光打在山岩石壁上。

本也該是一代英才。

山谷腹地中無處藏身，眾人只好本能地往兩側的樹林裡跑。

可是一幫腿肚子轉筋的流民哪跑得過訓練有素的精兵？轉眼，便有北軍沿著山谷周邊包抄過來，守株待兔地等著他們自投羅網。李晟心裡一慌，揮開鐵箭的動作用力過猛，將撿來的重劍也撞斷了，他倒退兩步，方才被自己拉出了一半的圖紙倏地從懷中掉了出來，紙蝴蝶似的在凌厲的夜風中瑟瑟亂飛。

一支火箭倏地從他身邊劃過，照得四下亮如白晝，李晟的瞳孔劇烈收縮，紙上的太極圖一瞬間洞穿了他的視線。利箭帶著火苗，「篤」一下將那太極圖釘在了地上，大片的宣紙瞬間著了，楊瑾一把拽著他的後頸往後拖去：「你發什麼呆？」

李晟死死地盯著那堆轉眼化成灰燼的紙，突然之間，多年前在岳陽附近的小村裡，沖雲子當成遊戲一般講給他聽的那些陣法，與整個山谷的太極圖產生了某種說不出的聯繫。還有那迷宮一樣的入口、燒焦的地面上露出的痕跡……

「我知道了！」李晟驀地掙脫開楊瑾的手，「我知道了！」

楊瑾莫名其妙：「啊？」

李晟撒腿便跑：「快跟我來！」

眾人都不知道他要幹什麼，可是此地處處是絕境，誰都沒有主意，難得他篤定非常，便只好不分青紅皂白地跟著跑了起來。

他們一路敢死隊似的衝著山谷邊緣的北軍正面衝了過去。

楊瑾大包大攬地說道：「要幹什麼？強行突圍嗎？閃開，我來！」

應何從不知什麼時候湊上來，皺眉道：「他們人太多了，層層包圍，還能守望相助，恐怕不成。」

楊瑾乍一聽見應何從的聲音，整個人便是一僵，他見鬼似的偷偷瞟了那養蛇的一眼，悄無聲息地往旁邊挪了兩尺有餘，然後掉頭就跑，邊跑邊喊道：「周翡，周翡！快點，妳來開路，換我斷後！」

應何從莫名其妙，完全不知自己哪裡得罪過此人。

周翡和楊瑾飛快地交換了一下位置，她像一把尖刀，直接捅進了敵陣中。此時，天色已經濛濛亮起來，她一身淡色的衣衫早給血染得紅黑一片，也不知是自己的血還是別人的血。

李晟口中正唸唸有詞地算著什麼，一眼瞥見周翡這形象，被她嚇了一跳：「妳沒事吧？」

周翡一進又一退，刀尖上掛了好幾個攔路的北軍，冷冷地回道：「死不了。」

「死不了就幫我一把，」李晟不客氣地吩咐道，「聽我說，『冬至一陽初生，從坤之左，起於北』……」

周翡下意識道：「啊？不是西南嗎？」

李晟道：「不，那是『後天八卦』的方位，我看此地怕是以『先天』為體……」

周翡也就是早年鑽研蜉蝣陣法的時候，淺嘗輒止地大概瞭解過一點，全然是死記硬背，聽他說什麼「先天後天」，頭都大了兩圈，太陽穴一跳一跳的疼，立刻打斷李晟道：

「你就說讓我幹什麼吧。」

李晟深吸一口氣，指著密林中一處說道：「妳從這裡上去，必能見一棵樹木異於其他，或是過粗、或是過細，找到它以後，想辦法拔出來！」

周翡順著他的手指望去，沒看見什麼異常的樹，倒是先看見了密密麻麻越聚越多的北軍。

她輕輕一提肩膀，深吸了口氣，又重重地吐出來，聽來好似一聲長嘆，隨後對李晟道：「哥，真玩完了，往後你每年都得跪著給我燒紙。」

周翡一句話撂下，不管李晟在這個節骨眼上讓她拔一棵樹的要求有多荒謬，也不問他的目的是什麼，全盤照辦。她再次強提一口氣，感覺自己的極限好像一根彈力十足的弦，每次覺得自己繃緊到了極致，卻還能再拉一下。她飛身而起，披著一身寒霜與乾涸的血跡，從無數迎面衝下來的北軍頭頂掠過。

林間弓弩已經裝上，明槍暗箭裡三層外三層地將她裹在中間，周翡輕叱一聲，碎遮幾乎織就了一道銀色的籬笆，弩箭與刀槍撞在刀背上的聲音震得人耳生疼，周翡不顧自己手腕麻得快要沒有知覺，不過幾息之間，已經闖入了密林深處。她視線開始有些模糊，便自己用力眨了一下，肩頭上中了一箭，不便直接拔出來，便揮刀將箭尾暫時砍去，同時目光往四下一掃，居然真的看見了一棵特殊的樹——這山谷顯然歷史悠久，所生樹木很多都是合抱粗的古木，只有那一棵小樹，縱向極高，與周圍古木並肩站立毫不突兀，樹幹卻才不過小孩子手腕粗，夾在一片鬱鬱蔥蔥的樹叢間，像是與旁邊哪棵大樹共生的枝條，並不顯眼，倘若李晟不提示那一句，她恐怕也會熟視無睹地略過去。

周翡矮身躲開一支暗箭，飛身落到那「樹苗」旁邊，一伸手抓住樹幹，本想先砍斷再說，誰知才用了一點力氣，那樹幹卻在她掌中原地轉動了半圈。

周翡一愣。

這時，一群北軍四下趕上來圍攻她，周翡一手抓著那小樹幹，以其為軸，碎遮在原地畫了一個巨大的圓，一刀破開七人攻勢。而那樹幹被她強行帶著在原地轉了一整圈，只聽「咔」一聲輕響，似乎是什麼機簧彈開了，周翡險些沒站穩，愣愣地看著被她連根從地面拔起來的樹幹，一頭霧水，心道：不施內力就能單手倒拔小樹……我這神力什麼時候練就的？

下一刻，她發現這樹下的根非常畸形，裹著地下埋的一塊怪模怪樣的「石頭」，那「石頭」邊緣生著一圈小刀刃，刃上泛著寒光，割開了所有裹著它的小樹根鬚，割下來的部分還是新鮮的，「石頭」周圍的泥土翻開……周翡想起自己方才聽見的那一聲細小的機簧聲，好像是她觸碰了什麼機關，讓「石頭」周圍彈出小刀刃，瞬間割開樹根，然後將整棵樹往地面頂起。

周翡試探著用碎遮在那「石頭」上敲了一下。

「嘡」一聲……

空心的？

周翡將刀尖在那石頭周圍輕輕劃了一下，果然找到了一條細小的接縫，一翻手腕往上一翹——怪「石頭」的上蓋便被她揭開了，裡面有一個和當年魚老江心小亭中控制牽機的機關很像的東西。

周翡一愣，就在這時，又一撥北軍撲了上來，周翡下意識地將石蓋下面埋的機關撥了下去。

霎時間，整個山谷都開始震顫，地面下傳來地震一般的「隆隆」聲，中間竟隱約夾雜著龍吟似的咆哮，周翡驀地抬頭，見整個山谷一側竟然往下陷了下去，毫無防備的北軍一陣人仰馬翻。而就在這時，不遠處的李晟撥動了另一個機關，地面再次巨震，山谷的另一邊高高掀起，轟然撞在山岩之上，原本埋伏在那的弓箭手們猝不及防，紛紛滾落下來，岩石擠壓中，火油桶就地炸開，正一面山岩都著了起來。

倘若山谷是一方小世界，那麼它肯定有一枚鑰匙，拿到這把鑰匙的人便能在此地翻雲覆雨。

李晟大聲道：「周翡！毀去那機關，別磨蹭！」

周翡一刀斬下那機簧連接處，隨後她顧不上一身傷，一躍而起，從陷入混亂尚未回神的北軍中掠過。

李晟：「陽順上艮位……阿翡，若我推斷不錯，此地應有七處『定山準星』，對應的是齊門『北斗倒掛』之陣。」

「北斗？」周翡低聲道，「真巧。」

她依著李晟的指點，很快找到第三棵樹，依樣畫葫蘆，山谷正中竟平地隆起，陸瑤光的中軍帳轉眼上了天，旁邊懸掛北斗旗的旗杆從高處砸了下來，一堆親兵躲閃不及，紛紛中招。

陸瑤光狼狽地跳上馬背，大吼一聲狠狠拎起轡頭：「攔下那兩人，不論死活！」

流民們一時倒沒人管了，人和蛇一起不明所以地呆在原地。

楊瑾眼見大批北軍向著山坡上的兩人包抄而去，立刻上前攙和，將捲刃的斷雁刀往旁邊一扔，撿起兩把大砍刀便衝殺上去，生生將遲來的北軍隊伍撞出個缺口，直抵周翡身邊：「我來幫妳，幹什麼？」

周翡縮回遞出去的碎遮，翻出第四棵樹，一下合上機關。

這一回是他們這邊的山坡巨震，倆人險些都沒站穩，整個山岩一端下沉一端上升，中間裂開了一個大斷層，追殺他們的北軍成片地摔了下去，周翡好險扶住一棵古木站穩，對楊瑾道：「去問李晟！」

楊瑾被她不由分說地趕走，深一腳淺一腳地四下找尋李晟，還沒等他在一堆亂石翻飛裡找著人，第五個機簧不知被誰打開了，楊瑾腳下一空，忙大叫一聲，砍刀「篤」一下砍上旁邊的樹幹，險險地將自己吊了上去，定睛一看，他腳下竟不知什麼時候改天換地，多出了一個巨大的山洞入口。

這時，一隻手將他拉了上去，楊瑾一抬頭，便看見了滿頭泥沙的李晟。李晟將他拉上去，狠狠一抹臉：「帶著他們從這裡走，快！」

其實不必他吩咐，照看流民的應何從一見那洞口現身，身邊的大小蛇便不知為什麼紛紛往裡鑽，他自來相信動物勝過相信人，立刻便當機立斷，驅趕著流民往裡跑。

山岩上平白無故地開了瓢，冒出那麼大一個洞，北軍不瞎，自然也看見了。應何從帶著流民往打開的密道裡跑，附近的北軍便緊跟著也追上來。

好在他們火油桶炸了，只要沒有那些噴雲吐霧的火箭，應何從的蛇群就還能有點用處，牠們在養蛇人的笛聲下，散落於眾多流民周邊，呈扇面形排兵佈陣，硬是阻斷了北軍的腳步，楊瑾低頭看了一眼，衝李晟道：「鬆手。」

說完，他調整好姿勢，從山岩上縱身一躍而下，大馬猴似的，幾個起落便躍至蛇群之外，衝應何從吼道：「養蛇的，我斷後，你們走快點！」

如果不是「走快點」仨字破了音，他顯得還挺威風的。

山谷中的北軍一部分陷入混亂，剩下的一分為二，一半前去圍堵那突如其來的密道，剩下一半則湧上了山谷兩側。

再絕代的高手被前仆後繼地圍攻一宿，也不免手軟腳軟，李晟有種四肢都再不屬於自己的錯覺，腦子都砍木了，一不留神被一塊山岩絆倒，竟一時沒能爬起來。

他跟周翡早就被北軍湧上來的人潮衝開，一時看不見她在哪，這麼一摔，數十條長槍與大刀一起朝他當頭壓過來，打算將他一勞永逸地壓成一鍋肉餡。

李晟拼了老命，大吼一聲，將手中不知哪裡撿來的一根長戟高高舉過頭頂，硬是格住壓下來的「刀山」，這一短兵相接，他便真真切切地聽見「喀」一聲，隨後手臂上傳來一陣劇痛，不知是裂了還是折了。

「北斗倒掛」的陣法有七陣眼，如今已成其五，千難萬難中走到這一步，怎能功敗垂成？何況那密道的門還未封上，倘若他死在這裡，那些流民們進不進密道有什麼分別，也不過是換個地方被北軍追上而已……

李晟不知哪來一股力氣，單手死死撐住頭頂眾刀，牙床咬出了血，他拼命將受傷的手臂探入懷中，摸出了一枚四十八寨的信號彈，哆哆嗦嗦地送到嘴邊，用牙咬下引線，然後貼著地面拋了出去。

信號彈「呲」一聲響，好似從眾多北軍之間燒著了，火花四濺地貼地飛了出去。

一干北軍猝不及防，不少人根本沒看清飛了什麼東西過去，便被那火花燎了個正著，李晟頭上的壓力倏地減輕了，他趁機一翻身滾出去，以「四兩撥千斤」之法，將那一堆壓在他頭頂的刀槍引致身側，轟然落地。

這時，一道亮光閃過，李晟眼前一花，他驀地一抬頭，見那碎遮的刀光好似潑墨一般落下，那把傳世名刀一宿過去，竟不沾血污，刀上隱約凝著初出地面的晨曦，流過血槽，彙聚於刀尖一點，又折向四面八方。

周翡肩上釘進肉裡的箭頭已經和血肉糊在了一起，渾身上下沒有一個好的地方，只有眼睛和刀尖一塵不染，依舊亮得灼眼，好像她那肉體凡胎的身體裡有一把火，能不眠不休地一直燒下去。

李晟的眼眶莫名一熱，便見周翡將手上的血跡一甩，說道：「你怎麼這麼弱啊，哥，從小到大就會窩裡橫吧？」

李晟眼前一陣一陣發黑，急喘了幾口氣，抓住了周翡遞過來的手站起來，低聲同她說道：「若我沒算錯，下一個陣眼應該在東南……」

周翡卻不待他說完，便突然插話道：「哥，你說這裡會是齊門禁地嗎？」

鮮少能在周翡嘴裡聽見這麼多聲「哥」，李晟忽然莫名有種不祥的預感，他聽見「哥」這個字總是忍不住渾身起雞皮疙瘩，因為隨之而來的必然沒什麼好事。

李晟道：「北斗倒掛，確實是齊門的……」

「那就好，」周翡突然笑了，「都到了齊門禁地門口，不進去看個分明，我死不瞑目，所以肯定不會死，你信不信？」

李晟吃了一驚：「等等，妳要……」

周翡忽然甩開他的手，朗聲道：「第六個機關在那邊是嗎？知道了！」

說完，她縱身從人群中穿過，竟是向「東南」相反的方向跑去。

北軍聞聽此言，頓時瘋了，都知道不能再讓她弄出一次地動山搖來，當下一擁而上地追了過去。

李晟失聲道：「阿翡！」

東海蓬萊，刺眼的陽光掠過海面，途經一只通體紅潤的暖玉，便又溫潤起來，在那玉中逡巡不去。

謝允的膝頭橫著一把長刀，他閉目端坐於一塊巨大的礁石上，緩緩睜開眼。

海邊編漁網的老漁夫手搭涼棚，遮住刺眼的晨曦，抬頭望向他。

「我一直在想，何為『生不逢時』。」謝允忽然前不著村後不著店地開口道。

陳俊夫神色不動，問道：「何為生不逢時？」

「同樣是升斗小民，躬耕野外，太平年間是梅妻鶴子、採菊東籬，自有一番野趣，亂世中人卻是流離失所、賣兒鬻女，日日朝不保夕。不光平民百姓，江湖遊俠是一樣，達官貴人也逃不過，您說是不是生於亂世，天生就比生在太平盛世中的人低賤呢？」

這話聽起來像是感懷自己身世，陳俊夫便笑道：「日有晝夜之分、月有朔望之別、人有離合之悲，世情自然也有治亂始終變換，生在何處，由不得你我的。」

「那生在破曉之前的人，肯定是最幸運的。」謝允眼角微彎，眼角有一層細碎的冰渣，乍一看竟是熠熠生輝，「一生都在看著天一點一點亮起來。」

陳俊夫想了想，問道：「你在說阿翡？」

謝允笑道：「不，我在說我自己。」

說著，他從大礁石上一躍而下，單手將披散未束的長髮往身後一攏，拂開身上水氣凝成的細霜：「師叔，我想到這把刀應該有什麼樣的刀銘了。」

陳俊夫問：「叫什麼？」

謝允道：「叫做『熹微』。」

陳俊夫先是一愣，繼而奇道：「怎麼講，古人不是講『恨晨光之熹微』嗎？」

「行將破曉，縱使天色黯淡，又有什麼好恨的？」謝允衝他一擺手，頭也不回地走了，「別不知足啦。」

如果他註定要止步於此，那也夠了。

師父唸的經裡說「一切有為法，有如夢幻泡影，如夢亦如幻，如露亦如電」，那麼倘或他的精魄神魂也能像那些光怪陸離的民間傳說一樣，附著於刀身上，他不就好似成了一顆永遠附著在「晨光熹微」上的「朝露」？

陰魂不散，也能算長久。

謝允想到此處，忍不住自己一樂，決定將這一段寫到給周翡的信裡。

此時，山谷中，周翡獨自一人引走了李晟絕大部分的壓力，她那句話喊出來，人便已經在幾丈之外，大批的北軍這才反應過來，前後左右地前去包抄，妄圖以人山人海阻她去路，很快便叫她陷入其中、寸步難行。

可是圍攏住周翡的兵將好似一堆朽木爛紙，乍一看堅韌厚實，抵在神兵利器之下，卻總是不過片刻，便被周翡一層一層刺穿，露出刀尖來，她遙遙地盯著不遠處的某個目標，眼皮也不眨一下，當真是神擋殺神、佛擋殺佛。

這支北軍隊伍的臨時將領一腦門冷汗，愣是不敢靠近周翡，只叫道：「攔不住就散開，不要吝惜弩箭，射死她！」

周翡聽見了他的聲音，目光如電一般，倏地轉過來，那北軍將領愣是被她殺意浸滿的目光嚇了一跳，情不自禁地往後退了一步，險些被一棵樹根絆倒。他回過神來，頓時怒不可遏，吼道：「困獸猶鬥，不知死活，放——箭！」

弓箭手齊聲應和，倏地退開一圈，豁出去誤傷自己人，隨其上官一聲令下，所有的箭尖指向同一處，周翡旋身而起，像一片在飀風中高速旋轉的枯葉。密密麻麻的箭尖在空中排成長一寸、短一寸的巨網，碎遮照單全收，刀背與箭尖漸次相撞，金石之聲竟如寶珠落玉盤。

七零八落的箭矢同周翡一同落地，她胸口劇烈地起伏，額角的冷汗被那少女式的、濃密的眼睫攔住。她的眼皮好似不堪重負一般地眨了一下，看見碎遮光潔如洗的刀背上終於多了兩道淺淺的劃痕，刀尖上也崩掉了一個小小缺口。

神兵無雙，也終會蒙塵嗎？

北軍步兵卻不容她心疼寶刀，飛快地補上缺口，刀槍齊下，周翡握刀的手陡然一緊，情知自己快要燈枯油盡，不敢再硬接，使出蜉蝣陣法，艱難地從北軍的縫隙中往外鑽。

「放箭！放箭！別讓她跑了！」

「咔噠」一聲，又一次上弦，周翡後背一僵，而第二撥弓箭已至。

這時，她背後一痛，整個人猛地往前一撲，原來是她躲閃不及，被一個北軍手中砍刀掃了一下，後背頓時一大片皮開肉綻。周翡不顧傷口，順勢就地滾開，同時，碎遮連斬數條膽敢擋路的人腿，用身邊來不及退避的北軍當了人盾，連滾帶爬地避開第二撥弓箭。

周翡一直滾到了一處樹叢邊上，肩膀在一棵樹根上重重地撞了一下，止住去勢，她借力一躍而起，而第三撥箭已不容她喘息，逼至眼前。周翡別無辦法，只好再次強提一口氣，以輕功勉強躲避，誰知這一次她真到了力竭時，那口氣尚未提起，她便覺胸腹間一陣劇痛，五臟六腑被拉扯得撕心裂肺。

周翡眼前一黑，一口腥甜無法抑制地湧上喉嚨，隨後腿上便是一陣尖銳的疼痛，一根鐵箭直接射穿她的大腿，將她整個人釘在了樹上。

周翡本能地以碎遮拄地站住，而那刀卻顫抖得好似風中落葉，從缺口處一寸寸皸裂，她抬手摸索著想去拔腿上的箭，眼前卻什麼都看不清，幾次三番，竟沒能摸到那鐵箭尾巴。

「剛吹的牛，這麼快就打臉……」周翡迷迷糊糊地想道，那俄頃的光景中，她彷彿是短暫地暈過去了，神魂脫離眼前的修羅場，在狹窄的光陰中憑空插了一段夢，恍惚間，她看見謝允站在面前，手中拎著一把細長的刀。

「對啊，」她心道，「那小子還欠我一把刀呢。」

突然，周翡覺得自己整個人往下倒去，眼前一切好似顛倒了過來，那些北軍與逼至眼前的箭矢全都換了個方向，有驚無險地與她錯身而過。

周翡剛開始以為是幻覺，隨即整個人被什麼東西狠狠一撞，她出竅的三魂七魄一股腦地給撞回肉身中。周翡目光瞬間清明，發現自己連同身後的大樹正在一起仰面往下陷！

李晟動了第六處機關！

周翡有驚無喜，因為要是隨著樹這麼摔下去，她得變成一塊肉餅，連忙伸手抓住了將她和大樹釘在一起的那根箭。她下墜的速度越來越快，周翡不知哪來的力氣，手腕上的青筋幾乎要撐破蒼白的皮膚，周身痛苦地縮成一團，硬是一寸一寸地將那根鐵箭往外拽。

血順著她的手腕、褲腳往下滴滴答答地淌。

下一刻，大樹自高處轟然落地。

就在行將落地的一瞬間，周翡脫離了樹幹，沒受傷的腿單腳一點樹幹，借力往斜上方掠去，隨即驚險地落到幾丈之外，腿一軟，便跪在了地上。

此時，周圍有什麼東西、什麼聲音，她一概看不見也聽不見了，身上一陣一陣發冷，手腳全都不聽使喚，偏偏不敢暈過去，感覺還不如就地斷氣輕鬆些。

這時，一雙手將她從地上提了起來，周翡下意識地掙扎起來，然而她自覺使出全力，其實卻只是微微抽動了一下。

那人將她抱了起來，一個好像離得極遠的聲音喊道：「阿翡！」

「嚇死我了，原來李婆婆……」周翡心道，然後她手一鬆，碎遮倏地脫了手，落地瞬間刀身便分崩離析。

李晟心口一滯，差點被她嚇死，哆哆嗦嗦地伸手去探她鼻息。

然而此時，隨著第六道機關落下，那不遠處的洞口上竟落下一道石門，眼看要緩緩合上。

楊瑾守在門前，一手拿著一把大砍刀，一手舉著一個不知從哪撿的盾牌，萬夫莫開地擋在密道入口，衝李晟大喊道：「李兄！快點！」

周翡鼻息太微弱，李晟沒探出究竟來，然而已經別無選擇，只好抱著她飛奔。

可是眾多北軍堵在山洞門口，一時半會根本不可能衝過去。

這時，只聽一聲叫人耳根發麻的尖銳哨聲，無數毒蛇突然從那山洞中傾巢而出，竟滾雪球似的彼此糾纏成一團，越滾越大，不到三五丈遠，滾出了一個半人多高的「蛇球」，衝向北軍之中。

楊瑾剛開始沒反應過來與自己擦肩而過的是什麼，片刻後才回過神來，冷汗後知後覺地出了一身，嚇得他差點沒跪下。北軍也從未見識過這等「怪物」，被那蛇球撞出了一條通路，剛好給李晟開了道。

隨後，養蛇人的笛聲驀地拔高，尖銳得幾乎要破音，那蛇球滾到北軍隊伍中間，「轟」一下炸開，無數毒蛇四下翻飛，落在周圍士兵臉上、身上，一時間慘叫聲此起彼伏。

李晟一咬牙，輕功快到了極致，閉著眼穿過了亂飛的蛇群，只覺臉上、脖頸上被冰冷的鱗片掃了好幾下，好在他們身上都沾過應何從的藥粉，毒蛇不會開口攻擊。

楊瑾忍無可忍地吼道：「養蛇的你瘋了啊——」

他一臉生無可戀地伸長了胳膊，連李晟在他肩頭上掛的好幾條蛇一起拽入只剩不到半人高的山洞，期間彷彿摸到了一根滑溜溜的蛇尾巴，楊瑾只剩一截的頭髮嚇得集體直立向天，好似一隻頗有冤情的大刺蝟。

下一刻，卡著洞口機關的鋼刀「嗡」一下崩開，搖搖欲墜的石洞門口轟然落下，將內外重重隔開。

眾人尚未來得及鬆口氣，便聽見石門外面傳來轟鳴聲——北軍要撞門。

李晟此時氣還沒喘勻，連同毫無意識的周翡一起跪在了地上，話都說不利索，只能伸手指向石門正中：「最、最後一個……」

楊瑾一抬頭，藉著旁邊人的手中照亮的火把，看見石門頂上正中的位置上有一個倒著畫的北斗圖形。

石門「咣」一聲巨響，北軍開始撞門了。

上面的泥土與隨時撲簌簌地往下落，楊瑾不敢遲疑，一躍而起，手腳並用地攀附在石門內側，墊腳在那北斗倒掛圖上胡亂按了一同，只聽一聲輕響，上面彈開一個小小的密室，露出裡面的機關來，楊瑾一把將機關合上，眾人只覺腳下地面一動，竟緩緩地往下沉去。

那突然出現的密道石洞緩緩沉入了地下，連入口也消失了！

幽暗狹窄的密道中，視野陡然寬敞起來，那名叫「小虎」的少年高高地舉起火把，見他們腳下是一串靠在山岩上的石階，足有數百階，直通地下，地下竟有一個同地面山谷一般大小的巨型八卦圖。

應何從喃喃道：「這是……真正的齊門禁地……」

第五十四章　齊門禁地

周翡覺得自己能一覺睡到地老天荒，最好就這麼躺著爛在泥裡，省得將來還得起來再死一次。

無奈這些年她在外面風餐露宿，鍛煉得太警醒，即使意識飄在半空，也能被陌生環境中沒完沒了的「窸窣」聲驚動。周翡正迷迷糊糊地有一點清醒，下意識地動了一下，卻不料被這麼個小動作疼得眼前一黑。她本能地有些畏懼，立刻就想接著暈，誰知身邊卻不知是誰，沒輕沒重地往地上放東西，「咣當」一聲巨響，活生生地把她嚇清醒了。

周翡陡然一激靈，記憶開閘似的回籠，想起自己身在何方，抬手便要去摸腰間的刀，卻摸了個空。她猝然睜眼，正對上一張髒兮兮的年輕女孩的臉。

那女孩嚇了一跳，接著睜大了眼睛，操著一口不知是哪裡的口音，大叫道：「她醒了！」

女孩話音沒落，一大幫男女老少都有的「叫花子」便紛紛聚攏過來，一同探頭探腦地對周翡施以圍觀。

「哎喲，真的！」

「醒了醒了！」

周翡這才注意到，自己好似身在地下，視野極其寬闊，四周的火把已經被人點了起來，難怪這些流民們跑來跑去回音聲這麼大。面前的女孩也不怕她，從旁邊一口大鍋中盛出一碗什麼黏糊糊的東西給周翡，又湊上來道：「這鍋子也太沉了，剛才差點讓我弄灑了，快來，喝一點，連藥帶水都有了。」

周翡試著挪動了一下，驚愕地發現自己腰上竟然吃不上勁。

「啊，對，蛇姑……呃，就是那個蛇……大俠給妳用了一種獨門金瘡藥，他說見效很快的，就是恐怕剛開始傷口會有些麻痺，行動不太自在，沒關係，我餵妳喝。」女孩十分快言快語，自來熟地將那缺了口的碗遞到周翡面前，「我呀，小名叫做春姑，沒大名，有事妳儘管吩咐我——我說，你們都別在這圍著她，小虎，你快去告訴蛇大俠他們。」

旁邊一個少年應了一聲，撒腿便跑了。

春姑雖然話多，但看得出是慣常伺候人的，麻利地將一碗藥水給周翡餵了進去，既沒有嗆著她，也沒灑出來一點。隨後女孩又哼著小曲，拿出一塊素淨的細絹，周翡不由得疑惑地看了那塊絹布一眼。

「這個啊，」春姑好像看出她的疑問，笑道，「是李大俠帶著咱們從這裡找的，這地方真好，鍋碗瓢盆什麼都有呢，有個箱子裡放了好多尚好的料子，還有不少陳糧，雖然不大新鮮了，但好好篩一篩也能吃，看來以前有人在這裡常住過呢！來，我給妳擦擦汗。」

周翡不太習慣被人照顧，忙一偏頭：「姑娘，妳不必這麼……」

「這有什麼呢，」春姑笑道，「要不是你們，我和我弟都沒命了呢。我們從北邊一路逃難過來，本以為就要餓死了，被一起逃難的好心人救下，收留了我們姐弟，一路將我們帶到這裡。」

周翡問道：「領路人的道士嗎？」

「不是。」春姑忙前忙後地端來一碗米粥，細細地吹涼，餵給周翡，又道，「不過據說跟道士也有關係，有個老伯，前些年有道士途經他家討水喝，那會他家裡還算殷實，見了出家人，便請進來給了頓飯吃，道士們臨走的時候給了他一張地圖，說是有朝一日遇到難處，可以按著地圖走，有一處容身之所。老伯當時沒在意，誰知後來真的打起來了，他這才想起來這東西，忙沿途召集親朋故舊，按著地圖找了來。到了山谷才發現，原來來的不止一撥人，前前後後陰差陽錯跑來的人，都或多或少地供養過道士，故事也差不多呢。」

周翡若有所思——也就是說，外面那建在齊門禁地的山谷多年前就成型了，齊門的道士們料到有動亂的一天，早早將此地地址透露給了曾給過他們恩惠的邊境百姓。

「我還以為得救了，」春姑兀自說道，「唉，誰知到了這，好景不長，那些畜生又闖了進來，剛開始還對我們花言巧語。咱們都是尋常老百姓，豈敢和朝廷抗衡，自然人家說什麼就是什麼，可他們越來越得寸進尺，越來越將我們當成豬狗，最後還將我們轟到一處關起來，把女人都強行拖出來關到西邊大營裡，供他們取樂。」

周翡輕輕皺起眉。

「誰知我們運氣好，有個蛇姑……哦，不對，是蛇大俠，」春姑吐了吐舌頭，「那些混帳胚子一靠近西北大營，便會莫名其妙遭蛇咬，灑雄黃也不管用，嘿嘿，他們還不知道怎麼回事，以為中邪了呢。」

這時，旁邊一個聲音插話道：「我迫不得已男扮女裝，唐突諸位了，抱歉。」

周翡一偏頭，見應何從走過來，他已經把腦袋上那莫名其妙的辮子解了，雖沒來得及換衣服，但只要不刻意掩飾自己聲音與舉止，還算能讓人看出他只是個相貌清秀的男青年。

「一時三刻內別亂動真氣，妳內功紮實，雖然有內傷，但不知是什麼門路，反而頗有點破而後立的意思，我看問題不大。」應何從說完，打量了周翡一眼，又真誠地讚揚道，「周姑娘，妳可真禁打啊。」

周翡：「……」

一別數年，毒郎中開口找揍的本領猶勝當年。

周翡問道：「你怎麼弄成這副德行？」

「我託行腳幫打探齊門禁地，不料消息不知怎麼走漏了，那幾個幫我跑腿的行腳幫漢子都被人殺了，殺人者應該是個刺客，固執地認為我肯定知道些什麼，一路追殺我，幸虧我養的蛇警醒，幾次三番提前示警，一次被他困在一個客棧中，我身上藥粉用完，來不及配，別無辦法，只好扮作女裝，混在一群從人牙那逃出來的女人中離開，誰知居然機緣巧合被她們帶到了這山谷。」

那群北軍瞎，愣是將他也當成了新鮮水靈的大姑娘。

執著於齊門禁地的刺客，周翡就知道一個封無言，她想了想，覺得倒是也說得通——「黑判官」封無言是何許人也，自然不會注意到一群朝不保夕的流民，怎會想到他夢寐以求的祕境就是掌握在這群螻蟻手上？想必就這麼和他一生中唯一一次機會擦肩而過了。當時失去了應何從的蹤跡，封無言準是去尋找其他門路，正好趕上柳家莊各大門派圍剿殷沛，便前去撿便宜，不料陰差陽錯，反而搭上了自己。

周翡奇道：「可你不是大藥谷的人嗎，怎麼你也在找齊門禁地？」

「因為呂國師的墓地是個衣冠塚，」應何從道，「據說他晚年荒唐得很，每日就是煉丹吃藥，吃得神智也頗不清醒，一日竟還走失了，當年谷中前輩們翻遍了整個中原也沒找到他，只在幾年後收到他一封信，指派了下一任掌門，並說自己得仙人指點，於不為人知之處找到一祕境，準備在此羽化而去云云……簡直不可理喻，這些丟人事都是門派祕密，沒往外傳過。」

周翡道：「你懷疑那個『不為人知的祕境』就是齊門禁地？」

「因為涅槃蠱。」應何從道，「我剛開始還不知道，後來看見妳送來那批藥谷典籍裡，有一本《異聞錄》，記載了呂國師生平所見聞之匪夷所思之事，看著像民間神話，妳可能沒仔細翻，裡頭有個〈魑魅篇〉，便提到了『涅槃神教』與涅槃蠱的事，後面有一排小字，是呂國師後來添的，語焉不詳地說他因一時好奇，留下了這孽障，後來又因為一些心魔，竟將牠養了起來，如今看來，倒像個禍根云云……我這才疑心，那個自稱『清暉真人』的，很可能到過當年呂國師的『羽化』之地。」

周翡聽得一愣一愣的，倒沒料到當中還有這麼曲折的緣故。

應何從又娓娓說道：「我便去追查這『清暉真人』生平，發現他在得到涅槃蠱之前，好像是個名不見經傳的小人物，花了好大工夫挖出了他的真實身分——原來他就是山川劍的後人，這一點想必妳也知道，不用我多說。我在衡山腳下徘徊良久，終於打探出了一點蛛絲馬跡，據說他當年曾身受重傷，是被幾個道士救走的。有名的道觀總共那麼幾個，掰手指能數出來，其中只有齊門燭陰山離湘水一帶不遠，而當年第一個死在清暉真人手上的『白虎主』馮飛花離開活人死人山之後，似乎也是在這附近活動，齊門慣會用那些奇門遁甲之類的玩意，豈不正像呂國師遺書上所說的『不為人知之處』？至此，線索都對上了，我這才猜測，呂國師最後所在，便是齊門禁地。」

周翡聽了他這一番輕描淡寫的描述，一時有些震撼，難以置信地問道：「你……都是你一個人查到的？」

應何從奇怪地看了她一眼：「大藥谷就我一個人了，不然呢？」

他這一輩子，真可謂文不成武不就，除了會養蛇，連大藥谷的皮毛都沒學到多少，卻機緣巧合之下成了唯一一個倖存者，只好咽下血淚，拼了命地去追尋那些失去的傳承的遺跡，連一點蛛絲馬跡也不肯放過。周翡思及此，不由啞然，她一直以為自己為了謝三，已經幹盡了天下傻事，沒想到江湖中臥虎藏龍，有個比她還傻的。

應何從扔給她一根木棍削成的拐杖，說道：「這裡頭仍有好多古怪的陣法，妳哥他們方才亂走，被困在一個牆角半天出不來了，瞧瞧去嗎？」

周翡接過拐杖，咬牙將自己撐了起來，自覺成了個老態龍鍾的老太婆，木棍戳在地上，哆嗦得像一片風中樹葉。春姑見狀，張了張嘴，忙要上前來扶，卻被應何從一擺手攔住。

那毒郎中站著說話不腰疼，漫不經心地說道：「她成日裡在風刀霜劍裡滾來滾去，威風得很，哪那麼容易死？不用管她。」

周翡被一身傷與他那缺德的獨門金瘡藥折騰出了一身大汗，此時全憑一口氣撐著，聽了「郎中」這句冷漠的評價，頓時氣不打一處來，感覺自己但凡還有一點餘力，一定要給他一刀。

周翡咬牙道：「養蛇的，你以後小心點，別落到我手裡。」

應何從衝春姑一揚眉：「妳看吧。」

春姑：「……」

應何從說完，便大搖大擺地往前走去，根本不知道放慢腳步等一等傷患。

周翡牙根癢癢，將方才一把震撼與隱約的惺惺相惜全都揉成一團踩在腳下——這姓應的小子還是一樣的混蛋討人嫌！

應何從不到片刻便跑到前面去了。幸虧春姑給周翡餵了粥和藥，這會她好歹有了點力氣，一步一挪地拄著拐杖在指路木樁間慢吞吞地走，只見這地下山谷中，山壁與地面到處都是八卦圖和別有用心的石塊木樁，看得周翡眼直暈，好在李晟他們在她昏迷的時候將附近的路蹚了一遍，在地面上插滿了標記的小木樁，給她指出一條路。

周翡走一步歇半天，便借機四下打量傳說中的「不為人知之地」，突然，她在一片八卦圖中發現了一篇《道德經》，數千字刻在石壁上，周翡不由駐足仔細望去，見那《道德經》同當年沖霄子給她的那本一模一樣，乍一看寫得十分潦草，點橫撇捺亂飛，當中卻蘊含了那一套不知名的內功心法。

再一看，原來那經文的標題處寫得根本不是「道德經」，而是「齊物訣」。

周翡恍然，心道：原來我練了好多年的功法叫這個。

她想起在段九娘小院裡，自己被那瘋婆子弄得求生不能、求死不得的往事，便有些懷念地往下看去，忽然「咦」了一聲——只見那齊物訣的前半部分與沖霄子交給她的一模一樣，後半部分卻有了變化。

有人以強指力抹去了後半部一些筆劃，抹的剛好是指示經脈的那些，而且抹得不加掩飾，致使後半部許多字都缺斤短兩，好像楊瑾寫的！

而字與字之間，又多了不少刀斧砍上石塊的痕跡，像是有什麼人曾在此發洩亂砍一通，可再仔細一看，周翡卻覺得那爛七八糟的痕跡中彷彿有什麼東西呼之欲出，一股凜冽的戰意竟撲面而來。

她吃了一驚，下意識地錯後一步，趔趄著險些沒站穩。

就在這時，不遠處有人大呼小叫道：「出來了！我破陣了！」

周翡伸手用力按了按眉心，強行將自己的視線從山岩上移開，見李晟他們從扎滿了小木樁的小路上跑了過來。

李晟吊著一根胳膊，手舞足蹈道：「阿翡！哎喲妳醒得還挺快，嚇死我了妳知道嗎？快看我們找到了什麼！」

周翡一挑眉，見他手上揮舞著三四把陳舊的劍鞘，全是與殷沛隨身帶在身上的那把如出一轍的山川劍鞘！

「來看這個。」李晟一條胳膊夾著一大堆長劍鞘頗為不便，只好都扔在地上，「這種劍鞘那邊還有好多——我說這地方也真是絕了，隨便在哪片牆上靠一靠都能誤入個機關陣法，就算妳學過些皮毛，也得給困在裡面半天出不來，回頭叫大家不要亂走。」

周翡一條腿被北軍的箭射穿，腳不太敢沾地，只靠拐杖與單腿挪動，她懷疑自己蹲下就起不來，只好雙手撐在那木棍上，略彎著腰望去。

楊瑾和應何從也都一起湊過來。楊瑾的斷雁刀砍得捲了刃，心疼之餘，還想找個臨時替代品，誰知將方才那地方翻了個遍，也沒找著一把劍，全是劍鞘，當下十分失望道：「這是什麼禁地？我看倒像個放雜物的地窖。」

李晟將那幾把劍鞘正面朝上，排成一排：「看出了什麼？」

周翡皺起眉，只見每一把劍鞘上竟然都有一個水波紋，同一個位置，幾乎長得一模一樣。

「相傳山川劍也出自蓬萊那位陳大師之手，」李晟道，「然而劍本身已經早早遺失了，反倒是一把劍鞘留了下來。」

「『山川劍』其實不是劍，指的是殷大俠本人。」周翡糾正道，她有點好奇一堆山川劍鞘是什麼樣，便用單腿和拐杖撐著，往李晟他們來路緩緩挪。

李晟嘆了口氣：「過來吧，哥揹妳。」

周翡衝他擺擺手表示不必，接著說道：「殷大俠一生不知換過多少把劍，都是些花錢請人打的貨色，銘都沒有，霓裳夫人的『飲沉雪』後來不是沒有交給殷大俠嗎，我想多半是她看見殷大俠後來隨便找陳大師買了一把的緣故。」

應何從奇道：「這算什麼緣故？」

周翡道：「陳大師當世名家，有些兵刃是別人訂做的，譬如望春山和飲沉雪，都是能傳世的，還有一些就比較糊弄了，一鍋鐵隨便湊點下腳料便能打幾把，不甚用心，沒銘沒款，統一上個木頭鞘拿出去賣來補貼家用而已。我聽陳大師說，殷大俠買的就是那種『補貼家用』的劍，霓裳夫人後來該是懂了，以當年殷大俠的境界，倘若他拿著一把鐵片，那鐵片就是『山川劍』，無關其他，特以名劍相贈反倒顯得刻意……不過這都是我猜的，當不得準。」

說話間，他們一行人緩緩來到李晟他們方才去過的地方，只見那石壁上開了一道小門，裡面別有洞天，一眼看不到頭。

「跟緊我，這裡頭是三層陣法疊加，變幻多端，我們方才給困在裡頭小一個時辰才摸出來。」李晟一邊說，一邊高高地舉起火把。

應何從拎著一根山川劍鞘，說道：「那也就是說，殷大俠這把四方爭搶的山川劍鞘是後來另配的，不是出於陳大師之手——我在想一件事，殷沛曾經到過這裡，據說他沒得到涅槃蠱的時候武功十分低微，如果當時齊門前輩動手換了他身上的山川劍鞘，妳說他會不會也無所察覺？」

周翡愣了愣，因為木小喬曾經對她說過，如今海天一色的傳說越來越離譜，他們這些見證人開始後知後覺地想回收流傳到後人手裡的信物，殷沛先前武功不行，後來人品不行，齊門想要回收他手中的劍鞘也說得通。

只是如果真是這樣，齊門的道長們未免有失磊落了。

「唔，以假換真，不是沒這個可能。」周翡道，「但是假貨換一把就夠了吧，弄這麼多做什麼？」

「劍鞘到底有什麼值得研究的？」楊瑾實在聽不下去了，忍不住插話道，「我說，你們真是使刀使劍的人嗎？刀劍有好賴高下之分，劍鞘……劍鞘不就是一個盒子嗎？這誰看得出真假來？你們中原劍客都流行買櫝還珠嗎？」

周翡一挑眉：「了不起，南蠻，你還知道『買櫝還珠』這個詞？」

「行了阿翡，妳怎麼一睜眼就挑事——楊兄說得對，問題就在這了。」李晟將手中火把一晃，無數細小的塵埃從火苗中穿梭而過，發出「劈劈啪啪」的輕響，密道中曲折而令人困惑的小路到了盡頭，他們來到了一處小小的石室中。

只見石室中放著幾口大箱子，裡頭堆滿了一模一樣的劍鞘。

水波紋、做舊，連劍鞘上的細小傷痕都全無分別……別說是他們這些外人，恐怕就是殷沛親自過來，也得懵個一時片刻。

李晟順手將火把插在牆上的凹槽裡，舉起兩張薄薄的紙：「每一把劍鞘上的水波紋都如出一轍，我和楊兄方才試過把水波紋拓印在紙上，你們看，可以完全重合。」

應何從忽然道：「等等，那是什麼？」

眾人順著他手指的方向望去，只見角落中有什麼東西正反著光。

楊瑾湊過去：「這是水玉還是冰……」

「慢著，楊兄別動它！」李晟忙叫住他。

只見牆角處有一塊分外光潔的小鏡，旁邊是一叢透明的水玉，個個生著稜角，光從牆上掛著的火把落下來，被小鏡反射，又穿過層層疊疊的水玉，剛好彙聚成一點，落在那幾口大箱旁邊一塊地磚上。

李晟將牆上的火把摘下來，四處晃晃，變換了角度，穿過水玉的光頓時散漫起來，再不能聚攏成一束。

「果然，方才我們進來的時候，楊兄一直替我舉著火把照亮。」李晟把火把重新放入凹槽，火苗忽明忽滅，光也在隱隱晃動間忽有忽無，十分飄忽不定。

應何從上前敲了敲地磚：「空的。」

他說著，手指探入邊緣，輕輕一扣，竟將它掀了起來，從裡面拎出一封信出來。

李晟低聲喝道：「小心！」

「沒事，沒毒。」應何從將那封信湊在鼻子下面聞了聞，「信封上寫了『賢侄殷沛親啟』——殷沛是不是從未見過這封信？」

他一邊說著，一邊將信封拆開了，一目十行地掃過，忽然沉默下來，半晌，才將信遞給旁邊的李晟，低聲道：「抱歉，我剛才好像小人之心了。」

楊瑾問道：「寫了什麼？」

「『匹夫無罪，懷璧其罪。』應何從道，『這些劍鞘原本是給殷沛準備的，如果它們流出去，江湖中就會有無數把『山川劍鞘』，屆時誰也分不出真假……」

周翡嘆道：「到時候殷沛便好像水滴入海，安全了。」

霍家慎獨方印在永州現身，鬧出了多大一場禍端？山川劍自然也一樣。

那時殷沛被青龍餘孽所傷，喪家之犬一般被齊門收留救治，沖雲子道長自然看得出他心胸狹隘，性情偏激，偏偏胎裡帶病，一身根骨根本難以習武。殷沛只當山川劍是先父留下的一件非常要緊的遺物，卻不知道「海天一色」到底是什麼，他又沒有自保的本領，來日山川劍鞘在他手裡，豈不好像小娃娃手中抱著金條？

李晟看完了信，說道：「沖雲子道長與殷沛提出過，山川劍鞘由齊門來保管，但殷沛好像誤會了什麼，激烈不許，沖雲子道長不便再逼迫，只好退而求其次，想了這麼一個不是辦法的辦法，可惜……」

可惜沒來得及叫殷沛明白他一番苦心，殷沛的偏執與仇恨便喚醒了涅槃蠱蟲。

山川劍後人，一生被「別有用心」包圍，他天生荏弱，向來無從反抗，便只好也以惡意揣測他人。

幾個人無意中發現了這麼一個迂迴的真相，一時都是無言以對，齊齊靜默了片刻。好一會，應何從才又說道：「可你們不覺得奇怪嗎？這麼一個劍鞘，不必大師，普通的工匠只要有模子，想複製多少個就複製多少個，你說，當年結盟海天一色的殷聞嵐用劍鞘——這個『盒子』當信物，會不會太兒戲了？」

「兒戲的何止這一個，」李晟道，「霍家方印叫什麼，還記得嗎？那一尊印叫做『慎獨』，你們不覺得這倆字一聽就像是某個人的私印閒章嗎？至於什麼『堡主信物』云云，大家都是聽霍連濤自己說的。我一直想不通這事，霍家堡不就是老堡主帶著一群學藝的弟子們立的江湖門派嗎？老堡主只是交友甚廣，從未以武林盟主自居過，眾人都來歸附於岳陽霍家也是前些年北斗廉貞死後的事了——所以霍老堡主當年沒事弄那麼大一塊信物幹嘛用？」

「更兒戲的你還沒見過。」周翡道，「吳將軍的信物是楚楚的長命鎖，都不是金的，就一把不值錢的小銀鎖，我外公留下的那個更離譜，去年回家幫我娘整理舊物的時候，她給我看過一次，根本就是她小時候戴的鐲子，難看得要死，圈細得連我都戴不進去，除了融了重新做個新東西，看不出來有什麼價值。寇丹要是知道她當年拼死拼活地找的就是這兩樣東西，大概能給氣活過來。」

一塊自己把玩的閒章，一把裝劍的「盒子」，一把不值錢的銀鎖，還有個女童的鐲子……他們幾人在世上最神祕的齊門禁地中，將如今江湖上最大的祕辛「海天一色」攤開來聊，越說越覺得離譜，好像傳說中的「海天一色」根本就是鬧著玩的。

幾人面面相覷片刻，楊瑾匪夷所思道：「所以呢？別告訴我世上根本沒有『海天一色』這麼個東西。」

「那不可能，海天一色肯定有。」應何從道，「山川劍、李老寨主的死法都有疑點，霍連濤陷害霍老堡主的毒是從哪來的，至今也是死無對證，吳費將軍死後，妻兒一直遭到北斗追殺，消息是怎麼洩露的？還有齊門，隱世多年，到底暴露了形跡，若說其中一件事是巧合，我信，但總不能這麼多事都是巧合吧。」

應何從常年浸淫毒蛇與毒藥，多少也有些劍走偏鋒的意思，遇事也多聯想起陰謀詭計。

「你是說這些前輩都是死於海天一色盟約，被人『滅口』。」周翡說道，「這一點我也想過，但後來覺得說不通，如果害死他們的，就是當年同他們訂下盟約的人，那個人手段必然非常厲害，他既然能殺人於無形，為什麼還任憑水波紋信物流落得到處都是？反正如果是我，我肯定不能坐視海天一色信物落到活人死人山的鄭羅生手上。」

應何從一愣：「那倒也是。」

楊瑾聽得一個頭變成了兩個大，完全雲裡霧裡、不知所云。他便百無聊賴地四下溜達，從旁邊拎起一根山川劍鞘，在手裡掂了掂，說道：「喂，你們說的老道士是不是有毛病？既然覺得那把劍鞘在殷沛手裡是個禍端，又不是貪那小子的東西，那當著他的面毀去，把話說清楚了不就行了？有話不直說，還弄出這許多沒用的東西……這些破爛流出去，殷沛是安全了，那什麼『海天一色』不是更要鬧得沸沸揚揚？多此一舉嘛。」

其他三人聽了這話，全是一愣，各自若有所思地沉默下來。

楊瑾又嚷嚷道：「我看這裡也沒什麼新鮮東西了，你們不是要找涅槃蠱的痕跡嗎？還去不去了？」

他話音未落，外面突然傳來一聲尖叫。

地下山谷雖大，回音卻也很重。幾個人連忙從石洞中魚貫而出，李晟一搭周翡的肩頭，帶著她以輕功飛掠出去，朝尖叫聲處趕去。

只見一群流民四處亂跑，不知怎麼都圍在一個角落裡。

「怎麼回事？」李晟道，「不是不讓你們亂……」

流民飛快地給他們讓出一條通路，李晟話音突然頓住——只見那裡的石壁內陷，大概誰不小心觸動，露出裡面一條小路……

裡面躺著一具形容可怖的乾屍。

尖叫的人是那個少年小虎，他姐姐春姑當時隨口吩咐了一句，叫他去找李晟，結果那小孩悶頭轉向，一跑開就迷了路，誤打誤撞，不小心撞開了一道暗門，正好趕上和乾屍大眼瞪小眼。

「勞駕，讓一讓。」應何從上前，半蹲下來仔細查看那具乾屍，他袖中貼身養的蛇好奇地緩緩露出了一個小腦袋，往外張望了一眼，緊接著，好像遭遇了什麼天敵，小蛇倏地一僵，屁滾尿流地縮回了毒郎中的袖子。

屍身上落了一層塵土，皮膚表面卻居然沒有腐爛，一層薄薄的皮緊貼在骨架上，清晰地勾勒出關節與骨頭的形狀。

「男的，練過類似八卦掌之類的功夫，看樣子年紀不小。」應何從翻了翻屍體周身幾大要害處，卻沒找到明顯傷口，正有些疑惑。

李晟便說道：「你看看他的手腳有沒有破口？」

「你是說……」應何從立刻意識到了什麼，微微睜大了眼睛，趕忙翻開那乾屍的手，見乾屍手背處竟有一條三寸長的破口，乾癟的人皮虛虛地搭在手骨上，像個給耗子咬破的麵粉口袋，應何從又將乾屍翻過來，見他後頸處有另一條同樣的破口，「涅槃蠱！」

「據說殷沛放出涅槃蠱後，便以那毒物殺了聞訊趕來的沖雲子道長。」李晟輕聲道，他端著一條胳膊半跪下來，翻過乾屍的臉，仔細辨認著那人變形的五官，好半天沒看出個所以然來，他終於放棄，緩緩搖頭道，「變形太厲害了，我也認不出這人到底是不是沖雲子道長。」

應何從冷笑道：「我泱泱九州浩然之地，還真是盛產中山之狼。」

李晟知道他尖酸刻薄，便也不同他議論，只擺手道：「不管是誰，咱們既然遇見了，便請他入土為安吧。」

眾人便一起在李晟的指揮下，小心翼翼地避開齊門禁地中品種繁多的陣法，挑地方挖了個坑，將乾屍埋了下去。

周翡行動不便，便給趕到一邊，乾看著別人。看人挖坑也沒什麼意思，她便單手拎著拐杖，自己舉著一根火把，走進那掉出乾屍的暗門中。穿過一條狹長的小路，周翡發現裡面深邃得不可思議，足有七道石門，牆上機關雖然已經被人破壞，裸露出來的部分卻仍然叫她眼花繚亂。如果不是殷沛曾經闖進來過，此地還真不容易進來，周翡不由得放慢了腳步，微微戒備起來。

七道石門之後，有一個幽暗的石洞，她將火把高高舉起，同時，眼睛頗為不適地瞇了一下。不知是不是周翡的錯覺，剛一進入這石洞中，一股濃重的陰冷氣息便撲面而來，這方方正正的石室裡詭異非常，牆上、頂上，全都寫滿了密密麻麻的小字，不知是什麼鬼畫符，周翡一個也不認得，只覺得那些字好像爬蟲一樣棲身於石頭裡，正冷冷地盯著膽敢闖入的外人。

石室門口陳列著五個一人多高的石像，頭頂人面，脖頸以下卻分別連在五毒身上，蛇蠍之尾栩栩如生，人面上或嗔或喜，都透著一股說不出的妖異。

周翡與那幾尊石像面面相覷，一時愣是沒敢往裡走。

「這是『巫毒五聖』。」應何從不知什麼時候走到她身後，說道，「是關外的邪神，篤信巫術的邊民供奉他們，以求不受毒蟲戕害……不過後來被『涅槃神教』那群雜碎們借來裝神弄鬼用了。」

周翡被他突然出聲嚇了一跳。

應何從順手從她手裡抽走火把，邁步走入石室中，他兩條腿一邁不要緊，身上那條小蛇直接瘋了，嚇得當場背主，閃電似的從他領口躥了出來，「啪嗒」一下摔在地上，將自己扭出了十八彎，玩命往洞口衝去。

周翡一抬手，以拐杖按住毒蛇七寸，挑起來將那小蛇拎在手裡，細細的小蛇在她手裡瘋狂地擺著尾巴，倘若牠能口出人言，大概已經瘋狂喊「救命」了。

「我看你還是先出來吧，」周翡對應何從道，「你這蛇連火和雄黃都不怕，現在居然嚇成這副熊樣，這石室裡怕是有什麼古怪。」

「哦，沒關係，」應何從繞著幾尊邪神石像轉了幾圈，漫不經心地說道，「此地應該是存放過涅槃蠱母的密室，母蠱活著的時候，身上有黏液留下，這蠱太毒，離開以後好多年尋常蟲蟻蛇蠍之流也不敢靠近，石室裡反而比外面還乾淨些。」

周翡感覺手裡一沉，發現那條「熊樣」的蛇居然將尾巴往下一垂，不動了，一時看不出是死了還是暈了，她還道是自己手勁太大了，連忙鬆了手指道：「哎，你這蛇……」

話沒說完，那小蛇「跐溜」一下從她手裡躥了出去，頭也不回地奔逃而去——這小畜生裝死裝得還挺逼真！

「牠一會自己會來找我。」應何從挽起袖子，墊著腳撫上石壁上的刻字，喃喃道，「這好像是『古巫毒陰文』。」

周翡問道：「什麼？」

「在那個烏煙瘴氣的涅槃神教之前，涅槃蠱最早出現在關外一處『巫毒』的古墓中，據說那墓穴裡頭也刻滿了這種文字，牆上以公雞血畫了古怪的圖騰，但年代太久遠，想必他們那一族人也死光了，這些爬蟲一樣的文字沒人認得。當時的呂國師便簡單將其稱作『古巫毒陰文』。」應何從伸手抹了一把牆上的褐色印記，湊在鼻尖聞了聞，「還真是血。」

「沒人認識，」周翡指了指牆面，「那這些是鬼刻的？」

應何從沒吭聲，兀自走到石室中間，發現最裡頭立著一台香案，上面供奉著一個模樣古怪的八角盒子，應何從伸手按住盒蓋，試著輕輕一擰——那盒蓋竟然是活動的，一碰就掉。同時，一股白煙從打開的盒蓋裡升騰起來，周翡眼疾手快地將手中拐杖當成了長刀，一下勾住應何從的後脖頸，將他拖了回來：「你怎麼什麼都亂碰！」

盒子裡的白煙好似一股彌留的怨魂，氣勢洶洶地衝向石室頂端，繼而倏地散了，周翡他們等了片刻，那盒子沒再出別的動靜，便湊上前去一看究竟。只見空蕩蕩的八角盒裡有一塊絹布，上面被壓出了一隻蟲子的形狀。

應何從可能覺得自己百毒不侵，又要伸手，被周翡一拐打開。

毒郎中有些委屈地捂住自己的手背，偷偷看了周翡一眼，卻沒吭聲。

「閃開。」周翡瘸著上前，屏住呼吸，小心翼翼地用拐杖尖將那塊絹布挑了出來。那絹布約莫有三尺見方，周翡將其打開後平攤到地面，見上面寫滿了密密麻麻的蠅頭小楷，字跡非常規整，甚至於有些清秀。

應何從舉過火把，唸道：「餘自幼失怙，承師門深恩，名餘以『潤』，養吾身、傳吾道，弱冠之年出師，性輕浮而常自喜，以為有所成，言必及『天下』，語不離『萬民』……」

應何從聲音越來越低，眼睛卻越來越亮，他小心翼翼地跪在地上，整個人幾乎趴在那塊絹布上，喃喃道：「名潤……這是、這是呂國師的真跡！」

呂潤花了洋洋灑灑數百字，寫了自己因緣際會的生平。語氣很正常，字跡更是橫平豎直、佈局優美，內容卻神神叨叨，三句不離「求仙」與「超脫」。

「他說他曾經去找過當年的巫毒墓和涅槃神教舊址，然後在藥谷中花了數年的工夫，鑽研古巫毒陰文，為的是……」應何從話音一頓，皺起長眉，「找尋世上是否真有起死回生之術。」

「這種廢話跳過去，」周翡道，「然後呢？他研究了那麼多古巫毒文，研究出什麼了？那涅槃蠱總有什麼用處吧？否則齊門為什麼要將這禍根保存這麼多年？」

「餘虛度六十載，至此，浮生將歇、大夢方醒，乃知竟以寸陰之短，憂百代之長，以螻蟻之微，悲天地之茫茫，何足道哉，徒增笑耳。」應何從小聲唸道，「小小邊民毒蟲，不過寄生傳功所用旁門，也能驅人作怪，裝神弄鬼，可笑，可笑！其涎液倒也有些妙用，可令百毒退避，此地雖清淨，但蟲蠍甚眾，眾小友久居於此，常受濕寒二毒之苦，以至經脈凝滯，可以蠱蟲毒液少許，輔陰陽二氣之法以祛之，毒蟲天性陰險，萬望慎之，切記……哎，妳幹什麼？」

周翡不待他唸完，便一把揪住他的領子，她也不知哪來的力氣，方才還一步一挪，此時竟一隻手將應何從拎了起來，逼問道：「能令百毒退避是什麼意思？」

應何從艱難地活動了一下脖子：「字面意思……以毒攻毒妳沒聽說過嗎？快放開我！」

周翡的手指卻收得更緊了：「你以前在永州時也這麼說過『透骨青』，你說它是百毒之首，中了透骨青的人不必擔心其他……所以透骨青遇到涅槃蠱毒會怎麼樣？」

「透骨青？」應何從一愣，脫口道，「怎麼，那個人還沒死？」

周翡從牙縫裡擠出三個字：「說人話。」

「這……沒試過，」應何從想了想，艱難地說道，「難……咳……難說。」

周翡沉默片刻，突然將他一扔，扭頭就走，她乾脆連拐杖也不管了，風馳電掣地單腿從七道門裡蹦了出去，一把將正在指揮挖坑的李晟拖了起來：「你隨便捲起來的那隻涅槃蠱母呢？給我，還有，這裡肯定還有別的暗門，都翻出來，找找齊門禁地裡有沒有關於『陰陽二氣』的記載。」

趕上來的應何從聞聽此言，震驚道：「什麼，涅槃蠱母在你身上？不可能！」

李晟被周翡催得慌裡慌張地翻找了半天，才從一個貼身的小包裹裡找出那隻用舊衣服裹住的涅槃蠱母，三個人一起蹲在地上，盯著那隻被周翡一刀劈了的母蠱。

「怪不得我的蛇都沒感覺到，」應何從瞇起眼盯著蠱身上的刀口，「原來已經死得這麼透了。周大俠，看這刀口……是妳砍的？」

周翡方才從密道裡一路蹦出來，把腰間的傷口給蹦裂了，這會血水與應氏獨門的金瘡藥混在一起，著實是又疼又癢，那滋味簡直能讓人直接升天，她憋著一臉難以言喻的痛苦，說道：「別提了，我現在就想給牠償命。」

應何從皺著眉拎起死無全屍的母蠱。

周翡覷著他的神色，緊張得手心冒了汗，問道：「怎麼樣，呂國師遺書中提到的毒液還有嗎？」

應何從冷冷地瞥了她一眼：「這話問的，母蟲都死成乾了，哪找毒液去？妳還不如去當年斬殺蠱蟲的地方把地皮刮下來。」

周翡的心倏地沉了下去，胸口好像被一支冰冷的鐵錘敲了一下。

「暴殄天物啊！」應何從恨鐵不成鋼地說道。

應何從和李晟等人圍著那涅槃母蠱的屍體，嘮嘮叨叨地又討論了些什麼，周翡一概聽不見了。忽然之間，她心裡莫名想起方才呂潤遺書中的一句話：「萬物為芻狗，唯人自作多情，自許靈智，焉知其實為六道之畜！造化何其毒也。」

人乃……六道之畜。

周翡從來是做得多想得少，也著實還沒到沉迷命理之說的年紀，可是忽然間，她無端想起寨中那些時常將「吉凶」掛在嘴邊的長輩。

她有生以來，第一次觸碰到了所謂的「冥冥中自有天意」。

為什麼偏偏是她親手劈了涅槃蠱呢？

為什麼偏偏是她殺了涅槃蠱之後，才得以進入齊門禁地，找到呂國師的遺書呢？

這世上是否有個不可忤逆的造化，義無反顧地往那個業已註定的結果狂奔而去，任憑凡人怎麼掙扎，都終歸無計可施呢？

在數萬敵軍的山谷中，周翡毫無畏懼，甚至對李晟斷言自己必不會死，可是如今避入安全的地方，她反而有股無法壓制的戰慄自心裡油然而生。她身上本就有兩股真氣，雖有內傷，卻在醒來之後便不斷自主迴圈自癒，此時，突然之間，她的氣海好似枯竭一般，要不是經脈受傷頗為虛弱，竟隱隱有走火入魔的徵兆。

李晟看出她臉色不對，忙一抬手打斷應何從：「等等再說……阿翡？」

周翡木然垂下目光，看了他一眼。

李晟小心地打量著她的臉色：「妳……沒事吧？」

周翡沒吭聲。

李晟這才想起什麼，忙用他那件舊衣服將蟲屍蓋住，蒼白地勸說道：「這個……謝公子吧，吉人自有天相，區區一條蟲蟲，也未必真能有什麼用，反正現在外面都是北軍，咱們也出不去，正好在姑父他們來之前將這禁地好好翻找翻找，說不定……」

周翡道：「哦。」

她說完，不再看李晟，自己晃了兩下站穩，兀自深一腳淺一腳地走了。

第五十五章　破而後立

狼藉一片的山谷中，陸瑤光所在的中軍帳前整個被齊門的大機關送上了天。

此一役，數萬北軍雖不至於傷筋動骨，但也被這突然變臉的詭異山谷鬧得頗為焦頭爛額。陸瑤光武功高強，當個急先鋒綽綽有餘，但叫他統帥一方，那就差太遠了，他借周翡之手弄死谷天璇，一時是痛快了，等把谷天璇扎成了一隻刺蝟，陸瑤光才發現自己對谷中大軍失去了控制。

此番過密道、集結兵力於敵後的計畫本可謂天衣無縫，偏偏臨到頭來這許多意外，陸瑤光恨得差點咬碎一口牙，一個偏將還不知死活地湊過來說道：「陸大人，事不宜遲，我看咱們還是盡早將此地事故上報端王殿下吧……陸大人！」

陸瑤光一掌將那偏將搡到一邊，從牙縫裡擠出一個字：「滾！」

他面色陰沉地瞪著滿山谷起伏突出的機關，一字一頓道：「我非得將這幾個小崽子抓出來不可！」

那偏將聞言大驚，他們深入敵後，本就是兵行險招，眼看位置已經暴露，不說立刻給端王曹寧送信補救，趕緊提前動兵打周存一個措手不及，他居然還要跟那幾個管閒事的江湖人槓上，這腦子裡的水足夠灌滿洞庭湖了！

偏將連滾帶爬地撲到陸瑤光腳下：「大人三思，軍機可延誤不得啊！」

陸瑤光心想：谷天璇那小子慣會靠著端王溜鬚拍馬，今日這麼多人看見我下令射殺他，回頭那胖子問起，我未必能落得好處，就算這時候給端王送信補救，疏漏也已經釀成，倘或順利，自然是端王算無遺策，但若要出什麼差錯，罪名還不是要落到我頭上！

他這樣一想，便一腳踹開那偏將，冷冷地說道：「你懂個屁！你當那幾個小崽子觸碰谷中機關是誤打誤撞嗎？此事分明從一開始就是個圈套，必是那姓周的暗中使人裝作流民，引我們上當，將我等分兵兩路，逐個擊破，端王殿下上當了！」

那偏將一時目瞪口呆。

陸瑤光又道：「我軍內部必有內奸，我就說，堂堂北斗巨門，怎會讓一個乳臭未乾的小丫頭扣下綁走，這不是滑天下之大稽嗎？可見谷天璇此人有貓膩（注），虧得我還和他稱兄道弟這許多年，呸！如今姓谷那內奸雖已被亂箭射死，我們也落入這般境地，我看事到如今，非得兵出奇招不可——既然周存豁出自家後輩來此，那我們就叫他賠了夫人又折兵！來人，我不信他們帶著那一堆老弱病殘能跑遠，那機關不是沉入地下了嗎？給我挖！掘地三尺，不信挖不出他們來！」

地面上正打算掘地三尺，地下的齊門禁地中卻是一片靜謐，眾人跟著李晟到處探查禁

注：指一些見不得光、躲躲藏藏、偷偷摸摸的暗箱作業。

地中的密道，小虎拿著一把木籤，李晟走到哪，他就往哪裡插籤子。

周翡則在對著那面寫滿了「齊物訣」的牆面壁。

周翡從小見慣了父親克己內斂，大當家又頗為嚴厲，因此學不來尋常江湖人大喊大叫、醉生夢死那一套，即便偶爾喝一碗酒水，也大多為了暖身，從未貪過杯，她時常一個人孤身在外，偶有情緒起伏，常常無處排解，久而久之，周翡漸漸養成了一個習慣——每每有無從排解之鬱結，便去練功。

練的大多是刀法，破雪刀雖然變幻多端，但無論走的是「溫潤無鋒」還是「縹緲無常」，它骨子裡都有一股名門正派一脈相承的精氣神。

尚武、向上、不屈、自成風骨。

人在演繹刀法，刀法也在影響人，往往一套酣暢淋漓的刀法走下來，周翡心裡那點鬱鬱也就煙消雲散了。可是此時，周翡碎遮已損，手裡只剩一根助步的木棍，她試著以棍代刀，隨手揮出去的依然是千錘百煉過的破雪刀法，招式閉著眼也不會有一點差錯，但那味道卻變了。不知是不是她重傷之下氣血有虧，她覺得自己的刀突然變得死氣沉沉，叫人提不起一點勁頭來。

周翡便乾脆拋掉了那根木棍，整日裡坐在山岩前面壁打坐，梳理內息，一坐就是幾個時辰，恍惚幾日下來，腦子裡空空如也，倒好似將破雪刀忘乾淨了。周翡百無聊賴地盯著隱藏在《道德經》裡的「齊物訣」——只敢看前半部分，後半部分不知有什麼玄機，稍微盯一會，神智便容易被上面的刀鋒所懾，眼睛生疼。

她那受傷的經脈好像一棵行將枯萎的樹，內息流淌極為凝滯。往日內息流轉，不過半個時辰便是一個小周天，這一陣子，哪怕她面壁時心裡像坐禪一樣平靜無波，真氣卻還是好像淤積的泥沙，在苦澀的經脈中極其艱難地往前推，一不小心就斷了。

「這是要廢了嗎？」她心想。

周翡雖然不至於心浮氣躁，但天生脾氣有點急，要是往常，肯定已經焦躁得坐不住了，可她這會心裡正空茫一片，不知該何去何從，甚至覺得經脈損毀也沒什麼大不了的。左右無事好做，她便一直單調乏味又徒勞無功地打坐、發呆。

不知不覺中，她腰間和腿上的傷口緩緩癒合，長出了新肉，可以不用拄拐也來去自如了，唯獨內傷沒有一點好轉的跡象，依然半死不活地吊在那裡。

這一日，周翡好不容易將內息往前推了一點，忽然，旁邊有一陣腳步聲傳來，她耳根微微一動，少許走神，那口方才凝聚起來的真氣又功虧一簣地消散了。周翡倒也無所謂，直接收功，抬眼望向來人的方向。

李晟走到她旁邊，看了一眼牆上的「齊物訣」，頓覺眼珠好似被蟄了一下，急忙撤回視線，以手遮擋眼睛道：「這面牆真是邪門得緊，妳能不能換個地方坐？」

周翡道：「你不會別看。」

李晟背對著石牆，找了一塊石頭坐下來，他彷彿有話要說，又吞吞吐吐，接連換了好幾個姿勢，才斟詞酌句地對周翡道：「呂國師養蠱的地方，應兄發現了一堆呂潤的古巫毒陰文筆記，正廢寢忘食地對照著牆上的陰文研讀呢。」

周翡道：「嗯。」

李晟見她沒什麼興趣，便又說道：「對了，妳快看，我們還找到了這個。」

他說著，將手一翻，拎出了一根形容「消瘦」的舊拂塵，那把拂塵不知被人甩了多少年，髒兮兮的毛都快掉光了，唯有手柄處卻清晰地刻著一道水波紋。李晟神祕兮兮地將拂塵湊到周翡面前，故意壓低聲音道：「妳猜這個會不會是最後一個水波紋信物？」

真好，神祕的海天一色成員中又多了個禿毛撣子。

周翡掃了一眼，冷漠地收回目光，重新垂下目光，好像準備再次入定：「可能吧。」

李晟沉默了片刻，將那把舊拂塵收了回來，乾巴巴地說：「我們還發現了一處密道，可能是通向外面的，被人以內力震塌了山壁，現在路線還未完全破解開，大家正在努力清理。雖然我覺得陸瑤光但凡長了腦子，就絕不會在谷中逗留，但還是為了保險起見，還是找其他的出路比較好。」

周翡這回連聲都懶得吭了，只是微不可察地點了一下頭，表示自己聽見了。

李晟嘮叨半晌，終於把所有的話題都用盡了，他頗有些苦惱地皺起眉，無計可施地圍著周翡轉了好幾圈，突然想起了什麼，話音一轉，說道：「對了，妳知道今年春天的時候，有個什麼尚書的公子到咱們寨中來了嗎？」

周翡順口接道：「什麼尚書？」

「哦，當時咱們有個在外地的暗樁醉酒鬧事打死了人，大姑姑派妳過去拿人了，妳沒碰上——我也忘了是吏部還是什麼，」李晟道，「反正差不多那個意思，聲稱自己是來上門來求親的。」

周翡微微睜開眼。

李晟笑道：「哈哈哈，就是跟妳求親。其實之前還有好多人明裡暗裡地派人來問過，這是頭一個下了血本，自己親自來的。」

周翡頭一次聽說還有這種事，當下啞然片刻，一時不知該作何反應，好半晌才道：「我一個鄉下土匪，那些達官貴人們娶我回去幹什麼，鎮宅嗎？」

「還不是為了巴結妳爹，早年那些人不拿皇帝當回事，結果皇帝這些年越來越強勢，那些站錯隊的官們現在正後悔不迭，想當帝王心腹也不成了，只好四處走門路。」李晟一條胳膊肘搭在膝蓋上，手指輕輕地敲著自己嶙峋的膝蓋骨，頓了頓，又道，「那個公子哥柔柔弱弱的，好不容易走到半山腰，實在走不動了，又改坐肩輿，總算活著上了蜀山，他見了大姑姑，彬彬有禮地說為了求娶『周家小姐』而來，妳猜大姑姑什麼表情？」

周翡一片空白的臉上總算露出了一點神采，說道：「我娘肯定一臉莫名其妙，說不定還得問人家『周家小姐』是哪根蔥！」

李晟大笑起來。

周翡嘴角輕輕抽了一下：「然後呢？」

「大姑姑便說『她翅膀硬了，我管不了，你要是願意，自己找周存說去吧』。那尚書公子哪敢上前線討姑父的嫌，便拍馬屁道『都聽說江湖兒女不拘小節，夫人果然頗有古之巾幗豪傑遺風，那麼可否請夫人代為轉達在下的意思，問問周小姐自己意下如何呢』。」

李晟一人分飾兩角，切換自如，倒不知道他什麼時候長了這等唱唸做打的本領。

「大姑姑便衝林師兄一招手，故意問『小林，你周師妹最近有信來嗎，人到哪了』，林師兄在旁邊一本正經道『已到滁州暗樁，因查出那敗類著實做過不少欺上瞞下之事，且拒不悔改，小師妹已經拎著人頭去給苦主賠禮了』。」

周翡啼笑皆非道：「胡說，我拿了人就送回寨中了，幾時私自動手處刑了？」

李晟一攤手：「反正那尚書公子聽了這話，當時便綠成了一棵搖搖欲墜的韭菜，晚上就做了一宿噩夢，還發了燒，第二天連大夫也等不及，就連滾帶爬地逃下了山。」

周翡聽到這裡，終於忍不住笑了一下。

李晟從小就混帳，從未有過當兄長的樣子，長到這麼大，他還是頭一遭挖空心思說這麼多話。周翡一時笑完，便領會了他沒話找話、笨拙地安慰她的好意。

她沉默下來，抬眼望向整個齊門禁地的地下山谷，見原本神祕莫測的山谷被長長短短的指路木條插得到處都是，乍一看，活像一群垂頭喪氣的秧苗。

是了，還不知道李妍和吳楚楚能不能順利將消息傳出去，陸瑤光他們會不會變更計畫提前偷襲，她爹能不能應對得當……還有四十八寨中的事，朝堂上的事，這些年，雖然李瑾容有意放他們去歷練，卻始終沒有完全卸下擔子，也不是什麼事都告訴她的，今天一個尚書公子，明天又不知替她將多少盤根錯節的亂七八糟事擋在外面。

想來還是對他們不放心吧。

她難道也要像呂潤一樣，做個不看不聽不聞不動的懦夫，匍匐在臆想中的「天命」之下嗎？

「我知道了，」周翡忽然說道，「等通道清出來，你們叫我一聲，我出去探查一下，真遇到陸瑤光也沒事，那老匹夫怕我。」

李晟看了她一眼，知道自己的意思已經傳達到，當下便不再多說，輕描淡寫地一點頭後走開了。

周翡深吸一口氣，收拾心情，重新入定調息，這回，她才算是真真正正地重視起遲遲不見好的內傷。不知坐了多久，不遠處好像誰大喊了一聲：「這有東西，快來看。」

那聲音配上回聲，炸雷一樣，周翡一驚，好不容易凝聚的一點內息再次消散在她受損嚴重的經脈裡。周翡皺眉睜眼，感覺自己全然是在浪費時間，她心裡將所有自己知道的內功心法背了個遍，沒找到什麼好辦法，忽然鬼使神差地一抬眼，望向石壁上「齊物訣」的後半段。那些古怪的字跡帶著撲面而來的凶煞之氣，呼嘯而來，直指周翡。

但這一回，周翡卻沒有因為眼睛刺痛而移開目光，她的三魂七魄被李晟從一場渾渾噩噩的大夢裡喚醒，破雪刀正要重新鎮住她的神魂，遭此攻擊，第一反應便是相抗。電光石火間，無數招式從她心頭閃過，一股沒有來由的戰意從周翡原本無波無瀾的心裡破土重生。她死氣沉沉的氣海劇烈震動，方才因為被打擾而半途消散的內息立即回應著死灰復燃，重新凝聚起來，游過她受損的經脈，刮骨似的。

至此，周翡已經感覺出有異，她本應立即收功，不再看那石壁，可是破雪刀好像和那牆上的刀斧痕跡有某種共鳴，她耳邊眼前產生無邊幻覺，整個人好像被魘住了一般，連眼珠都動不了，掌心漸漸滲出血來，分明是走火入魔之兆，最要命的是，她的朋友們都以為她在專心調理內傷，全往方才傳來喊聲的方向去了，身邊連個可以求助的都沒有！

周翡遭受嚴重打擊的時候，因為受傷過重，躲過一劫。如今好不容易想要重新振作，卻莫名其妙遇到這種事故！

周翡簡直要欲哭無淚。

而就在這時，整個禁地中突然傳來一聲巨響，一道不祥的天光竟從某個地方射入暗無天日的地下谷，外面竟有人聲隱約傳來。

陸瑤光這大傻子，居然現場演了一齣何為「有志者事竟成」，果真在這麼長時間之內什麼都不幹，專心掘地三尺……不對，少說有三百尺，他挖穿了禁地的機關！

應何從吃了一驚，自七道石門後面的密室裡走出來，探頭張望道：「什麼動靜？」

李晟難以置信地望向漏光的小窟窿，喃喃道：「這個陸瑤光……他是不是有毛病？」

周翡當時拼著背後挨刀，從兩個北斗中捨一取一，率先拿下谷天璇，就是因為谷天璇心眼太多，倘若留他命在，還不定會想出什麼惡毒招數來，相比而言，留下陸瑤光對他們而言更有利。但她沒料到，此人不但蠢，還滿腹私心與毒辣，兩廂結合，便不再能以常理度之，誰也想不出，陸瑤光能這般「超凡脫俗」。

應何從喃喃道：「他就不怕挖開密道，發現我們已經從別的通道跑了嗎？我說，此人究竟什麼來路，怎麼加入北斗的？」

「出身好？誰知道。」李晟苦笑道，「我本來擔心舍妹辦事不牢，來不及給我姑父報訊，現在看來擔心都是多餘。江湖謠言說這位陸大人的母族與曹氏沾親帶故，他們的皇親國戚總不至於是南邊的內應吧？」

陸瑤光不知從哪弄來幾個投石機，一下一下往那破口的地方砸，砸得齊門的地下禁地地動山搖，而李晟他們兩個「聰明人」湊在一起，居然你一句我一句地考證起了陸瑤光的出身。楊瑾在旁邊聽得忍無可忍，強行插話道：「李晟，你姑父到底什麼時候來？」

李晟：「……」

楊瑾怒道：「既然大軍沒來，你倆怎麼還在這站著說話不腰疼？有空擔心南軍，不如先擔心咱們自己吧！」

「來就來，在齊門禁地裡，我還會怕他們？」李晟冷笑一聲，擊掌道，「諸位，將指路的木牌都扒開，咱們等著他自投羅網。」

一夥流民幾經坎坷，好不容易活到現在，全都死心塌地地跟著李晟，剛開始聽見陸瑤光不走尋常路還有點慌，此時見他一臉篤定，不由得便好似有了主心骨，立刻便依言行動起來。

應何從四下看了看，問道：「周翡呢？」

「面壁療傷呢，我叫她一聲。」李晟說完，吹了一聲長哨，哨聲在幽暗的地下禁地裡回蕩，好一會，卻沒聽見周翡回應。李晟並未起疑，因為周翡從小就覺得這些約定的暗號特別傻，聽見歸聽見，卻鮮少回應，當下便不怎麼在意道：「她聽見了自己有數，不用管她。」

禁地上面的北軍熱火朝天地打洞，禁地中的李晟輕功若飛，帶著一幫井然有序的流民清理地上的指路木樁，都是繁忙一片。周翡聽得見那些北軍挖坑的動靜，自然也聽見了李晟的長哨，但她好像陷入了一個非常尷尬的境地，既沒有完全入定，也難以掙脫這種「被魘住」的狀態，只能不上不下地卡在中間，周身的真氣像是要被那霸道的下半部「齊物訣」抽取一空，越來越入不敷出。

石壁上的刀斧痕跡凝成了猶如實質的刀光劍影，刮地三尺地消耗著她僅剩的微末內息，她先是手心滲血，隨後十二正經漸次淪陷，乃至於全身幾乎沒一處不疼。那疼痛有點熟悉，和當年在華容城裡，段九娘冒冒失失地將一縷枯榮真氣打入她體內時的凌遲感很像，只不過當時是要炸，現在是要裂，也難說哪個更難熬。

禁地上面被投石機砸出一聲巨響，地面隆隆震顫，沉下去的石門上生生被砸出一道裂痕，周翡覺得自己被一把刀當頭一分為二——她腦中「嗡」一聲，眼前一黑，幾乎沒了知覺，周圍擾人的動靜越來越遠，視野也越來越暗，那害人不淺的半部「齊物訣」終於淡出了她的視線，刀光劍影的幻覺也隨著她五官六感的麻木而淡去，有那麼片刻光景，周翡甚至覺得自己的身體在變涼。

而當意識也開始失落的時候，那些困擾她的種種塵世之憂便都跟著灰飛煙滅了，她已經無暇考慮可能近在咫尺的北軍，忘卻了心裡對「命中註定」的悲憤詰問，縈繞心頭揮之不去的喜怒哀樂也變得無足輕重，甚至連自己姓甚名誰，也一起模糊地記不起了。

周翡全部心神只夠保留一線的清明，整個人宛如退回到了她初生之時，露出天然的好勝本能——就是死到臨頭，也心似鐵石，絕不主動退避。

這樣渾渾噩噩中也不知過了多久，周翡覺得自己好像已經度過了漫長的一生似的，突然，一種說不出的感覺從她丹田中緩緩升起，像一陣細密的春風，輕緩柔和地洗刷過她乾涸皸裂的經脈。枯竭的真氣也好似死灰復燃，緩緩從她原本凝滯不堪的經脈中流過，剛開始非常微弱，幾乎感覺不到，隨即一點一點增強，配合著她重新清晰起來的心跳聲。

外界的響動與光線重新投入她眼耳之中，周翡渙散的目光緩緩凝聚，「齊物訣」的後半部分再次映入眼底，她卻驚奇地發現，自己居然能看清那些幾欲嗜人的刀斧刻痕了！

牆上每一道刻痕都清晰起來，當中雖然飽含肅殺之氣，卻只是服服帖帖地趴在牆上，不再傷人，那些刻痕和上半部亂飛的筆劃一樣，也是一套完整的內功心法，周翡在尚未反應過來時，已經自動地跟著那圖上所示功法運轉起內息來。她從未有過這樣神奇的感覺，周身沉屙陡然一輕，前所未有地感覺到了某種強大的控制力。

段九娘以枯手，強行將一縷「榮」之真氣打入周翡體內，那股暴虐的真氣險些要了她的小命，卻沒來得及同她說明白過枯榮真氣到底該怎麼練、怎麼用。這些年來，周翡既無心法、也無口訣，只能按著沖霄子道長交給她的「齊物訣」調和安撫她兩股互相排斥的真氣，一直與那枯榮真氣相安無事而已。

她從未想過何為「枯」、何為「榮」，只是偶爾在破雪刀有所進境時，方才能因「大道通而唯一」，而少許窺到些許枯榮真氣的門路。這些年來，枯榮真氣於周翡，除了能配合破雪九式中的小部分招式之外，基本是故步自封，沒什麼進益。

直到她看見這半部被不知什麼人修改過之後的「齊物訣」——那原屬道家的溫潤心法變得凶險而惡毒，又正趕上周翡內傷頗重、心境不穩，險些引得她經脈枯死，偏偏她不肯隨便死，竟在一線間悟到了枯榮流轉、生生不息之道，誤打誤撞地打通了真正的枯榮真氣，邁出了當年段九娘師兄妹始終沒有抵達的一步！

細想起來，道家陰陽相生，本就與枯榮之道相互印證，其中竟也算有跡可循。

只見那缺斤短兩的《道德經》明文與刀斧痕跡之間，居然還有一段極小的刻字，以周翡的眼力，尚且要集中精神於目中方才能勉強辨認。先前這邪門的石牆太有攻擊性，叫人根本無法直視，誰都沒注意到這行字。那娟秀工整的字跡同七道石門後的呂國師遺書中筆跡如出一轍，與周遭狂風驟雨似的刀斧痕跡對比極其鮮明。

周翡見上面寫道：「齊物訣，齊門之祕法，修陰陽二氣，於化功療傷、錘煉經脈大有用處，日積月累，頗有助益。然失之和緩，終不過強身健體之小道。」

這話說得非常狂，就差明說別人家的功法沒有屁用了，但細細想來也有道理——沖霄子道長交給周翡的那本「齊物訣」仔細想來，通篇不過「調和」二字，也就是周翡當時機緣巧合，剛好被段瘋婆折騰得半死不活，否則那篇藏在《道德經》裡的「齊物訣」除了強身健體，確實真沒什麼大用。

呂國師後面又寫道：「陰陽之道，相生相剋，齊門小友多隱世而居，無爭圓融，常將

『相剋』之術棄之不用，豈知蕭疏始於極盛之時，草木起於枯涸之土，烈火融冰，乃生潺潺之水，未知有死地，談何尋生機？今呂某抹去半部小齊物訣，以殺戮之術代之，成『大齊物訣』一篇，以待後人。功法凶險，九死一生，慎之。」

周翡：「……」

姓呂的老神棍把「慎之」倆字寫在這裡，這誰他娘的能看得見？缺了大德了！

這時，只聽又是「通」一聲巨響，巨大的山石撲簌簌地砸了下來，禁地裡的石門忍無可忍，終於分崩離析。與此同時，叫嚷聲與咆哮聲一起響起，山石崩裂，碎土塌陷。陸瑤光使出蠻力，一定要將齊門禁地重現天日，一點也不擔心將自己手下的兵將埋在下頭，生生在禁地上面開出了一個寬逾數丈的大坑。

陸瑤光拂開臉上塵土，指著那大坑喝令道：「衝下去！」

大群的北軍應聲呼嘯而下，順著巨坑往下俯衝。先鋒方才衝入禁地中，便被這浩瀚的地下山谷驚呆了，領兵的北軍將領不由得停下腳步。不請自來的天光將整個數代不見天日的齊門禁地照亮，巨大的八卦圖橫陳地面，帶了些許說不出的神性，浮在半空中的細小塵土好像一把星塵，撲散得四面八方都是，靜靜地與野蠻的闖入者們擦肩而過。

突然，一道人影閃過，有個北軍道：「將軍，他們在那，還沒跑！」

那先鋒將領抬頭一看，見不遠處有一片石柱，合抱粗的巨石林立，撐著此地洞天，一個流民少年正直眉愣眼地站在那裡，好像被憑空而落的北斗嚇呆了。雙方互相大眼瞪小眼片刻，那少年大叫一聲，轉身衝入了石柱叢中。

充當先鋒的北軍將領跟著曹寧出生入死多少年，雖未能一眼看出齊門禁地裡有什麼玄機，但已經本能地感覺到不對勁，一時猶豫起來。這時，陸瑤光卻已經帶人趕了上來，罵道：「還愣著幹什麼！延誤了軍機，該當何罪！」

先鋒北將跟了這麼一位一言難盡的主帥，也是無計可施，只好帶人追上去。

那流民少年人小腿短，一副沒吃飽過的模樣，驚慌之下，哪裡跑得過來勢洶洶的北軍！他借著石柱遮掩，原地繞了好幾圈，眼看要被北軍追上，石柱深處又傳來一聲驚呼，似乎是個年輕女孩子躲在那，小聲叫道：「小虎！小虎快跑！」

陸瑤光率眾闖入石柱陣中，自然聽見了這一聲細小的驚呼，當下一揮手道：「分頭圍堵！」

北軍「呼啦」一下就地散開，一部分去捉拿那走投無路的少年，一部分朝著女孩出聲的方向而去。追擊者又分幾個方向圍堵那少年，眼看要將他堵在中間。就在這時，那少年卻突然掉頭往一個巨石柱後面一鑽，在眾目睽睽之下，居然就這麼憑空消失了！

眾北軍從四面八方將那石頭柱子團團圍住，卻誰都沒看清他是怎麼沒的——難道還有人會遁地術不成？

與此同時，方才那女孩子的聲音也戛然而止，偌大一個石柱陣中一時安靜得落針可聞，一眾北軍在其中面面相覷，詭異極了。先鋒將軍渾身起了一身雞皮疙瘩，湊到陸瑤光面前：「大、大人……」

他一開口，回音在齊門禁地中四處回蕩，格外突兀，反而把自己嚇了一跳。

陸瑤光豎起一根手指，示意他噤聲。北斗破軍雖是個酒囊飯袋，功力和耳力卻是不摻假的，他閉目側耳傾聽片刻，突然將長袖一甩，指向一個方向道：「裝神弄鬼的鼠輩躲在那裡！」

兩路北軍不待他吩咐，已經包抄向陸瑤光所指的方向。

到了地方一看，那裡居然只有一個小草人！

這時，他們身後突然「咻」一聲輕響，一個北軍躲閃不及，當場被射穿了喉嚨，就地斃命——凶器是一根兩頭削尖的木箭！

「小心戒備！」

「有埋伏！」

「退！退！」

說話間，無數木箭從四面八方向困在石柱陣中的北軍射來，雖是木製，卻不知是什麼機關打出來的，居然不比真正的鐵箭頭溫柔多少，轉眼便放倒了一大幫。等陸瑤光怒吼著讓手下人拼死逆流而上，循著箭頭來處找尋過去的時候，卻找不著半個人，原地只有一堆草編的蚱蜢娃娃！

「大人，這石柱間有古怪，先出去再說！」

陸瑤光額角青筋暴跳，一揮手，眾北軍連忙慌慌張張地撤出石柱中間，出來一看，卻發現自己並不是原路返回，竟又誤入了一堆高聳的石林中間。

陸瑤光緊跟在先鋒之後，方才一時衝得太快，被困在石林中，找不著自己的大隊人馬了。

就在這時，一道人影突然閃過，一個北軍來不及反應，已經悄無聲息地倒下了，手中砍刀被人奪去，那刀光如雪，劈頭便斬向了陸瑤光。陸瑤光吃了一驚，那尋常士兵手中的扁片砍刀到了來人手裡，搖身一變，竟活似紫電青霜一般。他仰頭躲開迎面一刀，根本來不及反應，接連而至的刀光已經將他逼得應接不暇。

陸瑤光倉促間連退三步，狼狽地回手抽出腰間長刀，大喝一聲，當空架住橫劈過來的刀片。

兩廂碰撞，那薄如紙片的砍刀刀背竟不知怎的，紋絲不動，隨即來人一震手腕，「噹啷」一下，一股難以言喻的勁力好似水波，自兩把刀相抵處直接傳到了陸瑤光手上。陸瑤光當即手腕到虎口一線全麻，長刀瞬間脫力，兩把刀刃極凶險地彼此錯身而過。

他心頭重重地一跳，這才看清來人，瞳孔倏地驟縮。

居然是周翡。

陸瑤光原本想得很好——當時在亂軍之中，箭矢亂飛，正所謂螞蟻多了也能咬死象，連谷天璇都被亂箭射成了刺蝟，何況一個周翡？那小丫頭縱然刀法有幾分意思，可她滿山坡亂竄了半宿，還要掩護那麼多只能拖後腿的流民，就算僥倖不死，也必得脫層皮，肯定受傷不輕，跑也跑不遠，再加上密道裡缺醫少藥，說不定都不用費事，她自己就識趣地死了。可誰知周翡雖然明顯削瘦了一圈，形象上也堪稱衣衫襤褸，下手卻一點也不鈍，周身的氣息甚至比當時在中軍帳前更內斂了些——武功到了一定的境界，外放已經不算什麼，可怕的便是這種表面上平淡無波的內斂，那意味著她已經到了收放自如的地步。

陸瑤光心下駭然，從牙縫中擠出一句話：「好得很，妳竟還沒死。」

周翡懶得搭理他，也不看那些圍著她如臨大敵的北軍，她微微側耳，繼而轉頭衝那石林盡頭的方向說道：「還不趁他們剛下來時候人少，趕緊擒賊擒王，裝什麼神？」

李晟聞聽此言，心裡大罵周翡這個怪物，她說得好像北斗破軍是地裡長的大白菜，拿起鐮刀就能隨便切似的！

李晟回頭衝一直跟在他身邊的小虎道：「按我方才教你們的方法，利用此地的陣法困住他們，每一輪木箭射完就立刻換地方，不要被他們抓住。」

囑咐完，李晟衝楊瑾和應何從使了個眼色，縱身而出，三個人相互配合，闖入北軍當中。

陸瑤光打從斷奶開始，便沒被人忽略成這樣過，當場要冒煙，大喝道：「拿下她，看周存敢不敢豁出他的寶貝女兒去！」

周翡一笑：「我嗎？我真覺得……」

她說到「覺得」二字時，周遭有數十北軍聽得破軍一聲令下，已將周翡圍了起來，先鋒軍果真訓練有素，進退如一，長槍三下五除二架起了一道龐大的帶刺藩籬，戰車似的推向周翡後背。同時，陸瑤光橫刀而上，將畢生修為匯於一刀中，當頭劈向周翡，封住她所有前進之路，發狠要將她堵在長槍陣中。

周翡腳步不停，好似根本無視擋在面前的這尊北斗，她手中一把幾文錢的刀片甚至說不上快，刀鋒卻在轉瞬間收攏成一根極細的線，動如絲線，輕如牽機——下面卻連著可以翻江倒海的巨石——斜斜地格住陸瑤光的長刀。

周翡一口氣竟未使盡，仍然好整以暇地接著自己的話音說道：「……你還不如……」她隨手搶來的砍刀就是破爛，北軍的軍費也不知被哪個狗官貪去了，刀劍做得分外粗製濫造，那紙片一般的砍刀難以承受兩大高手角力，刀身與刀柄相連處竟活動了起來，隨即「喀」一聲，木刀柄自中間裂成了兩半，那刀身一下飛了起來，周翡嘆了口氣，不慌不忙地將木刀柄輕輕一拍，隨即伸手捉住那刀背。

飛起的木刀柄直衝陸瑤光而去，陸瑤光的視線不可避免地被攪擾了一下，就在他眨眼的時候，周翡雙手行雲流水一般地將那光杆的刀身推了一個極其圓融的圈，刀身圍著破軍長刀旋轉，像一朵緩緩展開的曼陀羅，自然得近乎優美。

周翡終於說完了她這一句話：「……直接去捉我爹容易些。」

她與陸瑤光錯身而過，嫌他擋路似的，用肩膀輕輕撞了他一下。那陸瑤光臉上帶著無比震驚之色，好似已經呆住了，被她一撞，竟乖乖地側身讓路。轉瞬間，周翡已經掠至幾步之外，直到此時，北軍織成一張大網的槍陣方才遞到，因陸瑤光擋路，只好堪堪停住。

周翡向後飄起的一縷長髮在推得最遠的槍尖上短暫地纏繞了一下，繼而悄然垂下。

那沒了柄的刀身這才「嗆」地一下落在地上，驚起無數落定的塵埃。

陸瑤光頸上好像有人拿了紅墨，緩緩染色，一線紅絲從右往左鋪開，一直裂到了耳根之下，一線畫完，傷口陡然炸開，血流如注。他瞪大了眼睛，眼珠輕輕地抖動了一下，轟然倒下。

倒掛的北斗湮滅在遙遠的地平面下。

突然，一聲尖銳的號角聲傳來，地上地下同時劇烈地震顫了起來，人聲如海潮一般帶著悶響傳來，將谷中的北軍悶在其中包了「餃子」。

身在齊門禁地中的北軍尚未從主帥被人一刀砍了的震撼中回過神來，便聞聽得自己已被包圍的噩耗，當即在錯綜複雜的石林與石柱陣中亂成了一鍋粥，不到一炷香的光景，南軍已經摧枯拉朽一般佔領了整個山谷。

陸瑤光挖開的入口處，南軍先鋒先入，隨即是成群的弓箭手，根本未費吹灰之力，便令一幫已經嚇破了膽子的北軍跪地成俘。

少女尖銳的聲音刺破刀光劍影的地下禁地：「哥！阿翡！」

緊接著，一個高挑削瘦的人甩開親兵，直接從那洞口跳了下來，落地時腳下踉蹌了一下，險些沒站穩。他身後一襲戎裝的聞煜連忙趕上來，想攔又不敢攔，只好伸手扶住那人一條胳膊：「周大人，你……」

周以棠沒顧上理他，這穩重人竟跟陸瑤光一樣，莽撞地直接跟在先鋒後面下了禁地，他寬闊的大氅掃過一地狼藉，一路腳下帶風地往裡闖。

聞煜：「周大人小心！」

這時，石林中一根約莫兩丈來高有如筍狀地的大石頂上，有人開口道：「爹，你怎麼也學會撿漏了？」

周以棠腳步驀地一頓，抬頭望去，見周翡吊著腳在大石頂上坐著，兩手空空，頂著一張花貓似的臉，衝他一笑……也就牙還是白的。

她平平安安、全鬚全尾。

周以棠看著她喉頭微動，好一會才無聲地笑了一下，他站定原處，側頭咳了兩聲，定了定神，這才輕聲斥道：「多大了，還跟個猴兒似的，成何體統！快下來。」

饒是周以棠攻其不備，面對整整一山谷群龍無首的北朝大軍，收尾的雜事也從正午一直忙到了天黑，不得不就地安營紮寨。

從齊門禁地中撈出來的流民被集體安排在了幾個排在一起的帳篷裡。這些流民經此一役，好似長了不少膽量，跟著李晟他們便天不怕地不怕似的，不少人手中仍提著他們在禁地用的木箭警惕地四下巡邏。

李晟等人圍成一圈，清理著一個不知從哪挖出來的大木頭盒子——當時打擾了周翡運功、險些害死她的那嗓子吼叫，就是因為有人在禁地石牆中翻出了這玩意。那木盒本身好似是個機關，想打開盒子，須得將其一點一點地解開才行，據說不小心解錯一步，裡面的東西便保不住了。李晟如臨大敵地舉著個小刷子，趴在地上，仔細扒拉著將為數不多的幾條木頭縫，刷出裡面積壓的泥土。

周翡總算換了身乾淨衣服——軍中沒有她這麼秀氣的女孩子能穿的尺寸，便只好叫她捲著袖口褲腿，湊合著穿小號的男裝。她雙手抱在胸前，靠在一棵樹底下，無所事事地等著看李晟到底什麼時候能研究明白。

這時，旁邊充當「崗哨」的小虎突然站直了，周翡一偏頭，見是周以棠帶著聞煜走了過來。

聞煜正在同周以棠說話：「周大人，兵貴神速，聽審北軍，他們說陸瑤光並未給曹寧送信，既然天賜良機，我們不如將計就計……」

周以棠豎起一隻手掌，打斷了聞煜的話音，他拍了拍小虎的肩膀，又衝李妍李晟他們一點頭，對周翡道：「過來。」

聞煜只好識趣地退到一邊，看李晟他們研究從齊門禁地裡扒出來的東西。

周以棠負手在前，帶著周翡沿樹影橫斜的山谷走出一段，這才伸手把她鬢角一縷長髮別開，對周翡開了口：「怎麼這麼莽撞？」

周翡想了想，頗為認真地回道：「不知道，可能是年少輕狂。爹，給我點錢。」

周以棠：「……」

他被周翡噎了半晌，無奈地伸手在懷裡摸了摸，道：「沒帶，一會自己去找親兵要——妳做什麼？」

「碎遮斷了，得買幾把刀，」周翡道，「另外我還臨時打算去趟東邊，暫時不回家了，盤纏沒帶夠。」

周以棠看了看她，見她領口下有一條方才長好的新傷，搭在纖細的脖頸間，顯得格外凶險，年紀輕輕的大姑娘，身上穿著借來的粗布麻衣，出門在外，連買把刀的零錢也沒有，實在是慘不忍睹。

那一瞬間，饒是周以棠並非俗人，也不由得心裡一疼，心道：我的姑娘為什麼過成這樣？

他忽然忍不住說道：「金陵這個時節，正是詩會雲集、賞菊吃蟹的時候，我雖常年在外，偶爾才回去一趟，卻也能接到不少帖子，不過大多人情往來只是跟我客氣，因為很多都是邀家眷前往，他們都知道妳和妳娘不在我身邊。」

周翡眨眨眼。

周以棠頓了頓，又道：「我受梁紹之託替他出山，一直未曾將南都視作家鄉，但近來偶爾也會想，天子腳下畢竟繁華，出入有車僕相隨，環佩金玉任憑挑選，飲食更是不厭精細……爹好像都沒問過妳，願不願意去金陵。」

周翡一愣，隨即笑道：「也行，不過今年恐怕趕不上了，明年這時候，您可別忘了多買點螃蟹，我去吃一季。」

周以棠淡淡道：「我說的可不是小住。」

再亂的世道裡也有達官貴人，他們頭髮絲上好像鑲了金邊，舉手投足都怕碰掉了，永遠高高在上，江風與夜雨吹不進高高的宅院，鐵馬冰河入不得錦帳夢裡，在金陵，以周以棠的身分，是足夠周翡做一個「人間寒暑無關事」的大小姐的——哪怕她出身「鄉下」，也會有尚書之子大著膽子來求娶。

「周家小姐。」周翡不知怎麼想起了這個唸出來頗為古怪的稱呼，說出來的時候差點咬了舌頭，隨後自己忍不住又笑了，「哈哈，沒想到我還挺會投胎——不了，爹，我還是『南刀』吧。」

周以棠聽出了她的意思，無聲一嘆，隨即識趣地將這話題揭過，只是點著她道：「大言不慚，妳娘都不敢自稱『南刀』。」

周翡將手背在身後，滿不在乎道：「那谷天璇陸瑤光可冤，到了陰間，想起自己死在一個無名小卒手上，可都不好意思跟別的鬼打招呼了。」

周以棠瞪了她一眼，問道：「妳幾時動身？」

周翡道：「沒別的事，我明天就走了。」

周以棠：「……」

他好不容易見周翡一面，過程還這樣驚心動魄，這沒良心的小畜生居然打算要點錢就跑！

周翡覷著她爹神色不對，便又問道：「啊？怎麼，您還有事吩咐我辦？」

周以棠心裡突然有點沒好氣，懶得再跟她說話，衝她一擺手，大步走了。

周翡墊著腳喊道：「爹，別忘了給我錢！」

這時，一個親兵懷裡抱著個長盒子趕上周以棠，低聲請示道：「周大人，您讓末將取來送給周小姐的名刀在這，您看是……」

周以棠「哼」了一聲：「放這，不給了，讓她自己買去。」

第五十六章　白骨傳

謝允掐滅了蛟香，抬頭往門口望去，見老和尚同明來了，便打算起身迎接，不料突然覺得半個身體僵住了，一下竟沒能站起來，又重重地跌坐回去。

同明道：「第三味藥湯我已備下，安之，你還能再撐幾天？」

謝允一言不發地活動著麻木的半身，好一會才重新找到點知覺。方才那一摔，他的手背撞在了桌角上，泛起了一片屍斑似的紫紅，而他竟一點也沒覺得疼。他搖頭彈了一下袖子，面不改色道：「師父，這話你問我幹什麼？我自然是想多活一天是一天，且先讓我熬著，您看我什麼時候趴倒要斷氣了，再把第三味藥給我灌進去就行。」

同明打量著他的臉色，猶疑道：「安之，你真的……」

謝允偏頭詢問：「嗯？」

同明道：「你真的沒有怨懟嗎？」

謝允笑道：「世間誰無怨！既然你有我有大家都有，便沒什麼稀奇的，說它作甚！」

同明走進書房，感覺這房中有一個謝允，就好似放了一座消暑的冰山，門裡門外是兩種氣候，老和尚憂心地嘆道：「你不同，你畢竟是鳳子皇孫。」

謝允笑道：「阿彌陀佛，滿口俗話，大師，你唸的是哪個邪佛的杜撰經？歷朝歷代崛起，都是『王侯將相，寧有種乎』，所謂『正統』二字，只是我們這些『皇親國戚』們拿來哄騙無知黔首的，這咱們都知道，可這謊話說出去千萬遍，咱們自己也跟著信了起來……師父，您知道我想起了什麼？」

同明：「什麼？」

謝允便道：「想起廟裡的神龕——區區一個泥人，人們自己捏完自己拜，香火點得久了，還真拿它當個神聖了。」

「六合之外，聖人不言，別胡說。」同明呵斥了他一句，捲起袖子幫他收拾桌上亂七八糟的書稿，見那鋪開的紙上字跡清晰整齊，卻並不是謝允慣常用的風流多情的字體，仔細看來，筆劃轉折顯得有些生硬，偶爾還有實在控制不好多出的病筆，想是他受透骨青影響，手腕日漸僵硬，到如今，已經連拿筆也難以自如了。

可那字雖然寫得僵硬，內容卻是個神神叨叨的志怪故事。此人連筆都拿不穩了，竟然還在扯淡！

同明問道：「你寫了什麼？」

「閒篇。」謝允道，「說的是有一具白骨，死而復生，爬起來一看，卻發現自己居然沒躺在事先修好的陵寢中，它百思不得其解，只好自行爬出去找尋自己的墳。我打算給它起個名，就叫《白骨傳》，怎麼樣？」

同明大師聞聽他這荒謬的新作梗概，沒有貿然評價，伸手翻了翻這篇「大作」。

如果說《寒鴉聲》還些許有些人事的影子，那麼這《白骨傳》便完全是鬼話連篇了，倘不是同明見他方才說話還算有條理，大概要懷疑謝允是病糊塗了才寫出滿紙的胡言亂語。

謝允道：「過些日子，我便託人送去給霓裳夫人的羽衣班，您別看眼下世道亂，但我夜觀天象，感覺南北一統恐怕也就是在這一兩年內了。但凡太平盛世，人們總偏好離奇之言，我這個離不離奇？沒準到時候又是一篇橫空出世的《離恨樓》。」

同明大師將整篇鬼話翻完，才說道：「阿翡曾經替我去梁大人墓中尋找《百毒經》，發現梁大人的墓穴已經被人捷足先登，墓主人屍骨不翼而飛，當時你尚在昏迷之中，這些細枝末節便沒告訴你。原來你已經知道了，為師久居海外，消息閉塞，有些事不很清楚，你為何不從頭說起？」

謝允發青的手指有一下沒一下地敲著桌角：「那年梁紹身染重病，心知自己時日無多，便命人壓下消息，寫了一封密信給我，託我入蜀山，請甘棠先生。我雖去了，可一直對此事心存疑惑。」

同明問道：「怎麼？」

謝允道：「梁大人是個徹頭徹尾的保皇黨，而甘棠先生雖曾是他的得意弟子，卻早已經與他恩斷義絕，皇上與甘棠先生，孰近孰遠？梁紹那時為何要將自己在江南的舊勢力交給甘棠先生，而非直接給皇上？」

同明的兩條白眉輕輕皺了一下。

謝允又道：「這是頭一件古怪的事，周先生入朝後如魚得水，轉眼將南北局勢一手握入掌中，後來他殫精竭慮，三年休養生息，與聞煜飛卿將軍一文一武，連奪邊境數城，殺北斗，破北軍不敗神話，此一役，堪稱空前絕後、驚才絕豔。唯有一點遺憾，就是吳費將軍和隱世齊門先後暴露，吳將軍以身殉國，齊門也分崩離析。吳將軍死後，吳家遺孤遭北斗祿存追殺，江湖中盛傳的『海天一色』風波再起。」

謝允說到這，話音一頓，轉頭望向同明大師：「可是師父，海天一色如果真如謠言所說，是什麼武林祕寶，怎會在吳將軍這個素來與江湖無甚瓜葛的人手上？即便真在他手上，連他妻兒骨肉都不明所以，託孤的四十八寨好似也不知內情，北斗祿存又是怎麼知道的？更加離奇的是，一夕之間，彷彿天下皆知有『海天一色』，人人趨之若鶩，可海天一色究竟是什麼，卻沒人能說清。」

同明大師道：「為什麼？」

謝允說道：「海天一色的信物在吳將軍手上一事，倘不是他活膩了自己洩露的，就只有另一種解釋了——有個曾經參加過海天一色盟約的人將此事透露了出來。」

同明道：「這卻說不通了，倘若當真有這麼個人出賣了海天一色盟約，為何盟約內容至今是個謎？」

「假如有一件事，我不想讓別人知道，可偏偏參與者甚眾，除了持有水波紋的人，還有眾多藏在暗處的刺客做見證，儘管他們每個人手中證據都不全，一部分人已經死無對證，但我還是不知道他們之間是否有什麼幽微的聯繫，而一旦我對其中某個人下手，很容易打草驚蛇，到時候事情很可能向著我不希望的方向發展，我該怎麼辦？」

謝允用一種非常輕的聲音說道：「我不能冒險，只有攪混水，用一個看起來更合理、更讓人趨之若鶩的謠言，驅使各方對此信以為真，然後他們有人趨之若鶩，有人明爭暗鬥，有人甚至想利用這東西謀求別的……這樣一來，我就有機會混水摸魚，借刀殺人，怎麼樣師父，這手段聽起來耳熟嗎？像不像今上用來對付我的那套？」

同明大師雖然熱愛打禪機，但打的是流水清風「何處來何處去」的禪機，他老人家作為一個前任皇親國戚，並不能領會他們這些現任皇親國戚們九曲十八彎的心思，只好對謝允苦笑道：「匪夷所思，聽君一席話，真叫人不寒而慄。阿彌陀佛，看來老衲偏安一隅，當個只會唸經的老和尚，果真是明智之舉。」

謝允道：「就連這個攪混水的『謠言』都是現成的，至少青龍主鄭羅生就一直對此深信不疑。」

蛟香氣息非常濃烈，聞久了，連鼻子也麻木起來。師徒二人相對而坐，半晌沒人言語，只聽得見同明手中木佛珠一下一下彼此碰撞的聲音。不知過了多久，同明才說道：「安之，你有沒有想過，這些只是猜測？有沒有可能……有沒有可能因為你對趙淵所作所為一直耿耿於懷，所以不免偏激，認為凡事都是陰謀，而凡陰謀必有他一份呢？照你這樣說，當年青龍主害山川劍、北斗圍攻南刀、霍堡主下毒陷害老堡主，也該是他一手策劃了？這也未免太……趙淵當年可也不過是個家破人亡的幼童啊。」

「不錯。」謝允平靜地點頭道，「如果我沒猜錯，當年開局的人不是我那皇叔，是定下海天一色盟約的人。」

同明遲疑了一下：「你是說……梁紹？」

謝允手中茶杯蓋子與茶杯輕輕撞了一下，「叮」一聲輕響：「我知道李老寨主突然傳來噩耗時，同年，周先生『削骨割肉還於恩師』，退隱蜀中，此後直到梁紹死，周先生再沒露過面，以他的聰明，很可能察覺到了什麼，此中內情，李大當家恐怕都未必清楚。而霍老堡主所中的『澆愁』稀世罕見，與藥谷遺物脫不了干係……還有山川劍——山川劍之死最為典型，看起來是『懷璧其罪』，但仔細想想，這璧從何來？關於海天一色是武林祕寶的謠言，是從何而起，又是以什麼為作證的？」

鳴風樓拿到的「歸陽丹」，得到庇護的封無言，武功進境一日千里的木小喬……諸多種種，全都讓人浮想聯翩，難怪叫武林祕寶之說甚囂塵上。梁紹付的酬勞，不單能讓這些收錢殺人的刺客甘受驅使，還半遮半掩地織就了一個巨大的假象，能充分發揮江湖人以訛傳訛的想像力。

同明搖搖頭：「固然有些根據，但老衲聽來，恐怕還是你的猜測居多，畢竟死無對證。我且問你，如果當年真是梁紹，他為何任憑水波紋流落各地？」

謝允道：「不錯，他為什麼會任憑水波紋流落各地？為什麼會請來那幾個身分令人浮想聯翩的人來做『見證人』？刺客、活人死人山的殺人掏心之輩……要不是『猿猴雙煞』名聲太臭，想必這個見證人能將天下名刺客都湊齊了。倘若只是保守祕密，難不成不是牽涉的人越少越好嗎？江湖名宿如山川劍等前輩，會在乎刺客嗎，那這個『刺』究竟鯁在誰的喉嚨裡？」

同明下垂的長眉輕輕地動了一下。

「四十八寨的李大當家，山川劍之子，吳將軍之女，甚至霍家堡主霍連濤，有江湖人，有普通人，有好人，也有惡人，但是他們沒有一個人知道水波紋究竟是什麼。也許是訂立海天一色盟約的幾位前輩約定過此事到他們為止，也許是為了怕給子女招禍——總之，水波紋傳下來了，盟約內容卻沒有。你知道我在懷疑一件什麼事嗎，師父？」

同明苦笑道：「我現在已經不知道是你那《白骨傳》離奇，還是你口中所說的話離奇了。你想說什麼？」

「即使湊齊了水波紋，也未必真能拼出盟約內容，神祕的『水波紋』、『見證人』，浪跡江湖叫你永遠也找不著的刺客……都是梁紹在某個人心裡留下的一根刺，叫他寢食難安。」

同明道：「這倒讓人越發糊塗了，讓誰寢食難安？」

謝允低聲道：「梁相一人之下，萬萬人之上，有何人值得他煞費苦心？只有……」

只有當今了。

同明一愣：「為什麼？」

緩緩豎起一根手指在自己唇邊，面色難得凝重：「我猜得出，但不能說，師父，此事不能出於我口，哪怕此地只有你我兩人也不行。」

海天一色訂立時，建元帝趙淵只不過是個在眾人護持下南渡的幼童，一個孩子，能有什麼天大的把柄，讓梁紹提防至今？趙淵又為了什麼會因為「海天一色」寢食不安？

除非，除非……

他並不是真正的皇家血脈！

謝允沉默片刻，又道：「據說當年……早在曹氏叛亂未始時，梁公就是新黨的中堅，他那時年輕氣盛，與執意想推行新政的先帝一拍即合，後來先帝因此開罪群臣，萬般無奈下，被迫將梁紹貶謫江南，本想先抑後揚，等時機成熟再將他調回，誰知此一別就是永訣。梁公一生未曾留戀過榮華富貴，原配早亡，鰥居多年，膝下只一子，本也是少年才俊，尚未加冠便有戰功，當時趕上曹仲昆叛亂，他隨軍北上時，因緣際會，所在那一支小隊充當了誘餌，最後落得客死異鄉，屍骨無存——你說梁紹為了什麼？我不知道，只覺得他老人家這一輩子真是忙碌，連死後也……」

同明大師的目光落在了那篇《白骨傳》上：「死後怎樣？」

謝允這回沉默了更久。

同明道：「安之，你一定還知道什麼。」

「梁紹墓中屍骨不翼而飛的事，」謝允緩緩說道，「是我親眼看見的。」

同明手中緩緩旋轉的佛珠倏地一頓。老和尚同明活到這把年紀，修行半生，見多了世間怪現狀，卻因他這一句輕語起了戰慄。

「當時周先生忙於安頓前線，霍家堡廣發請帖，招來大批的閒雜人等聚集洞庭一帶，還驚動了北斗，當時有傳言，說北斗正打算借題發揮，找個由頭衝這些『名門正派』下手。我正好聽說……見笑，確實是有些『吃鹽管閒事』。便往岳陽方向趕去，途徑梁公墓，就想順路過去上炷香。」

同明嘆道：「原來你早知道梁公墓所在，為何從未提起過？他手中有大量藥谷遺物，萬一有透骨青的解決之道呢？」

謝允笑道：「我那時覺得當個廢人也挺好，沒料到還會有動用推雲掌的一天……咱們不說這個。我在梁公墓附近，意外發現了一夥行蹤詭祕之人逡巡徘徊，師父大概知道，梁公墓在南北交界處，同當年梁公子殉國之處的衣冠塚比鄰而居，位置很敏感，我當時第一反應就是『北斗又來搞什麼鬼』，便仗著輕功尚可，跟了上去。那些人在附近轉了兩天，找到了梁公墓，當晚便破開墓穴，進去胡翻亂找。」

同明大師道：「阿彌陀佛，死者為大，貪狼未免欺人太甚。」

「是啊，正好是那個時節，北斗沈天樞等人後來不是先後圍困霍家堡、華容城，燒死了霍老堡主，又一路追殺吳將軍遺孤嗎？那麼在此之前，順手盜個墓，別管找什麼吧，反正聽起來分外合情合理，對不對？」謝允意味深長地笑了一下，「可惜我只是個『手無縛雞之力』的書生，想維護死者顏面也是愛莫能助——那些人翻了一通，我不知他們找沒找到想要的東西，反正最後將一具基本只剩白骨的屍骨拖了出來，鞭笞捶打『洩憤』。」

同明大師心慈，聞聽此言，連連唸誦佛號。

「把骸骨弄得亂七八糟，那領頭之人便從懷中拿出一面北斗令旗，用石子壓住，放在屍體旁邊。」謝允道，「好像生怕誰不知道沈天樞擅闖南北邊境，挖墳掘墓，還將侮辱屍骨一樣。」

同明大師聽出他的言外之意，目瞪口呆：「這……」

「如果當時只有我在那，就沒有後來的事了，」謝允自嘲道，「畢竟我比較慫，頂多等他們走遠，再出面給梁公收一次屍罷了，誰知也不知怎麼那麼巧，還有個人也在，並且十分耿直地露了面，喝問他們到底是什麼人，怎麼這麼不要臉，連『北斗』的名都要冒領……我後來才知道，那傻道長就是齊門的沖霄子道長。」

同明「啊」了一聲。

「沖霄子道長當時多半以為這些人是江湖毛賊，沒事幹點挖墳掘墓的勾當，誰知雙方一動手，道長就發現自己輕了敵。挖墳的黑衣人乃是個個頂尖的好手，高手不少見，但配合如此默契得絕不多，彼此之間不必言語交流，眼神手勢便能天衣無縫。而手勢是有跡可循的，我就恰好見過，還看得懂。」

同明大師忙道：「在哪裡見過？」

謝允一字一頓道：「大內。」

同明倒抽了一口涼氣：「你是說天子近侍挖了梁公墳，將死者鞭屍洩憤，還要嫁禍給北斗。」

謝允輕輕地呵出一口氣，緩緩地搓著自己的手。氣候溫潤的東海之濱，他呵出的卻是一口白氣。

「不，不是洩憤，皇上不是那樣情緒外露的人，就算真的心懷鬱憤，也該他親自來鞭屍，而不是讓人代勞。」謝允說著，站了起來，攏緊衣袍，在書房中緩緩踱步，「我懷疑他們在墓主人墓中一無所獲，所以認為是梁紹的屍體上有什麼玄機。這時，我見沖霄子道長實在支撐不住，不忍看他糊裡糊塗地死在這裡，就想試一試。」

同明大師一點也不意外道：「你突然冒出來，搶了那具屍骸就走。」

「知我者，恩師也。」謝允彎起眼睛，「我蒙了面，仗著輕功，一路往北邊去，挖墳的黑衣人和道長都不知道我是什麼路數，一起來追我，窮追不捨，幸虧梁公已經瘦成了一具骨頭，否則這一路我還真揹他不動。」

同明大師搖頭道：「又犯口舌。」

謝允笑了起來，說道：「我被他們窮追不捨，整整跑了三天，怎麼都甩不開，到這時候，我已經開始懷疑這白骨身上是不是真有玄機了——不過後來想想，說不定那些盜墓賊也只是有一點懷疑，結果道長和我先後出來攪局，不也正像落實了他們這懷疑嗎？道長見我一直往北走，想必以為那盜墓賊和我是『假北斗』遇上了『真北斗』，那幫私下當盜墓賊的則以為我跟道長都是北邊派來的，分贓不均，同伴反水……哈哈，別提多亂了。」

謝允雖然滿臉病容，提起那些雞飛狗跳的少年事，眼睛裡的光彩卻一絲一毫都沒有暗淡，大概即使在冰冷的透骨青中昏迷，他也能一遍一遍回憶那些驚險又歡快的歲月，想必是不會寂寞的。

「我一路到了北朝地界，那些黑衣人可能要瘋，連國界都不在乎了，瘋狗一樣追在我身後，跋山涉水都甩不脫，我正發愁，不料正好遇上朱雀主那幫張牙舞爪沿途打劫的狗腿子，朱雀主本人不分青紅皂白久負盛名，手下也不遑多讓，見那夥人太囂張，便以為他們是來找碴的，兩廂一照面，立刻打成了一鍋粥。我與梁公見此天降機緣，立刻相攜溜之大吉。」

謝某人正經了沒有兩句，又開始胡說八道，同明大師已經懶得管他了：「然後呢？」

「然後我誤打誤撞地摸進了朱雀主的黑牢山谷，那地方，真是叫人嘆為觀止！」謝允搖搖頭，「黑牢山谷裡守衛森嚴，我揹著梁公有點累贅，便跟他打了個商量，暫且將他老人家安置在了一個人進不去的山谷窄縫中……哎，也不對，是我進不去，我瞧那水草精鑽進鑽出倒是挺痛快——當時黑燈瞎火的，我也沒看清楚，沒注意窄縫下面居然還『別有洞天』，梁公剛進去，就一腳踩空，掉了下去。」

同明：「……」

這小子辦的這都是什麼事？

謝允蹭了蹭鼻子：「他掉下去，再往外掏可就不容易了，我正在發愁，不巧被谷中守衛發現了。」

同明大師無奈道：「以你這獨行千里的能耐，竟沒能跑得了嗎？」

「往常是沒問題的，」謝允嘆道，「誰知道那天沒看黃曆，正好朱雀主木小喬坐鎮山谷，朱雀主這個人……哈哈，您應該也有耳聞，我為了避免沒必要的紛爭和流血，只好主動被他們捉住了。朱雀主以為我是個小毛賊，搜走了我身上五錢銀子並一把銅板，就下令把我扔進了黑牢裡，『毛賊』是沒資格住地上的，我被他們扔進一個地下坑裡，剛好和梁公做了鄰居，因禍得福，既不必再費心掏他，也不必擔心被那幫神通廣大的盜墓賊抓住了。追我的人自然不肯善罷甘休，當時在山谷附近徘徊不去，朱雀主察覺到有這麼一股勢力搗亂，在山谷中逗留了十日之久，沖霄子道長大概也是被他親自抓進來的，其他那些挖墳掘墓的黑衣人死的死、傷的傷，倒是再沒有出現過。」

同明大師臉上露出了一點笑意，說道：「阿彌陀佛，我看未必，恐怕是你察覺到了朱雀主在山谷中，才想出了這個借刀的法子。」

謝允正色道：「不管您信不信，但那一回真的天意。」

他說著，不知想起了什麼，神色溫柔了下來，嘴角隱約彎出一把笑容，好一會，他問道：「師父，如果我喝了第三味藥，還來得及見一見阿翡嗎？上次錯過，下次再錯過可就不曉得要等到幾輩子以後了。」

同明大師嘴唇微動，還沒來得及說話，謝允瞧他臉色不對，便連忙又故作輕鬆道：「不過死生為一，終有殊途同歸之日，多不過百年而已，倒也不妨，無需掛懷。再說……也許她會臨時起意，突然想到東海轉轉，過兩天就到家門口了呢！天意自來高難料，不然她當時怎麼那麼巧就步了梁公後塵，掉進那小小石洞裡了呢！」

同明大師低頭唸誦佛號。

就在這時，外面突然傳來一陣腳步聲，書房中的兩人同時一愣，片刻後，只聽劉有良朗聲道：「殿下，同明大師，島外有客來。」

這話音一落，即使心有天地寬的「想得開居士」，神色也接連幾變。謝允當時好似哽住了，一把拉開房門，問道：「是誰？」

天意自來高難料，不如意事常八九——兩刻之後，不速之客登了島，來人卻不是周翡。

一排精光內斂的大內侍衛在謝允那簡陋破舊的小書房外跪了一排。

陳俊夫緩緩地拎著他織漁網的長梭子走過來，一言不發地靠在門邊站好，林夫子身形一晃，便落到了書房房頂，兩條小鬍子一動一動的，道：「今日既不逢年，也不過節，你們來做什麼？」

哪怕謝允浪蕩在外，絕不回宮，趙淵也從未忘記表面功夫，逢年過節必會派人來問候，例行公事地同謝允來一番「回家過年嗎」和「不了」的過場廢話。

那領頭的侍衛答道：「殿下容稟，咱們王師近日便將北上，征討賊寇，光復河山，此地雖地處海外，但畢竟仍在北賊勢力範圍之內，為防曹氏狗急跳牆，皇上命我等祕密接端王殿下回宮。」

他話音沒落，眼前突然人影一閃，那林夫子鬼魅一般，不知怎麼便到了他近前。領頭的侍衛吃了一驚，往後一仰，一把抓住腰間佩劍。

「狗急跳牆？」林夫子皮笑肉不笑道，「我們仨黃土埋到脖頸子的老東西還沒死呢，倒叫他們來跳一個試試。」

那侍衛忙道：「前輩誤會，皇上還說，咱們不日便能收復舊都，想當初殿下離宮時，還是個叫人抱在懷裡的小娃娃呢，您不想回家去看看嗎？」

陳俊夫沉聲道：「端王殿下傷病纏身，不宜驅車勞頓。」

侍衛道：「皇上正是擔心這個，令我們以聖駕之儀備下車馬，派了十位太醫隨行……」

林夫子吹鬍子瞪眼地打斷他：「太醫？呸，你們的太醫盡是酒囊飯袋！」

「林師叔。」謝允一擺手，「不必為難跑腿的，皇上自來待我極好，有勞諸位費心，聖駕之儀太過僭越，我萬萬不敢受，若能精簡些，我回去看看小叔也好。」

被林夫子壓得喘不過氣來的侍衛大喜：「是，小的這就擬折請示，多謝端王殿下。」

同明大師皺眉道：「安之。」

謝允覺得海風中掃來的水氣都已經就地在他周身凝成了冰，他像是攜帶了一個揮之不去的凜冬——是了，南北格局將變，趙淵越是接近那個大一統的王座，那水波紋想必就越是如鯁在喉。好在他這個「懿德太子遺孤」命不久矣，趙淵還得給他臆想中的幕後之人做最後一場「還政」的戲，給他這個正統遺孤送了終，才好接著痛哭流涕地被「趕鴨子上架」，「受命於天」。

「師父，」謝允說道，「徒兒要出趟遠門，臨走之前，勞煩您將最後一味藥煎了吧。」

在金陵準備迎回端王的時候，周翡還一無所知地身處齊門舊址。

夜色迷離，山谷中火把儼然，李晟整個人貼在了從齊門禁地中扒出來的木盒上，他花了足足一整天的時間，總算戰戰兢兢地撬下了木盒上的第一塊板，露出盒子裡的一點端倪來，發現裡頭是滿滿一遝厚實的書信。

「梁……公親……親什麼？親啟？」

姓李的大廢物暫時不敢亂碰其他地方，對著那打開的小缺口使了半天勁，總算看見了一張信封上的仨字。其他人剛開始還圍觀一下，沒過多久就都給無聊跑了。應何從在一邊餵蛇，楊瑾和奉命前來送錢的聞煜則在一邊圍著周翡「切磋」刀法，吳楚楚拿著紙筆坐在一邊觀戰，邊聽李妍講解邊下筆如飛地記錄。

周翡手裡拿著一根木棒，同時扛住了聞將軍和楊掌門的一刀一劍，她側身從兩人之間穿過，身形一晃便避過聞將軍自身後襲來的佩劍，楊瑾提刀來截，周翡自下而上一招「破」，不偏不倚地戳在他刀背上，楊瑾長刀走偏，與來不及收勢的聞煜佩劍撞在一起，兩人功力相當，同時一陣手麻，各退了兩步。

「不打了。」聞煜喘著氣收了劍，「長江後浪推前浪，我是老了。多謝周姑娘賜教，妳要是再找我報當年斷刀之仇，我可是招架不住了——李公子方才說什麼？梁公親啟？」

李晟將木盒翻過來給他看，問道：「這個梁公指的是誰？不會是當年的梁相爺吧？」

聞煜從親兵手上接過手巾擦去臉上的汗，回道：「不無可能，梁公早年交友頗廣，與一眾前輩都有交情，否則當年皇上南渡時去哪找來那麼多高手護駕？還有大藥谷，至今好多東西都保存在他那。」

這話一出口，眾人都看了過來，連應何從也抬起頭。

李晟忍不住問道：「和我祖父也是？」

「唔，」聞煜在篝火邊坐下，「和李老寨主尤其交情甚篤，據說當年周先生就是老寨主送到梁公那裡讀書的。」

周翡脫口道：「啊，什麼？」

李晟放下了他手裡那百思不得其解的破盒子，李妍則立刻將吳楚楚丟到一邊，屁顛屁顛地湊過來，將李晟擠到一邊等著聽。

誰知聞煜卻擺手笑道：「哎，怎好背後議論上官！不說了。」

聞將軍人過中年，相貌堂堂，於家國內外，都是聲威赫赫，乍一看很是人模狗樣，誰能料到他居然是個吊完胃口就跑的賤人！李妍忙央求道：「將軍，我們嘴都很嚴，你就說一點，肯定沒有外人知道。」

楊瑾和應何從兩個外人面面相覷，不知自己是不是該滾遠一點。

李妍越著急，聞煜便越覺得好玩，故意板著臉搖頭，不住道：「不好，不好。」

四十八寨雖不至於門規森嚴，大當家在小輩人心裡卻是至高無上的——反正周翡他們仨小時候從來不敢打聽長輩的事。李妍好奇得抓心撓肝，急道：「不好你還提起這茬做什麼？聞將軍，你怎麼能這樣！」

聞煜忍不住笑出了聲：「我今天若是不說出什麼，幾位小友是不想讓我走了嗎？」

周翡聞言，默默地拎起長木棍，往旁邊一擋，大有「你可以走一個試試看」的意思。

「饒命，饒命，」聞煜逗小姑娘逗夠了，這才慢條斯理道，「好吧，其實也沒什麼，周先生也是偶然與我提起的，他年幼時遭逢天災人禍，家破人亡，機緣巧合，被路過的李老寨主救下，帶回家照看了幾年。周先生本就出身書香門第，誦讀詩書過目不忘，年紀稍長後，李老寨主擔心寨中沒有名師耽誤了他，這才將他送到江南梁家。」

李妍道：「啊，那我姑姑和姑父豈不是很小就認識了？不是青梅竹馬？」

聞煜笑而不語。

周翡問道：「這麼說我家那書房從一開始就是我爹的？」

李妍忙跟著道：「姑父多大離開蜀山的？」

周翡不知想起了什麼，又道：「我娘小時候欺負過他嗎？」

聞煜：「……」

李晟一點也不想打探長輩的情史，就想理智地問問，既然梁紹和李老寨主是故交，為什麼那年謝允帶著梁公權杖來四十八寨差點被他姑姑砍了？可他脖子伸出了兩丈長，愣是插不進話去。

李妍興致勃勃道：「對了，那我姑姑什麼時候嫁給姑父的，將軍，他同你說過這個沒有？」

周翡忽然乾咳了一聲，用木棒戳了戳李妍的後背。

李妍頭也不回地一擺手，揮開周翡的棍子：「我就問問……」

話音未落，便有人在她身後悠悠地接話道：「這倒是不曾說過。」

李妍：「……」

她好似被戳了屁股的兔子似的，一下蹦了起來，氣虛地轉過身去：「……姑父。」

周以棠雙手攏在袖中，臉上雖無慍色，卻莫名叫人不敢放肆。旁邊替他提燈的親兵低著頭，好似正賣力地數著地上的螞蟻。周翡長這麼大也沒這樣尷尬過，抬頭看了看樹梢，又偏頭看了看李晟，被李晟瞪了一眼，只好低頭跟那小親兵一起數螞蟻。

周以棠對聞煜道：「我想著安排好這邊，行軍還是越快越好，本打算找你商量商量，見你久不歸帳，才過來看一眼。」

聞煜伸手蹭了蹭嘴唇上的鬍子，沒事人一樣站起來：「勞煩先生。」

周以棠一點頭，看了周翡一眼，忽然說道：「妳娘不比妳自幼嬌生慣養，小時候也不曾欺負過別人。」

周翡：「……」

「姑父，」李晟終於找到了說話的機會，忙見縫插針地問道，「梁公和咱們四十八寨後來有什麼恩怨？」

周以棠腳步一頓。

李晟雖然近幾年漸漸開始攙和寨中事務，但同周以棠說話，他仍然莫名有些緊張，見周以棠不吭聲，他便忙道：「也不是什麼重要的事，其實我就是隨便……」

「那年老寨主遭北斗暗算，重傷而歸，曹仲昆自然不肯放過四十八寨，」周以棠說道，他吐字很慢，好像須得字字斟酌似的，「趁寨中一片混亂，曹仲昆再次以剿匪為名發兵蜀中，老寨主實在沒辦法，最危急的時候，曾向梁公……朝廷求援。」

周翡聽到這裡，心裡無端一揪。不知為什麼，她雖然從未見過這位早早過世的外公，卻突然莫名覺得「向朝廷求援」五個字非常沉重。他在十萬大山中帶著一幫人，一手建了一個避難的桃花源，調侃自己「奉旨為匪」，立下三個「無愧」之誓，雖也同梁紹有交情，也有過護送幼帝南渡之功，但周翡就是無來由地認為，老寨主恐怕並不願意向他們開口。

到底是逼到什麼地步，才讓他說出「求援」二字？

四下一片靜謐，連李妍都小心翼翼地屏住了呼吸。

好一會，周以棠才接著說道：「當時朝廷內憂外患，也正值多事之秋，梁公……梁公……為大局計，實在無能為力。我那時年輕氣盛，為一己私情，擅施小伎，盜取兵符，騙出精兵五萬。」

聞煜道：「當年是蜀中一呼百應的四十八寨分割南北，令我們不至於腹背受敵，唇亡齒寒，周先生嚇退北軍未必不是為了長遠之計。」

「多謝你替我開脫。」周以棠短暫地笑了一下，又說道，「我自覺愧對梁公……多年栽培，便自下官身，又廢去武功，將畢生所學歸還，遁入四十八寨——恩怨其實談不上，妳姑姑她可能也只是偶爾想起舊事，還有些耿耿於懷吧。人都死了，沒甚好說的了，這幾日兵荒馬亂，你們早點休息。」

他說完，隨手拍了拍周翡的手臂，帶著聞煜轉身走了。

第五十七章　喪家之犬

這些年戰火紛飛，連四十八寨山下也有不少地撂了荒，眼見這些流民無家可歸，李晟便做主將他們一併帶回去，周翡要去東海，自然不與他們同行，便同李晟辭別道：「替我跟我娘說，讓她不必擔心……算了，她肯定也不擔心，你就說，我剛宰了巨門和破軍，下次遇到武曲，一定剁了他給王老夫人報仇，歸期不定，有事就叫暗樁送信給我。」

從這個破表妹在秀山堂摘紙窗花，只摘兩朵開始，李晟就對她那「狂得沒邊」的臭德行十分看不慣，至今依然一見就牙根癢癢。可惜再癢也打不過，他只好當場翻了個白眼，一言不發地從周翡面前走了，轉向應何從，問道：「應兄作何打算，我那木盒子還未破解開，你與我們同行嗎？還能幫忙參詳一二。」

應何從不置可否地一點頭。

李晟又八面玲瓏地問楊瑾：「楊兄上次來蜀中，還是三四年前呢，你一直是我四十八寨的好朋友，不如再來小住一陣？」

楊瑾猶豫了一下，掃了一眼眾多眼巴巴等著歸宿的流民，隨後竟搖了搖頭。他心想：那些藥農一個個只會一點拳腳功夫，在中原這亂世裡，想必比這些任人宰割的流民也強不到哪去。

思及此處，楊瑾有些後悔。就聽這位為了找人比刀離家出走的掌門說道：「不了，我離開夠久了，得去看看那群藥農。」

李晟一愣。

這時，應何從突然開口道：「擎雲溝是否有一位老前輩，梳著一頭編辮，早年喜歡在中原各地四處遊歷的？」

楊瑾想了想，回道：「可能是我師伯，上一任的掌門，跟你一樣愛養蛇，不過他年紀很大了，前兩年已經去世了。」

應何從聽了，立刻正色起來，說道：「藥谷出事時，我雖僥倖逃出，但也九死一生，幸得那位前輩途經救助，送我毒蛇傍身，來日必要登門祭拜。」

說著，這面冷嘴毒的毒郎中竟朝他行了個大禮，楊瑾「啊」了一聲，他不太會跟人客氣，連忙擺手道：「沒事，不用謝，他老人家一直愛管閒事，而且很推崇貴派，回來以後唏噓了好多年，唸叨『大藥谷』唸叨到死……」

楊瑾話說到這裡，陡然一頓，因為他突然想起來，擎雲溝地處南疆，與世無爭，不重文也不重武，歷代掌門都是醉心醫毒，必是同輩人中醫術最有造詣的一個，然而彷彿就是從他師伯遊歷歸來之後，突然把門規改成了比武定掌門。年幼時他怕蛇，又背不下藥典，每日只會舞刀弄槍，人緣可想而知……後來又是從什麼時候開始，大家努力試著接受他這個異類了呢？是大藥谷一夕覆滅，讓他們兔死狐悲之餘，心生不安嗎？

他在不知不覺中身負長輩與同儕守護藥谷的重任，卻居然只醉心於自己的刀術，厭煩地臨陣脫逃了！

楊瑾呆立良久，猛地一拍自己的腦門，沒頭沒腦地轉身就走：「我先告辭了。」

匆忙之間，他也只來得及衝周翡一點頭，竟忘了找她比刀的事。

眾人兵分三路，各自出發。又兩日，短暫休整過的大軍閃電似的從山谷中戳向曹軍後心，彷如神兵天降。

建元二十五年深秋，九月，授衣之時，霜花始降。

九月初三，北斗兩員大將巨門與破軍應當送抵的信件已經遲了三天，曹寧接連派了兩撥斥候催促，可惜三日不夠往返，至今沒收到回音。

北端王曹寧有些心神不寧，臨近傍晚在營中散步時，忽見木葉脫落，他心裡便無來由地「咯噔」一聲，曹寧吃力地彎腰撿起了那片枯葉，盯著上面乾涸的葉脈，翻來倒去地看了半晌。

隨侍的親兵不明所以，也不敢催促，摸不著頭腦地看看落葉，又看看端王。

「乾上坤下，天地否。」曹寧將枯葉捲在手心裡，緩緩揉碎，「不利君子貞，大往小來。」

親兵奇道：「王爺，您說什麼？」

曹寧的眼睛被臉上堆滿的肥肉擠得無處安放，乍一看，好像刀子割開的兩條線，稍不留神就能日久生情地長到一起去，目中精光也被壓成了極細的一絲，越發刺人眼，他抬起頭，望向黯淡的天光，喃喃道：「卦象上說我宜及早抽身……你信天意嗎？」

曹寧年紀不大，城府卻很深，身邊人從來不敢妄自揣測他在想什麼，那親兵突然聽此一問，一時也不知該搖頭還是點頭，汗都快下來了，結結巴巴道：「這……王爺……」

但曹寧好似只是自言自語，並不想聽他的答案，這會不等他回話，曹寧便突然說道：「去看看，谷天璇的信到了沒有？立刻叫人生火造飯，等到今日酉時三刻，谷天璇的信若還不到，就把原計畫擱置，我們拔營離開。」

這句親兵聽懂了，聞言如蒙大赦，應了聲「是」，撒腿就跑。

谷天璇的信，怕是只有死人才能收到了。曹寧為人果斷，毫不拖泥帶水，說了酉時三刻走，多一會也不等，當晚便拔營上路——至於萬一谷天璇他們按原計畫從背後偷襲南朝大軍，偷襲了一半發現己方援軍沒來，會落個什麼下場？

那也顧不得了。

曹寧的出身已經飽受詬病，又長了這麼一副身板，註定與大位無緣，曹仲昆在世的時候對這個次子就很不待見，多年來，曹寧那點安身立命的根本，全是他小小年紀上戰場，實打實的軍功換來的。

曹寧未必天縱奇才，但他就像一隻海上的燕子，總是能最先嗅到風暴的氣息。

北軍臨時拔營，徹夜疾行，偏偏天公不作美，他們方才出發不久，便淅瀝瀝地下起雨來。

「巴山夜雨」，能漲秋池，此地縱然距離蜀中已經有一段距離，秋雨之勢卻不遑多讓。曹寧的行軍速度不可避免地被拖慢了不少，而天好似漏了，大半宿過去，雨水非但沒有停下的趨勢，反而越來越密。

北軍行至一處山谷狹長之地，先鋒方才入山，便有一條大雷劈開了半個天幕，悶雷聲在谷中慌亂地來回碰壁，隆隆如鼓。一個傳令兵發瘋似的越眾而出，從主帥處沿路往前飛奔而至，口中喊道：「停下！停下！王爺有令，後隊變前隊，繞路！繞……」

又是「轟」一聲雷，將那傳令兵的吼聲蓋了過去。

而閃電恰似刀光。

「九月初三那天夜裡，嘿，北軍精銳在交界附近遭到伏擊，一潰千里，傷亡慘重，死了不知道有多少人哪，那人血給雨水一沖，就好似匯成了一道紅河，一直奔著東邊流過去了，百里之外河道裡的水都是猩紅猩紅的，跑出老遠去，能聽見鬼哭！」

廬州郊外，一處四面漏風的破酒館裡，幾個南來北往討生活的行腳幫漢子在此歇腳，湊在一起，一邊啃著粗麵餅子，一邊議論時局，常常發表一些讓人哭笑不得的言論。

「扯淡，還鬼哭，你聽見了？」

「我一個遠房表叔家就住在那邊，他老人家親耳聽見的！」

「我看人家是怕你賴著不走，說來唬你的。」

「你個……」

周翡靜靜地坐在一邊，等著杯中略有些渾濁的水沉澱，將周圍的聒噪當成了耳旁風——沒辦法，不是她不關心戰局，實在是一路走來聽太多了，怎麼胡說八道的都有，一會說周大人神通廣大，發了洪水沖走了曹軍，一會又說曹軍所經的山谷鬧鬼，將北軍留下當了替死鬼……諸多此類，大抵無稽之談，她也只好充耳不聞。

「慢著，二位哥哥先別吵，我有一問——那麼曹寧遇伏，究竟是死了沒有？」

人群一靜，方才討論得熱火朝天的那幾位都閉了嘴。

這時，只聽一個角落裡坐著的老者幽幽地開了口，道：「那曹寧恐怕是跑了。」

那老人聲音十分奇特，好似生銹的鐵器摩擦在砂紙上，聽著叫人渾身難受。周翡舉杯的手一頓，尋聲望去，只見他面貌醜陋，半張臉連到脖頸有一道凶險的疤，該是刀劍留下的，兩側太陽穴微鼓，目中精光內斂，內家功夫應該頗有造詣。周翡一眼掃過去，那老人立刻便察覺到了，與她對視一眼後，衝她淺淺一點頭，又接著說道：「除了斥候，周大人有時也差遣一些咱們這樣的人，替他探查民間的風吹草動，老朽老而不死，閒來無事，便偶爾幫著跑趟腿，幾支隊伍的旗子都還認得。那天，周大人想必是祕密打伏，我正好在附近，卻全無察覺，半夜聽見附近打了起來，連忙冒雨上山前去探看，竟見北軍曹氏的王旗被圍困山谷，片刻後便倒了。那一戰……嘖，打了整宿，滿山谷都是沾了泥的屍體，也有趁夜跑了的，完事以後照著聞將軍的規矩，將戰俘歸攏，又把幾個斬獲的北軍大將頭顱高高掛起，我來回看了三遍，沒有曹寧。」

旁邊有人恭恭敬敬地說道：「老前輩，你還認得曹寧？」

另一人答道：「那有什麼不認得，曹寧那一顆腦袋據說有尋常腦袋兩顆大，我要是在，我也認得！」

眾人又一片七嘴八舌地議論起以曹寧的大塊頭來，周翡見那老人擱下酒錢，持杯的虎口處長滿老繭，磨得膚色都比別處深不少，她便忍不住脫口道：「前輩練過衡山劍法？」

這還是她從吳楚楚那亂七八糟的筆記上看來的，據說當年的衡山劍派所持的劍樣式奇特，有一條彎起的手柄，剛好能卡在虎口上，久而久之，那處便磨黑了。

老人一頓，片刻後，輕聲說道：「現在居然還有小娃娃記得南嶽衡山。」

衡山密道於她有救命之恩，周翡連忙起身，那老者卻不等她說話，便將斗笠往頭上一遮，朗聲笑道：「好，只要有人記著，我南嶽傳承便不算斷了！」

說完，他兩步離開了破酒館，飄然而去。

正這當兒，門口進來幾個唱曲的流浪藝人，正好眾人說厭了南北前線的事，便催著那幾人唱些新鮮的，周翡將澄清的茶水倒在水壺裡，撂下幾個銅板，穿過鬧哄哄的人群，正這當兒，忽聽那拉琴的朝眾人團團一拜，說道：「諸位大爺賞臉，小的們正好聽來了新曲子，今日同諸位大爺獻個醜，唱得不熟，多包涵。」

周翡已經走到門口，嘬唇一聲長哨，將自己跑去吃草的馬喚了回來，方才拉著韁繩預備走，便聽裡頭那拉琴的又道：「……這段曲，據說是羽衣班所做，唱詞乃為『千歲憂』所書，名喚作《白骨傳》，乃是一段志怪奇聞……」

周翡：「籲——」

行腳幫一幫莽撞人不管什麼「百歲憂」還是「千歲憂」，只一味催促，接著，沙啞而有些走調的曲聲幽幽響起，周翡逗留在門口，將白骨死而復生後四處找尋自己墳墓的鬼故事從頭聽到了尾——聽到白骨歷險一通，因其形容可怖，攪動得四方驚恐不安，最後總算找到了自己葬身之處，卻發現自己的墳塚被另一具披金戴玉的骸骨鳩占鵲巢，於是縱身跳入滔滔入海的江水中，同大浪一起奔流而去，成了司水的精怪。

周翡皺起眉，感覺這種漫無邊際的胡編亂造確乎與之前那部《寒鴉聲》如出一轍，不像別人冒名偽造的。

所以是謝允親自寫的？謝允是醒了？他整天凍得跟鵪鶉似的，怎麼還有閒情逸致寫這玩意？寫就寫了，他既然不出門，自然也無需路費，為何要在這節骨眼上將其傳唱出來？還有那結尾——「長河入海，茫茫歸於天色」，實在是怎麼聽怎麼微妙，正好暗合了「海天一色」。

從自己墓穴中消失的白骨、鳩占鵲巢的隱喻、海天一色……

電光石火間，周翡腦子裡閃過無數念頭，她倏地翻身上馬，一路快馬加鞭，絕塵而去。一個時辰後，周翡趕到了四十八寨最近的一處暗樁，亮出權杖，三下五除二地寫了一封信：「替我送到南國子監，找林真講。」

撂下信，周翡便急著繼續趕路，正好暗樁的一個跑腿信使從外面回來，險些撞了她。那信使匆忙道：「這位師妹留神——師兄，來了三封信，兩封『號脈』結果，祕信報給大當家，還有一封帶著信物的私信，東邊來的，正好一併送回寨中，給周……」

周翡腳步倏地一頓。

此時，舊都南城，一處不顯山不露水的小小院落裡，來了不速之客。

這小院陳設十分簡樸，種了幾棵松柏，在秋風蕭瑟中強撐著些許陳舊的綠意，一個鬢髮灰白的男子盤膝坐在院中，他披頭散髮，削瘦、獨臂，臉上兩條法令紋深邃如刻，面上隱約有紫氣。整個院中翻湧著說不出的凌厲肅殺，一隻鳥雀偶然落在院牆邊上，很快便不堪忍受，受了驚似的撲棱棱地飛走。

突然，那獨臂男子驀地睜開眼，目光如電，射向門口，院門口一個北斗黑衣人正要開口說話，叫他暗含殺意的目光一瞥，當即腿一軟，「撲通」一聲跪了下來，露出身後一身絳紅官袍的武曲童開陽。童開陽嫌棄地將那礙事的黑衣人撥到一邊，大步闖進院中道：「大哥，你聽說了嗎？」

那獨臂男子正是貪狼沈天樞。

沈天樞桀驁不馴，是為北斗之首，一輩子只忠於曹仲昆一人，自幾年前偽帝病重，不再能理政之後，他也懶得和滿朝上下各懷鬼胎的文武官員打交道，乾脆閉門謝客，漸漸深居簡出，不怎麼露面了。

沈天樞緩緩收回五心向天的姿勢，一言不發地站了起來，方才他坐過的地方，只見石板竟然凹陷了一塊，而且沒有一絲裂紋！

童開陽瞳孔一縮，低聲道：「恭喜大哥又有進益，神功將成。」

「我不練武功，幹什麼去？」沈天樞愛答不理道，「你急惶惶地做什麼，我應該聽說什麼？」

童開陽道：「端王兵敗，前線一潰千里，周存長驅直入，三日之內已經連下數城，援軍根本趕不上趟，今日早朝吵成了一團。」

沈天樞面無表情道：「谷天璇和陸瑤光那兩個廢物呢，死了？」

童開陽：「……死了。」

沈天樞猛地轉過身來——他一向覺得，北斗七人，只有童開陽與楚天權這一個半人配得上同他說話，童開陽是一個，楚天權是個太監，因此只能算半個。其他幾位，從人品到本領，一概是扔貨。

人品姑且不論，反正他們也不是那些以名門正派自居的沽名釣譽之徒，不必講那許多假大空的道義，孤高自詡也好、不擇手段也好，都不過是個人辦事的風格，各花入各眼，不分高下。可若是連安身立命的根本——那點功夫都練不好，那就沒什麼好說了。死了也活該，叫人瞧不起也活該。

眼界狹隘、旁門左道之徒如廉貞與祿存，多年吃老本、就知道到處鑽營之徒如巨門，還有北斗中的著名添頭「破軍」……這幾個東西沈天樞個個都看不慣，往日裡便對他們十分嗤之以鼻，沒事就按著高矮個頭、排隊拎出來嘲諷一番以做消遣，此時乍一聽聞巨門與破軍死訊，他先是一愣，隨即便順口冷笑了一聲。

笑完，沈天樞又面無表情地走了幾步，及至快要進屋，他才腳步微頓，想起了什麼似的說道：「……這麼說，巨門和破軍也沒了，那當年倉促間被皇上湊在一起的七個人，如今豈不是就剩了你我？」

童開陽一愣，隨即道：「大哥，咱們七個是『先帝』湊的，不是當今皇上啊。」

沈天樞呆了呆，彷彿才想起曹仲昆已經駕崩，新皇即位了。他心裡無端湧上一股沒趣，「哦」了一聲，不言語了。

童開陽搶上幾步，壓低聲音道：「大哥，咱們這回可算精銳盡折，端王生死不明，今日朝堂上，我瞧皇上都有些六神無主了，怕是不妙。」

沈天樞漠然道：「那跟我有什麼關係，我就會殺人，不會打仗。怎麼，太……皇上想讓我去打仗嗎？」

童開陽苦笑道：「誰能差遣得動您老人家？方才來時路上，聽說兵部緊急從各地守軍中抽調了人手前去支援，可是軍心已經動蕩，怎麼擋得住周存！再者，我還聽說，軍中有謠言甚囂塵上，說是皇上容不下親弟弟，多次故意拖欠糧草，才導致前線潰敗，否則以端王之才，怎會敗得那樣慘！」

沈天樞一臉無所謂，道：「哦，這麼說豈不是要亡國了？」

童開陽急道：「大哥！」

沈天樞挑起一邊的長眉，進了屋，用僅剩的一隻手給童開陽倒了碗水喝。童開陽心不在焉地端起來抿了一口，險些當場噴出來——沈天樞居然給他倒了一碗冷透了的涼水，連點碎茶葉梗都沒有，涼水清澈透亮，誠實地亮著碗底一道裂痕。

再看沈天樞這偌大一間會客的書房，除了尚算窗明几淨，幾乎堪稱家徒四壁，文玩擺設一概沒有，書架上稀稀拉拉地放著幾本武學典籍——鬧不好還是他自己寫的。一張破木頭桌子橫陳人前，桌面攢了足有百年的灰塵，漆黑一片，看著就很有「嚼勁」。

書房裡既沒有伶俐的小廝，也沒有漂亮丫鬟，童開陽將鼻子翹起老高，聞不著半點多餘的人味。他不由得一陣絕望，感覺從沈天樞這裡是討不出什麼主意了。一個尚算位高權重的人，竟能活成這副寒酸樣，那麼他可能是克己勤儉，也有可能是心如磐石，什麼都打動不了他。雖說「覆巢之下無完卵」，但是像沈天樞這樣的人物又豈能以「卵」視之？哪怕曹氏國破家亡，趙淵可著王土疆域追殺他，於他也沒什麼威脅。

果然，沈天樞說道：「亡國就亡國，我是先帝的狗，先帝駕崩，既然也沒留遺言說讓我接著給朝廷賣命，那麼旁的事便與我無關。你還有別的事嗎？沒有就忙你的去吧，別擾我清靜。」

童開陽正想搜腸刮肚出幾句說辭，還不等開口，沈天樞突然抬頭，一雙目光鋼錐似的穿透木門與小院，直直地射了出去。童開陽愣了愣，不明所以地順著他的目光看去，過了好一會，才分辨出一點微弱的腳步聲，他不由得汗顏，隱約感覺沈天樞自從不管俗事之後，於武學一道好像邁上了一個他們摸不著邊的臺階。

沈天樞坐著沒動，輕輕一拂袖，書房的木門自己「吱呀」一聲打開了，直到這時，一個人影方才落到院門口。

沈天樞瞇起眼，說道：「想不到我沈某人府上也能有不速之客，這倒是新鮮。」

院外那人聞聲，踱步上前，身形便落入房中兩個北斗眼中，來人一身風塵僕僕的布衣，頭上戴了一個連下巴也能遮住的巨大斗笠，整個人捂得嚴嚴實實，卻還是能一眼被人瞧出身分來——能胖成這樣的人畢竟不多。

童開陽驀地起身，失聲道：「端王爺！」

曹寧掀開斗笠，他一張臉長得白白胖胖，原本像一個潔淨無瑕的大饅頭，此時卻是滿臉的汗跡與傷痕，成了個被人割了幾刀、還扔進泥裡滾了一圈的髒饅頭。可即便狼狽成這樣，他的肩背竟還是直的，拖著一條傷腿緩緩走路的樣子，也竟然還很從容。

「喪家之犬，不請自來。」曹寧簡略地一拱手，「叫二位見笑了。」

沈天樞端著一碗涼水，臀下如有千斤，愣是坐著沒動。童開陽可不敢像他一樣拿大，連忙迎了上去，將曹寧讓進裡間。曹寧拖著一條傷腿，擺手謝絕攙扶，道聲「叨擾」，便一步一挪地進了沈天樞的書房。

沈天樞瞥了他一眼，不十分客氣地說道：「你四肢負擔本就比尋常人重，功夫又稀鬆平常，此番腿上傷筋動骨，又接連奔波，氣血凝滯不通，我看往後也未必能恢復，說不定得瘸著走了。」

曹寧神色不變，笑道：「沈先生，一個人倘若長成我這模樣，多一條少一條瘸腿，也沒什麼大不了的。」

童開陽怕沈天樞又出言不遜，忙插話道：「王爺何以獨自上路，既然已脫險，為何不回朝？」

「我皇兄早想收我的兵權，一直沒有由頭，好不容易逮著這麼個機會，他不會善罷甘休，這回我自己落人口實，沒什麼好說的。」曹寧坐下，舊木頭椅子「嘎吱」一聲響，那北端王自嘲一笑，又道，「我這些年多少攢了點人，倉皇敗退時沒來得及與他們交代好，皇上必然差遣不動他們，在這個節骨眼上，想必更要惱我，一旦我露面，除了獲罪革職軟禁京城，沒別的下場——這倒也沒什麼，只是皇上手中那些所謂的『可用之將』，多不過趙括之流，任他胡鬧下去，恐怕……」

童開陽聽他這話音不對，有點大敵當前仍要兄弟鬩於牆的意思，當下沒敢接茬，拿眼角瞥沈天樞，卻見那北斗之首卻依然捧著碗破涼水端坐，無動於衷。書房內一時冷場，曹寧也沒有動怒，他探手入懷中，取出一枚磨掉了一角的私印，放在桌上。那小印上面刻著「四海賓服」四個字，很有些年頭了，印章上頭的龍紋被人把玩過無數次，磨得油光鋥亮。

沈天樞見了那印章，臉色忽然變了。

「此物乃是先父皇尚未稱帝時所刻，後來組建北斗，便將其當作號令北斗的證物。」曹寧盯著沈天樞說道，「不錯，父皇將一切都留給了我大哥，只將這枚印給了我。」

曹仲昆死的時候，北斗七人已去其三，剩下巨門、破軍與武曲都有官職在身，已經不受這枚上不得檯面的私印約束，受其影響的，實際只有一個不愛管閒事的沈天樞。

沈天樞性情孤僻，雖然武功高強，卻未必肯介入他們曹氏兄弟間的紛爭，著實沒什麼用。曹仲昆留下他這步暗棋給曹寧，大約只是想著再怎麼不待見，也是自己親生的兒子，到萬不得已的時候保住曹寧一命罷了。

沈天樞的目光在那小印上停留了片刻，問道：「你要我替你殺你大哥？」

曹寧笑道：「我就算再傻，也知道沈先生絕不會做出如此忤逆父皇心願的事，何況外敵當前，我也沒有那麼喪心病狂。」

沈天樞臉色略微好看了一些，想了想，又問道：「那麼難道你是要從千軍萬馬中取來周存首級？」

曹寧搖搖頭：「且不說此舉能不能成功，就算能殺，如今南朝趙氏也已經做大，沒有周存，還有聞煜，還有別人，運道一旦逆轉，便不是殺一兩個人能止住頹勢的。」

沈天樞微微往後一仰，等著曹寧下文。曹寧將聲音壓得很低，一字一頓道：「沈先生，還記得當年李氏刺殺我父皇的事嗎？」

曹寧祕密潛入舊都時，周翡到了金陵。

她久聞南都大名，卻沒親自來過，郊外已經有了不少秋遊的人，四處是曲水潺潺，沉澱著一股悠久的繁華，路卻彎彎繞繞的不大好找，周翡兜兜轉轉了一天，方才大致分清了東南西北。

周以棠在南都是有府邸的，只是周翡在廬州暗樁突然接到同明大師的來信，這才臨時改道金陵，來不及同周以棠打招呼，便也不想麻煩他，直接在四十八寨的金陵暗樁落腳。金陵暗樁是家脂粉鋪子，每日來來回回香風飄渺，幾個師兄在此地待久了，說話都是一水的輕聲細語，完全看不出一點江湖草莽氣，自己都說這南都的溫柔鄉太過消磨志氣。

那建元皇帝在這種地方錦衣玉食地過了幾十年，居然還是一門心思地搞風搞雨，念念不忘要收復河山，可見此人確乎是個縱橫天下的人物。

周翡打聽到了「端王府」的位置，便仗著自己輕功卓絕，進去裡裡外外地巡視了幾圈，見趙淵做戲做全套，已經派人將王府的宅邸與花園都修整一新，每天都有新的僕從送來，看家護院的、修整院落的……還有一大幫環肥燕瘦的美貌侍女，很像那麼回事。但此間主人卻一直不見蹤影。

周翡當了好幾天樑上君子，白天在王府遊蕩，夜裡回暗樁，卻始終沒等到謝允，便不由得有些煩躁，不免將事情往壞處想，她一會懷疑謝允能不能經得住長途跋涉，一會懷疑他那心機深沉的皇叔對他不好，有一次半夜醒來，周翡恍惚間竟不知從哪升起一個念頭——謝允會不會已經死了？

直把自己嚇出一身冷汗。

甜膩的胭脂香從窗外順著夜風吹進來，撥動牆角屋簷處的鈴鐺，與後院裡石橋下水流聲混在一起，也像是一場夢。周翡呆坐良久，激靈一下回過神來，心裡說不上撕心裂肺的難受，只是好似堵了一塊石頭，快要喘不上氣來了。她實在躺不下去，便悄無聲息地草草攏了一把頭髮，從窗口一躍而出，輕飄飄地上了屋頂，往端王府的方向而去。

周翡本想在王府最氣派的那間屋子房頂上坐一會，誰知這一去，卻遠遠見到端王府燈火通明。

她心裡重重地跳了一下，輕車熟路地找了個隱蔽的地方，居高臨下望去，見一幫風塵僕僕的侍衛趕著車馬進門，前腳剛到，流水似的賞賜便隨之而來，宮燈飄動，整條街都被驚動了，紛紛派出僕從，伸著脖子往端王府那空了十多年的鬼宅張望。

忽然，周翡看見一個熟悉的身影下車來——正是她從童開陽手中救下來的劉大統領。

不少人圍上前去同他說話，那劉有良在北朝王宮中做了多年禁衛統領，應付這等小場面自然是遊刃有餘，雖然話不多，但一露面就鎮住了亂糟糟的場面，很快將王府指點得井井有條起來。

劉有良乃是受蓬萊散仙那三位老前輩之託，沿途照顧謝允，忙到了後半夜，才在端王府安頓下來，總算能在天亮之前略微休息一會，誰知他才剛一進屋，心裡便無端一悸——他在童開陽眼皮底下從舊都一路逃到濟南，全靠這點直覺救命，劉有良有些混沌的腦子裡湧上一層涼意，一把抓住自己腰間佩劍。

然而還不待他開口喝問，便聽身後有人彬彬有禮地敲了幾下門。劉有良一身冷汗，人就在身後，他居然連一點聲響都沒聽見！他當下將佩劍抽出了兩寸，猛地回頭，便是一愣：「周……周姑娘？」

謝允沒有和隨從一起回端王府，他被建元皇帝趙淵留宿在宮裡了，傍晚時分，聽人來報皇上要駕到，他便將手上的閒書放在了一邊，按著那些好像他與生俱來就熟悉的繁文縟節迎出門來見禮。

趙淵是帶著一幫人聲勢浩大地過來的，不等謝允拜下，就連忙親自伸手將他扶起來，笑道：「在小叔這就是回家，既然是回家，哪有那麼多囉嗦！」

趙淵穿著便服，身形瘦削高挑，面如刀刻，人過中年，但臉上不怎麼顯年紀，他眼睫異常濃密，常常在眼珠上打下一層重重的陰影，映襯得目光微沉，看人時無端便會叫人心裡一緊。可是他一旦笑起來，卻又顯得十分儒雅親切，全然沒有九五之尊的架子。趙淵伸手拉住謝允，並不忌諱他身上越發濃重的透骨青寒氣，反倒是謝允見皇上那一雙養尊處優的手指尖凍得有些發白，忙使了個巧勁掙開他。

謝允笑道：「禮不可廢。」

趙淵用手背在他額頭上貼了一下，十分憂心地嘆了口氣，他身後一群太醫連忙一擁而上，團團圍住謝允。

謝允配合地遞出手腕，然而南端王金貴的手腕只有一條，著實不夠分，眾太醫只好挨個排好隊，有察言的，有觀色的，忙得不亦樂乎，折騰完一溜後，又一起告罪，煞有介事地湊到一邊會診，這時自然要避開貴人，奈何謝允耳音太好，將眾太醫在外頭的唇槍舌戰聽了個一字不差，簡直忍俊不禁——好像他們真能治好一樣。

謝允才一抵京，還沒來得及摸到端王府的門，趙淵就急吼吼地命人將他接到宮裡小住，也不知道是為了表達重視與恩寵，還是想看看他到底是不是隨時要死。可惜，臨出發時，同明大師將第三味藥給了謝允，加上正牌推雲掌傳人內力深厚，此時他看來恐怕是非同一般的精神，不知趙淵見了會不會覺得十分失望。

不過謝允活到了這步田地，已經不大在意別人的看法了，該迴光返照的時候，他也懶得假裝弱柳扶風，左右沒別的事，他便一耳朵聽著太醫們七嘴八舌，一邊隨意應著趙淵帶著政治任務的閒話家常。

趙淵很會說話，時而問他些江湖趣事，簡單的事謝允便順口同他一說，說來話太長他懶得唸叨，便推說自己隱居蓬萊，不太清楚外面發生了什麼。兩人好似兩隻披了人皮的狐狸，一個遞話，一個敷衍，倒是顯得十分和樂。

忽然，原本百無聊賴的謝允耳根輕輕一動，送到嘴邊的茶盞一頓，身上的寒意很快包抄上來，掠奪了茶盞上騰騰的熱氣，一個小太監見了，忙誠惶誠恐地上前換茶。謝允略微瞇起眼，抬頭往四下橫樑上看了一眼。

樑上有人——能神不知鬼不覺地出入皇宮，此人必定是個高手。中原武林臥虎藏龍，當中自有一些來無影去無蹤的高手，倘若心懷坦蕩、並無惡意，有時會故意弄出一點動靜，暗示自己在場，這叫做「投石」，也有試探對方功夫和耳力的意思。

梁上這位不知是哪裡來的搗蛋派高手，將一干大內高手視若無物，在皇宮大內朝他「投石」，謝允頗覺有趣，很想一見，越發不耐煩和趙淵扯淡。

那不識趣的皇帝老兒還在一旁笑道：「當年你剛回京的時候，還沒有自己的府邸，就是住在這裡的，三年前此地翻新過一次，但東西都沒動過，有沒有一點親切？」

謝允接過小太監新換的茶盞，盯著自己指尖上短暫浮起的血色，忽然故意哪壺不開提哪壺道：「皇叔，我這些年沒出蓬萊，消息閉塞，都還不知道——明琛出宮建府了嗎？在什麼地方？」

趙淵倏地一頓。

謝允笑容真摯，丁點破綻也不露：「回頭我得去瞧瞧他。」

「明琛哪，」趙淵收回目光，吹開茶水上的浮沫，「很不成器，人也老大不小了，成日裡心浮氣躁，什麼正經事也不幹，一天到晚想往外跑，我正圈著他讀書呢。回頭我將他招進來，你要是有空能替叔管教一下最好了。」

謝允便道：「也是，那年他在永州攙和的那事實在太不像話，兒女都是債啊，皇叔。」

他接連兩句話裡有話，稱得上故意擠兌了，趙淵雖然維持住了表情，方才熱火朝天的家常話卻說不下去了。兩人各自無言片刻，趙淵這才反應過來，謝允是說話說煩了，故意口無遮攔，隱晦地要送客。不是他不會察言觀色，只是繼位這幾十年間，趙淵已經習慣了當一個皇帝，習慣了哪怕底下人即便各懷鬼胎，同他說話時也都得戰戰兢兢、誠惶誠恐，盼著多從他嘴裡挖出點什麼，鮮少有人嫌棄他話多。

建元皇帝難得有些尷尬，沉默了片刻，他起身道：「拉你說了這許久的話，也不早了，小叔不打擾你休息。」

謝允懶洋洋地站起來恭送，連句多餘的謝恩也沒有。

趙淵擺擺手，走到門口，好像又突然想起了什麼，對旁邊一臉走神的謝允道：「我朝廷王師步步緊逼，已經迫近舊都，曹氏逆賊只是秋後的螞蚱，不足為慮，下月初三是什麼日子，記得嗎？」

「曹氏逼宮，先帝的忌日。」謝允頭也不抬地回道，「皇叔與我閒話了這大半天，是不是險些把正事忘了？」

趙淵對這句刻薄話充耳不聞，只說道：「也是你爹的忌日——我打算在正日子祭告一番，倘若列祖列宗在天有靈，保佑我軍光復河山，使逆賊伏誅，安天下黔首，再有盛世百年。」

謝允點頭道：「也好啊，算來沒幾天了，侄兒還能湊個熱鬧，省得死太早趕不上。」

趙淵眼角輕輕抽動了一下，似乎是被他堵得沒話說，然而當今天子不知為什麼，在謝允面前一點脾氣也沒有，兀自沉吟良久，他說道：「方才聽你說起那蠱蟲馭人之事，著實聳人聽聞，但細想起來，又似乎不是沒有道理的。」

謝允略一抬眼。

「你站在這裡，覺得穹廬宇內，四方曠野，無處不可去，可是一旦邁開腿，卻又總覺得路越來越窄。」趙淵沉聲道，「你被架上高臺，被推著、逼著往前走，路途又泥濘又不見天日，但是你也知道自己不能回頭。每每午夜夢迴，都恨不能自己睜眼回到初臨人世時，乾乾淨淨，坦坦蕩蕩，想去什麼地方就去什麼地方。」

謝允一言不發。

「可是回不去了，這御座龍輦就是蠱。」趙淵輕輕地握了一下謝允的肩膀，感覺那透骨青的寒意突破厚實的衣料，小刀似的穿入他掌心，「那會兒，我外有強敵，內無幫手，在朝中四面楚歌，只有你在小叔身邊，能聽我抱怨幾句對外人說不得的閒話，這些年……不管你信不信，小叔真的希望你能好好的。天下奇珍，但有需要，不拘什麼，儘管叫他們去尋，皇叔欠你的。」

謝允一低頭：「不敢，皇上言重。」

趙淵深深地看了他一眼，見他低著頭，渾身上下寫滿了油鹽不進的「趕緊滾」三個字，終於無計可施，嘆了口氣，轉身走了，背影竟有些落寞。

謝允立刻回身，先將一干閒雜人等摒退四下，這才開口說道：「到底是哪位朋友擅闖宮禁？」

沒動靜，看來高手沒那麼好詐。

謝允雙手抱在胸前，笑道：「閣下神出鬼沒，若是不想被我發現，方才想必也不會刻意露出破綻，怎麼現在倒扭捏起來，莫非閣下是位姑娘？」

他話音方落，一側房樑上有什麼東西彼此碰撞了一下，「嘩啦」一聲輕響，卻沒聽見那人落地時的腳步聲，對於這樣的高手而言，故意給點動靜已經是堪比敲門的彬彬有禮了，謝允不以為意，循聲回頭，倏地便怔住了。

來人真是個姑娘。

還是一個……分明熟悉到夢回時常常相見，此時驟然相逢，卻又有些陌生的姑娘。她好似憑空落在了堂皇的宮殿暖房中，故作平靜的目光穿透了三年的光陰與不見的生死，漫無目的地在四周逡巡一圈，繼而落回謝允身上。

她每一個細微的眼神，於謝允而言，都是驚心動魄。

謝允盯著來人，喉嚨微微動了一下：「……阿翡？」

第五十八章　不可說

李晟等人終於進入了蜀中地界，因錯過宿頭，只好在野外過夜。

流民常年顛沛流離，本就體弱，先前是因為一口掙扎著想活的氣，死命撐出了精氣神，此時找到了歸宿和主心骨，一時興奮過度、精神鬆懈，不少人反而倒下了，虧得應何從隨行，好歹沒讓他們在重獲新生之前先病死。

眾人不能騎馬，還走走停停，好不拖延，周翡都到了金陵，他們還在半路磨蹭。李妍不知從哪弄來了幾個松塔，扔在火裡烤了，窮極無聊地自己剝著吃——環顧四周，大家好像都很忙，沒人跟她玩。

傳說中，少年俠士於夜深人靜露宿荒郊時，不都是舉杯邀月、慨然而歌的嗎？可是她伸長了脖子往周圍看了一圈，發現她身邊的「少年俠士」們居然全在篝火下「挑燈夜讀」！

應何從整個人都快扎到那些神神叨叨的巫毒文裡了，幾次三番低頭差點燎著自己的頭髮絲。李晟靠在一棵樹下，翻來覆去地與那木頭盒子上的機關較勁，不時還要拿小木棍在地上畫一畫。吳楚楚則伸手拿出水壺，手指在壺嘴上沾了一下，借著微微濕潤的手指捋了捋筆尖，眉目低垂地奮筆疾書。

李妍湊上去，將下巴墊在吳楚楚肩上，看著她條分縷析地在「泰山」的名錄下，將泰山派的來龍去脈與流傳下來的套路精華一一默出，李妍忍不住打了個哈欠，說道：「泰山派的功夫跟『千鐘』一路，笨重得很，要不是天賦異稟，生來就五大三粗，任憑是誰練起來都得事倍功半，我看他們除了特別抗揍之外，好似也沒厲害到哪去，楚楚姐，這玩意妳練都沒練過，真虧妳有耐心整理。」

旁邊的李晟被她突然出聲打斷思路，頭也不抬道：「李大狀，閉嘴。」

李妍不滿地嚎叫道：「漫天星河如洗，大家一起聊聊天不好嗎？我說你們一個個的是不是都進錯了話本，咱們分明是『遊俠志異』，都被你們演成『懸樑刺股』了！」

吳楚楚被她拉扯得直搖晃，只好放下筆。雖然被打擾，她還是不忍心冷落李妍，便順她的意起了個話頭，說道：「頭些年邊境一直拉鋸，總共就那點地方，你進我退，這回咱們南邊打敗了曹寧，我覺得周大人他們就好像在銅牆鐵壁上鑿了個孔似的，一日千里，行軍速度竟然比咱們回家還快，一路上盡是聽小道消息了……你們說，要真打回舊都去，往後是就要天下太平了嗎？」

應何從覺得她這話十分天真可笑，便冷冷地說道：「太平有什麼用，該沒的早沒了。」

吳楚楚脾氣好，不和他一般見識，認認真真地回道：「沒了可以找回來，實在找不回來，還可以重建，應公子不厭其煩地鑽研呂國師的遺跡，不也是為了傳承先人遺跡嗎？」

應何從生硬地說道：「我只是不想讓人以後提及藥谷，說我們區區一點透骨青都解不了。」

他提起這檔子事，眾人頓時想起單獨前往蓬萊的周翡，沒人接話了。應何從默無聲息地將已經快要乾枯的涅槃蠱母屍體拿出來把玩，李晟則嘆了口氣，將目光從手中木盒上揪下來，仰頭望向天際。

天似穹廬，北斗靜靜地懸在其中，分外扎眼，仔細盯一會，總覺得它好似會緩緩移動似的。李晟心裡無端起了一個念頭，他不著邊際地問道：「齊門禁地所用的陣法為什麼是『北斗倒掛』？」

李妍和應何從大眼瞪小眼，不知他在說什麼。倒是吳楚楚心思機巧，想了想，接話道：「我小時候看古書，上面說『夜色將起時，北斗升上帝宮，周轉不停，次日則正好倒掛而落，在晨曦破曉前退開』。若是讓我牽強附會一下，『北斗倒掛』大約是『天將破曉』的意思，是吉兆呢……」

她話沒說完，便見李晟詐屍一般倏地坐直了。

吳楚楚問道：「怎麼？」

李晟猛地盯住自己手中的木盒子：「我知道了！」

李妍莫名其妙：「哥，你知道什麼了？」

「木盒上的機關！」李晟飛快地說道，「原來如此，十二塊活動板，每動一次，說明過了一個時辰，對應的星象與陣法自然也會跟著變動……我說怎麼無論怎樣算都算不清楚！」

他根本不理旁人，一邊飛快地在地面上行算著什麼，一邊嘀嘀咕咕地自言自語些聽不懂的話。眾人見他煞有介事，便都圍攏過來，大氣也不敢出地看著李晟拆那盒子周邊的木板。

李晟兩耳不聞窗外事地弄了足有兩個多時辰，霜寒露重的夜裡愣是憋出了一腦門汗，接連將盒子周邊十二塊木板拆了下來。拆掉了鎖在一起的十二塊木板，裡面露出一個有孔隙的小盒。李晟長長地吐出一口氣，只覺肩膀僵得不似自己長的，尚未來得及說什麼，那小盒突然自己裂開了。

李晟一聲低呼，還以為觸碰了什麼機關，盒子自毀前功盡棄了，正手忙腳亂，那盒中裝滿的信件雪片一樣掉落在地，從中滾出了一個卷軸，在地面上「啪」一下打開——

「呀，小心火！」

「連個東西都拿不住，李晟你那爪子上是不是沒分縫！」

李妍搶在卷軸滾進火堆裡的前一刻，仗義出腳，險險地將它截住，然後吱哇亂叫著跑到一邊撲滅鞋上的火星。吳楚楚上前將卷軸撿起來，小心地抹去塵土，見那是一軸陳舊的畫卷，畫著一副叫人十分摸不著頭腦的肖像，用筆非常樸實，毫無修飾，很像古時候那種遴選官員或是宮女時所用的人像。畫上有個孩子，約莫十歲出頭，看著還有幾分稚氣，角落裡寫著他的生辰八字，沒有姓名。

幾個人圍觀一遍，面面相覷。

應何從問道：「這是什麼？」

「永平二十一年。」李妍唸出了聲，「永平二十一年是什麼年？」

「『永平』是先帝年號，」吳楚楚說道，「如果這個人是永平二十一年出生的，現在應該已經年近不惑了，奇怪，此人有什麼特別之處嗎？為何齊門要這樣大費周章地收藏這幅畫……啊！」

李晟忙問道：「怎麼了？」

吳楚楚突然指著卷軸上的一枚印道，說道：「這是我爹的印！」

吳將軍一直扮演著一個神祕莫測的角色，他好像既屬於朝堂上那個海天一色，又屬於江湖中這個海天一色，他的生平就像一個寡言少語的謎面，連上字裡行間的留白，也不夠推出一個連猜帶蒙的謎底，妻子兒女也未曾真正瞭解過他。

「不止那個卷軸，我看這裡大部分信都是吳將軍寫給沖雲子道長的。要說起來，當時吳將軍身分暴露，同齊門隱世之地被發現，幾乎是前後腳的事，吳將軍和齊門之間一直有聯繫，倒也不在意料之外。」李晟跪在地上，小心地將掉了一地的信件整理好，「唔……元年的，元年之前的也有……『梁公親啟』就一封，奇怪，為什麼發給梁紹的信會混在這裡？」

吳楚楚下意識地揪緊自己的衣角。

李晟忽然想起了什麼，抬頭問她道：「吳姑娘，我們能看嗎？」

眾人這才想起這些信雖然都是遺跡，卻是吳楚楚亡父所書，當著她的面隨意亂翻好像不太好。

吳楚楚想試著回他一個微笑，沒太成功。從海天一色第一次爆出來開始，這些過去的故事，便好似都不那麼光明磊落起來，沒有人知道幾乎被傳頌成「在世關二爺」的忠武將軍吳費在其中扮演了一個什麼樣的角色，而這些畢竟是密信……

李妍剛想說什麼，被李晟一個眼神止住了。李晟覷著吳楚楚的臉色，遲疑道：「若是不妥，我們……」

「不要緊，看吧。」吳楚楚忽然說道，「我爹從小告訴我，『事無不可對人言』，我相信他。」

她說著，半跪在地上，親自撕開了那封寫給梁紹的信，卻見裡頭沒有開頭，也沒有落款，筆跡甚至有幾分凌亂，近乎無禮地寫道：「紙裡終究包不住火，梁公，你何必執迷不悟！」

吳楚楚剛說完「事無不可對人言」，便被親爹糊了一臉「紙裡包不住火」，當即手一抖，信紙脫手飛了出去，幸而應何從在身邊，應何從忙將它一把抄在手裡。毒郎中不大會看人臉色，自顧自地說道：「這封信寫給梁紹，但最終沒到梁紹手裡，而吳將軍和齊門沖雲子道長之間一直有聯繫，因此我們是否可以推測，當年利用密道隱匿無形的齊門就是吳將軍等人與梁紹聯繫的管道？」

他將那封信紙夾在手指中間微微晃了一下，又說道：「『紙裡包不住火』，『執迷不悟』，說明梁紹當時肯定在隱瞞什麼，吳將軍知道以後激烈反對，甚至冒著風險寫這麼一封節外生枝的信質問，而沖雲子道長截下這封信，為什麼？怕他們雙方發生爭執嗎？我感覺僅就這封信上的措辭而言，雖然不太客氣，但也說不上指著鼻子罵，梁大人應該還不至於大動肝火吧。」

李晟忽然道：「看信封，這封信是什麼時候寫的？」

李妍連忙將滾落地上的信封撿起來，唸道：「建元……二年，哥，建元二年怎麼了？你都還沒出生呢。」

李晟看了吳楚楚一眼，吳楚楚伸手在自己紅彤彤的眼圈上抹了一把，去翻找她那些記了一大堆武林雜事的厚本子，翻了半晌，啞聲道：「建元二年……啊！李老寨主死於北斗暗算，大當家行刺曹仲昆未果。」

李晟問道：「還有嗎？」

「唔……等等，還有北刀傳人入關，打傷山川劍，然後……」吳楚楚心思機敏，說到這裡，結結實實地打了個寒噤，止住了自己的話音，四個人面面相覷了好一會。

吳楚楚往四下看了一眼，見不遠處同行的流民們都睡得踏踏實實，周遭沒有外人，這才小聲道：「所以你們在想，老寨主和山川劍的事與梁、梁相爺有關？沖雲子道長私下截下這封信，其實是為了保護我爹？」

「還不能定論。」李晟想了想，搖搖頭，又去拆其他信件。

幾個人此時全然沒有了睡意，連母猴子似的李妍也老老實實地消停下來，幫著一起拆閱。吳費將軍是儒將，又是兵法大家，早年機緣巧合下，結識了陣法大家的齊門沖雲子道長，兩人立刻一見如故，只不過兩人之間明面上的聯繫自從吳將軍假意投靠曹氏開始便斷了，吳楚楚根本無從得知父親還有這樣一位故友。以永平三十二年為界，之前的通信多半是朋友之間談心，大多是長篇大論，有時探討陣法，有時也憂國憂民，彼時年輕的吳將軍還會對先帝過激的新政發表幾句外行話。

但三十二年之後，僅從信件中就能看出氣氛陡然緊張了起來，一整年只有幾封信，一封是初春時寫的，潦草而簡略地說朝中暗潮湧動，自己十分不安，之後吳將軍大半年音訊全無，到了臘月，又突然連發三封急件給沖雲子道長。

「永平三十二年臘月，應該正是曹仲昆帶人逼宮的時候。」李晟將吳將軍三封信放在一起。

第一封信口氣比較急，顯然是事發突然，吳將軍沒反應過來，緊接著第二封信便冷靜多了，此時永平皇帝已經駕崩，吳費在信中提到，他們會不惜一切代價保住太子，不少字跡已經模糊，不知是不是當年曾經被眼淚打濕過。隨後又是第三封信，顯然，他們事與願違，東宮罹難，太子殉國，小皇孫不知所蹤，最終，他們只保住了永平帝的幼子……

李妍插話道：「所以沖雲子道長收到了吳將軍的信以後，才糾集了殷大俠和爺爺他們出手護送？」

「嗯。」李晟盯著第三封信，心不在焉地應了一聲。

李妍捅了他一下：「你又怎麼了？說人話！」

李晟被她戳得晃了晃，難得沒跟李妍一般見識，他正若有所思地盯著那信上的一句話：「小殿下受驚，悲恨交加，顛沛流離中高熱，昏迷不醒。」

「這是永平三十三年——也就是建元元年正月的信。」應何從打開後面幾封信，過了三十二年年底短暫的兵荒馬亂之後，吳費將軍的閒話便基本沒有了，措辭簡單直接，中間接連幾封往來信，都只能算是便條，商討的事卻非常細緻，李晟他們只能看見來信，看不見去信，卻依然好似見證了當年那場聲勢浩大的南渡。

「這裡提到海天一色不止一次，」應何從道，「但我覺得此『海天一色』，應該非彼『海天一色』，這時山川劍他們還在路上，『海天一色』指的應該就是指假意投靠北朝的那些官員。此外，吳將軍還提了不少次梁紹、梁先生等字眼，顯然當時通信的並不只有吳將軍和沖雲子道長兩人。」

「梁紹，自然是梁紹。」李晟頭也不抬道，「當年南渡能成功，很大程度上靠的就是梁紹的殺伐決斷……阿妍，妳把吳將軍手繪的行軍路線圖遞給我一下。」

吳費將軍是領兵的人，地圖畫得十分細緻，山川谷底都有標注，外行人看了也能一目了然。

「你們看，」應何從指著地圖說道，「圖上畫了兩條線路，是兵分兩路的意思，直至揚州守軍駐地，兩路人馬方才匯合，也就是說，當時小皇子……皇帝南渡時，有一路人護送他，還有另一路人馬引人耳目，掩護他們。」

「說得通，一路是大內侍衛與殘餘的御林軍，另一路是幾大高手護送著真正的小皇子，為了保險起見，這計畫恐怕只有很少的人知道，包括當時北上接應的幾支先鋒隊伍也被蒙在鼓裡。」李晟沉聲道，「聽說當年梁公子也是為了掩護皇子，帶兵引開北軍，最終殉國——他掩護的該不會是假的那個吧？」

應何從道：「曹仲昆手上除了兵，還有北斗。那幾條大狼狗從殘兵敗將中殺一個小孩子很容易，反而是跟在山川劍他們身邊，雖然沒有排場，也未必舒服，但幾大高手守著，北斗很難靠近，當年的沈天樞也不行，而且他們幾個江湖人帶一個孩子，腳程又快又不會招人眼，北軍難以追蹤。」

吳楚楚道：「可那個沈天樞我是見過的，凶得很，他若是真的出手，肯定一探就知道真假，若發現軍中沒有皇子，這戲豈不是演砸了？到時候北朝大軍一旦回過神來掉頭圍剿，南面的援軍又不明真相，根本來不及救援，光憑幾個高手，擋不住朝廷大軍的。」

這點他們深有體會，要不是齊門禁地供他們躲了躲，就以周翡如今的武功，都差點被射成刺蝟，何況其他。

李晟深深地看了她一眼：「不錯，除非軍中有一個可以以假亂真的替身，即便不幸死於北斗刺殺，沈天樞他們也只會以為自己殺了真正的皇子。」

眾人同時往那畫軸上望過去，吳楚楚驟然睜大眼：「常聽人說，皇上南渡時不過十歲出頭……」

也就是說，畫上那永平二十一年出生的少年，正好與當今年齡相仿！一個名不見經傳的孩子，為何在生辰八字旁邊還畫了畫像……為了證明他長得像誰？而定下一明一暗兩條南下線路的吳將軍，他的私印，又為何會出現在這幅畫像上？

李妍天生遲鈍，這時候才慢半拍地回過神來：「不會吧，當年他們為了保護皇子，拿一個無辜的小孩子當了誘餌？」

其他三人一同將目光投向李妍。

「看我做什麼？」李妍莫名其妙道，「不管怎麼說這也太過分了吧！後來那小孩子怎麼樣了？」

「不……」李晟艱難地說道，「阿妍，問題不是這個。」

吳楚楚輕聲道：「問題是，當年兩路兵馬在江淮與梁大人調集的大軍匯合之後，這個畫像裡的孩子再也沒有出現過，沒有記載，沒人認識，沒有人知道他存在過……」

「小殿下受驚，高熱昏迷……」

「紙裡包不住火。」

海天一色……

海天一色……

真假皇子，這計畫原本天衣無縫，可就算躲過北軍追殺，體弱多病的小皇子能挨過長途跋涉嗎？

倘若當年此事真的成功了，為何這麼多年過去，那些於國於民有功的武林高手們從未得到過任何應有的嘉許？為何要對海天一色諱莫如深？

當年的真假皇子，莫名只剩下一個，那麼剩下的到底是真皇子，還是……

李晟激靈了一下，幾乎不敢再想下去，忙輕輕咬了一下自己的舌尖，低聲道：「都收拾起來，今天這事，誰也不要說出去，你們先回去，我親自將這些東西送到姑父那——誰也不准說出去一個字，李大狀，妳聽明白了嗎？」

李妍：「……」

其他三人被這盒子裡的真相驚得毛骨悚然，只有李妍還暈頭轉向著，她正要問個明白，就在這時，異變陡生，一條黑影暴起，快得不可思議，連李晟都招架不及便已經殺到眼前。李妍本能地將吳楚楚往旁邊一推，自己抽刀擋去，刀尚未來得及推開，便覺一股大力當胸襲來，她頓時有種自己胸椎與肋骨都被壓變了形的錯覺，一聲都沒吭出來，眼前一黑，接連往後退了十幾步，一屁股坐在地上。

李晟與應何從已經同來人交上手，只見那人全身裹在一襲黑袍裡，不見頭尾，瘦得好似一把骨頭，武功卻高得不可思議，李晟與應何從兩人被他逼得手忙腳亂，絲毫沒有還手之力。那人伸出一把枯瘦的手，一把抓住李晟的劍，長袖一擺，便將他甩出了一丈來遠，然後一把抓住應何從的胸口。

應何從整個人被他舉了起來，周身的毒蛇竟在那怪人面前不敢冒頭。怪人將手探入他懷中，拎出了那隻包裹嚴密的涅槃蠱母，口中發出可怖的尖聲大笑，不似人聲：「原來如此，原來如此！」

撂下這麼一句沒頭沒尾的話，他抓著涅槃蠱蟲，將喘不上氣來的應何從一把扔下，兩個起落，轉眼便消失在了夜色之中！

「那是……咳咳咳！」應何從趴在地上，半天喘不上氣來，脖子上火辣辣的，只給那怪人拎了一下，已經落下了一排青紫的手印，咳了個死去活來。

吳楚楚雖然身手最弱，但最早被李妍撞了出去，此時反而沒事，她驚魂甫定地爬起來，一邊拉起李妍，一邊說道：「那個人的手你們看見了嗎？」

那怪人看不見頭面，伸出的手卻長得十分驚悚，乾枯發黑的皮肉死死地貼在骨頭上，半截胳膊和手掌能清晰地看出每條骨頭的接縫。

吳楚楚道：「簡直像那些被涅槃蠱吸乾的殭屍！」

應何從啞聲道：「不用像，那就是涅槃蠱主……那個殷沛。」

「是殷沛。」李晟沉聲道，「我和他那些藥人交過手，個個功力深厚，但是……嘶……都透著一股快爛的味。」

吳楚楚急道：「那我們方才說的話豈不是被他聽去了？」

李晟活動著生疼的後背，聞聲低頭掃了一眼那些要命的密信和畫軸——殷沛沒去碰它們，他方才突然出現又突然離開，一舉一動都活似被蟲蟲上了腦，急吼吼地只搶走了那隻死透的母蟲，整個人都帶著瘋癲氣。

「別慌，」李晟定了定神，低聲道，「我們也是憑空猜，連我們都不算有證據，殷沛更沒有，那涅槃蠱母死了，對殷沛也不是全無影響，我瞧他神智未必清楚，這麼個人，就算出去胡說八道，也不會有人聽他的。」

應何從冷笑道：「當年他叫涅槃蠱上自己身的時候，就未必還有『神智』這玩意了。」

「此事要緊，」李晟飛快地說道，「恐怕夜長夢多，耽擱不得，這樣——阿妍、吳姑娘，妳們倆繼續帶著流民上路，回去將此事原原本本地告訴大姑姑，我現在立刻帶著齊門這木箱去找姑父。應兄，那殷沛搶了涅槃蠱母，又聽去了我們的話，我懷疑他不是要去金陵就是去舊都……金陵的可能性更大。」

如果他們的猜測是真的——當年幾大高手參與海天一色，護送真正的小皇子南渡，可是天不遂人願，小皇子國破家亡、驚懼交加，病死於途中，梁紹膽大包天，在眾目睽睽之下以假作真。事後，知道內情的人全都三緘其口，簽訂海天一色。而梁紹與「趙淵」仍不肯放心，李徵與山川劍等人先後死於非命……一切悲劇都是從此開始，殷沛是有理由去金陵尋仇的。

「知道了。」應何從點頭道，「我先去金陵看看，我也想知道他拿著一隻死蟲子還能鬧出什麼花來。」

「有勞——阿妍，把妳那塊五蝠令拿過來，」李晟叫李妍交出隨身帶的紅色蝙蝠令，又從腰間解下自己的名牌，一併遞給應何從，囑咐道，「應兄，你先聯繫行腳幫，讓他們去找楊瑾，擎雲溝都是南疆人，世代同毒蟲毒瘴為伍，防毒避蠱方面肯定有壓箱底的本事，你的蛇怕殷沛，倘若遭遇到了，未免捉襟見肘。還有，別忘了拿著我的名牌去找我寨中暗樁，聯繫阿翡，我們寨中人在外行走，不管是誰，到什麼地方一定會知會當地暗樁，他們必定找得到她——那殷沛武功太過邪門，萬一他真發起瘋來，得有個能制住他的人才行。」

應何從千里獨行慣了，手上被他塞了兩件信物，又灌了一耳朵囑咐，一時有些不知所措。李晟先是讓他找擎雲溝，隨即又叫他召喚周翡，聽起來，好像既不相信他醫毒方面的造詣，又覺得他武功不行，然而不知是不是李晟語氣太真摯的緣故，應何從竟然沒覺出不快。

李晟拍了拍他的肩頭，越過應何從，掃了一眼被方才的動靜驚醒的流民們，說道：「獨木不成林，兄弟。」

應何從愣了愣，握住五蝠令的手指微微收緊，繼而深深地看了李晟一眼，極輕地一點頭，轉身走了。

第五十九章　南都金陵

多方勢力已經紛紛上路，轡頭指向同一處——南都金陵。

而金陵城中，卻依然是一片祥和的秋色連天。

傍晚時分，殘陽漸熄，風簫聲動，秦淮河畔點亮了第一盞輕輕搖曳的蓮花燈，那微光所及之處，落葉瑟瑟地臨水垂堤，繼而又悄然不見了蹤影。宮牆內，百年繁華朱顏不改，雕欄玉棟悠悠在側，謝允原本沉在冰冷身軀中的魂魄頭重腳輕地脫殼而出，跌跌撞撞地在高啄的簷牙與玉柱、橫陳的丹墀與琉璃間，四下碰了個遍，死乞白賴地不肯歸來。

周翡聽劉有良說謝允直接進了宮以後，當下便按捺不住，擅闖了宮禁，閒逛了一整天，一無所獲，本已經冷靜下來打算離開了，誰知正好看見此地有一大堆大內侍衛站崗，一時動了些許促狹的好勝之心，打算在眾高手眼皮底下溜進去玩一趟。不料才剛帶著幾分得意上了房樑，一眼就看見了她踏破鐵鞋無覓處的某人，周翡差點失足直接掉下來。

她一時又覺得啼笑皆非，三年來，東海之濱的「屍體」一直牽著她一根心神，她已經習慣了滿世界搜羅奇珍藥材，被那一點微末的希望一次一次甩開，然後在蓬萊住上一天半日，與近在咫尺的人筆談。此時乍一見到能跑會跳的真人，幾乎不知該從何說起了。

偏偏往日舌燦生花、廢話馬車拉的謝允不知是被誰下了啞藥，只是怔怔地看著她，一臉魂飛魄散的癡呆樣，一言不發，周翡只好綳著一張若無其事的臉，溜達到謝允面前，佯裝漫不經心地伸手在他面前晃了晃：「怎麼，不認得了，還是躺傻了？」

謝允一把攥住她的手，被女孩手上的溫度驚得激靈一下，連忙又鬆開，莫名帶上了一點委屈，說道：「好多年不見，怎麼一見我就這麼凶？」

周翡道：「是你好多年不見我，我可總能看見你。」

說完，她又覺得自己失言，好像上趕著到東海看過他多少次一樣，連忙輕輕咬了一下舌頭，補上一句：「看得煩死了。」

謝允一愣，蒼白的嘴角像初春的冰河，驚心動魄地倒過疏漏的光陰，繼而不動聲色、緩緩融化出一個成型的壞笑。

他往前一傾，從周翡身上嗅到一點不甚明顯的脂粉香氣，壓低聲音道：「什麼？在下這種花容月貌妳看了都煩？還想看什麼啊姑娘？天仙嗎？」

周翡：「……」

狗改不了吃那啥，姓謝的改不了嘴賤。

「阿翡，」這時，謝允忽然正色下來，微垂的眼皮勾勒出優美的線條，他深深地看著周翡的眼睛，說道，「我很想妳。」

周翡一呆，接著，冰冷的氣息克制地湊上來，小心翼翼地隔著衣服，在她周身一觸即放。那分明不是人的溫度，卻叫人幾乎熱淚盈眶。

謝允問道：「我以前有沒有同妳說過，天下十分美味，五分都到了金陵？」

周翡聲音有些沙啞：「你還一邊啃著個加料的饅頭，一邊大放厥詞，說要請我去金陵最好的酒樓。」

謝允笑道：「那還等什麼？」

一刻之後，兩人將皇宮大內視如無物，翻出宮牆，一路循著熱鬧跑了出去。

天已經冷了，花燈卻如晝，水氣四下繚繞，圍在謝允身邊，很快凝結成了細細的冰碴，好似微微閃著光，他穿過人群，在前領路，不與周翡敘舊，也不問她來做什麼，將來龍去脈掐頭去尾，只沉湎於這一段說不清是真是夢的當下。

他沿途嘀嘀咕咕地同周翡這沒進過城的土包子指點帝都風物，剛開始，周翡還有一耳沒一耳的聽，直到謝允指著一家胭脂舖說道：「妳看那不起眼的小舖，取名叫做『二十四橋』，也是有一段故事，據說兩百年前，有一位流落風塵的絕色美人，一曲《二十四橋》名動天下，後來紅顏漸枯，終於妥協於塵世，被一個富戶出錢贖了去，臨走前，她在這裡吹了一宿的簫，後來人有感於此事，便在此專賣胭脂，以簫聲為名，取意『浮生若夢，紅顏不老』。」

周翡聽了，面無表情，毫無觸動。

謝允便搖頭晃腦地嘆道：「好好的小美人變成了大美人，還是不解風情。」

周翡無言以對片刻，涼涼地說道：「……是啊。我還以為那家『二十四橋』是我們寨中暗樁呢。」

謝允胡亂杜撰被人家當場戳穿，居然一點也不尷尬，反而負手笑道：「嘖，當年有個人在自家門口，連門都不知道怎麼進，一路說了三十二個蜀中典故，二十八個是自己編的……」

他話沒說完，周翡一刀柄已經戳了過來，謝允撒腿就跑，兩人一追一跑，依稀彷彿仍是當年初出茅廬、心無掛礙，在暴土狼煙的江湖道上追跑打鬧。

謝允一陣清風似的從人群中飛掠而出，風過無痕好似猶勝當年，踩著青石板四處溜達的小狗驚疑不定地抬起頭四下看，卻連影子都沒捕捉到。周翡雖然沒有他與清風合而為一的絕頂輕功，卻也竟然不怎麼費力地跟了上來。

兩人幾乎轉過半個金陵，謝允的腳步落在河邊一處小酒樓旁邊。他立在橋頭，水間霧氣白茫茫地包圍在他身邊，從地上撿起一枚小石子，精準無比地彈入掛著燈籠的窗櫺裡，繼而衝周翡招招手，憑空躍起，靈巧地一點周圍的桂花樹，濃烈的香「呼啦」一下散落出來，托著他飄飄悠悠地落到了三層的屋頂上。

那屋頂上竟有個「雅間」，隔出一小片地方，桌椅板凳俱全，只可惜沒有梯子，輕功但凡有點不夠用，上去便不容易。謝允探頭對周翡說道：「上來，留神不要……」

他話沒說完，周翡已經利索地落在了他身後：「不要什麼？」

「……不要碰響下層屋頂上的鈴鐺，不然他們不給妳上酒。」謝允頓了頓，才緩緩將自己的話音補全，感慨道，「陳師叔說妳一日千里，連林夫子都怕了妳，我先開始還以為他是溢美，現在看來，我也要怕了妳了。」

這時，屋頂雅間中「嘎吱」一聲響，那桌下的木板竟從下面推開了，一個三層高的食盒從桌子底下冒出頭來，接著是一小壺酒。

謝允自己上前，將酒菜端上桌，衝周翡道：「這就是金陵最好的酒樓，請。」

周翡卻沒動，臉上隱約的一點笑容淡了：「我找到齊門禁地，見呂國師舊跡，陰差陽錯明白了枯榮真氣的要訣，但是……」

一個酒杯忽然飛過來，打斷了周翡的話，她下意識地一手抄住，連一滴也沒灑，周翡愣了愣，只覺一股帶著些許凜冽的酒香撲面而來。

「良辰美景，」謝允說道，「偏要說這些煞風景的，妳是不是找罰？」

周翡帶著幾分迷茫抬起頭，謝允與她目光一碰，突然抬手捂住心口，扼腕道：「人生多遺恨哪，恨桂花濃、良夜短、牡丹無香、花雕難醉，擾我三年清夢的大美人就在面前，娶不到，嘖，生有何歡？」

周翡：「……」

謝允又回頭衝她擠擠眼，笑道：「要是美人肯親我一下，我就能瞑目了。」

周翡：「……你是不是想從屋頂上滾下去？」

謝允大笑：「頭朝下？不行，不雅。」

他說著，將周翡拉入座中，沒型沒款地翹起長腿，架在「屋頂雅間」的木樑上，遠處畫舫已經開了起來，波光中隱約傳來笙歌，他瞇著眼睛望去，握在手裡的杯中酒轉眼便凍出了霜，好一會，謝允才說道：「方才是說笑的，我能耽誤妳三年，已經能笑傲九泉了。」

周翡眼睛裡有水光一閃而過，隨即她嗤笑道：「少給自己臉上貼金了，沒你，我難道就不過這三年了？」

謝允搖搖頭：「沒有我，妳不必和武曲對上，不必去什麼九死一生的齊門禁地……」

周翡一本正經地接道：「是啊，也不必想練成腳踩北斗的蓋世神功。」

謝允啞然片刻，訝異地回頭望向她：「我的天，這麼不要臉，真有我年輕時候的風采！」

周翡抬手在謝允的酒杯上碰了一下，兩三點瓊漿飛濺，她舉杯一飲而盡。

這時，水面上不知是誰放了一把細碎的小煙花，頃刻照亮了一片，謝允被那亮光驚擾，略一偏頭，卻覺得一股極淺淡、而又略帶著一點少女氣息的甜味飛快地靠過來，嘴唇上好似被一片羽毛掃過。

謝允呼吸倏地一滯，呆住了。

不知過了多久，兩人誰都沒吭聲，江風盤旋在屋頂，四下靜謐得彷彿只剩下水聲。方才那艘畫舫已經游走了，而謝允依然愣愣地盯著黑黢黢的水面，好似那裡正打算要開出一朵轉瞬枯榮的曇花。

周翡一不小心，自己把一整壺酒都喝完了，直到壺裡一滴也倒不出，她才發現自己一點味道也沒嘗出來，這壺美酒喝得好似驢飲，純粹是浪費了店家一番心思。她突然覺得尷尬得很，「騰」一下站了起來，謝允卻彷彿耳朵上生了眼睛，一把抓住了她的手腕。

除非正在遭人追殺，否則謝允臉上鮮少能看見這樣深沉的表情，大約是他覺得自己的人生已經頗多尷尬，不好太過認真，便只有一直玩世不恭下去，以期讓自己和別人都能好受一點。

他手指扣得很緊，指尖竟有些發白，聲音發緊地問道：「妳有什麼打算？」

周翡其實很想自欺欺人地說一句「我會在金陵陪你住一陣子」，可她也知道，謝允問的並不是她眼下的打算，而是他死之後。她有心回避，有心裝傻，可是看見他那雙倒映著波光的清澈目光，便終於還是咬緊牙，調轉目光，直面醜陋的真相。

「我不知道，」好一會，周翡才說道，「可能要看看我爹有什麼差遣，倘若沒有，北斗那兩顆人頭我是一定要取回來的。等清了這些舊恩怨，我可能會回四十八寨，幫楚楚整理那些失傳的東西，需要的時候再給寨中當個打手，然後……然後也許就天下太平了吧。」

「嗯，」謝允嘴角露出了一點奇特的微笑，「前人已經把路鋪好了，還有什麼好不太平的。我可不可以求妳一件事？」

周翡看著他，覺得他除了消瘦，那模樣與八年前他初到四十八寨、在一片牽機中走轉騰挪的時候幾乎沒怎麼變過，他好像一個已經被短暫的光陰與過多的經歷定了型的人。

謝允無理取鬧地衝她笑道：「我想求妳嫁一個短命的丈夫，這樣二十年以後，我還能再去找妳。」

周翡用力將自己的手往外抽，可是謝允的手指好像編成了一方逃不脫的牢籠，紋絲不動地凝固在半空，她便忽然發起抖來，所有習慣了隱匿和內斂的情緒都彙聚成一股洶湧的暗流，聲勢浩大地在她狹窄的心口來回碰撞。

謝允雙手捧起周翡的手腕，低頭將她的手貼在自己的額頭上，低聲道：「別哭，人與人相聚之日，總共不過須臾，哭一刻就少一刻，豈不是很虧！妳我未曾白頭，便已經能算是相伴一生，有始有終，說來不也是幸運嗎！未必要活到七老八十。」

周翡猛地甩開他：「你才哭。」

「好，周大俠怎麼會哭！畢竟是能『腳踩北斗』的天下第一。」謝允頓了頓，又十分機靈地補充道，「雖然是自封的。」

因為多抖了一句「機靈」，金貴得讓太醫團吵成一鍋粥的端王殿下被追打了八條街。

民諺裡所說的「一寸光陰一寸金」，幾乎都已經成了孩子們不願聽的陳詞濫調，周翡小時候在周以棠書房裡打盹的時候，時常會挨上這麼一句數落，她從來都是左耳聽、右耳冒，而她長到了這個年紀，居然後知後覺地體會到此言中三昧。他們只有這一點時間，好像窮困潦倒的守財奴手中那把光禿禿的大子兒，越數越少、越數越捉襟見肘，恨不能將每個子兒都掰成八瓣花，恨不能將每一個須臾都切分成無數小段。

白天，兩人要各自分開，謝允在宮裡挺忙，時常要應付一大幫人——沒完沒了的禮部官員、沒有屁用的太醫，以及趙淵自己。趙淵彷彿是為了討好謝允，甚至將自己圈禁了多年的皇長子趙明琛也放了出來，而且三天兩頭地召喚明琛進宮，讓一個滿臉憔悴的和另一個一身病容的盡情表演兄友弟恭。

這種時候，周翡一般都在樑上看趙家的熱鬧，謝允和她短暫地商量出了一套特殊的手勢，謝允常常一邊人五人六地同別人虛以委蛇，一邊用背在背後的手對周翡打些尖酸刻薄的真心話，幾次三番逗得她這樑上君子險些露陷。等打發了這群閒雜人等，謝允便會將皇宮內院視為無物，帶著周翡在金陵城裡到處玩。

紈絝那一套，江湖客那一套……他什麼都會，什麼都能上手，並且以最快的速度教壞了周翡——如果不是謝允身上的透骨青發作越來越頻繁，每日肉眼可見地衰弱下去，這些天簡直能堪稱美好了。

而隨著國恥之日臘月初三的臨近，端王暫居處也越來越熱鬧，隆重的禮服與御賜之物流水似的往裡送，而朝廷內外也不知從哪裡掀起了一股謠言，說皇上在這個節骨眼上將端王接回來，恐怕是動了要立太子的心。這謠言效果非同小可，謝允門前幾乎有些門庭若市了，鬧得他不厭其煩，差點想攪黃了趙淵這場所謂的「祭祖大典」，只好每日裝病，閉門謝客。

臘月初一，祭祖大典已經一切就緒，就等正日子各方粉墨登場了。而就在此時，前線也應景似的傳來捷報，北朝倉皇集結的殘兵敗將根本像是紙糊的，有些甚至聽見南朝大軍動靜便已經望風而逃，周以棠在數月之內便直逼王都。一年難見幾顆雪渣的金陵居然早早地便下了場小雪，雖然柔弱得很，才落地就化成了泥，但借著「瑞雪」之名大拍馬屁歌功頌德者卻是聲勢浩大。

至此，天時地利人和，於趙淵，好像已經一應俱全。

可趙淵卻顯得比往日更加心神不寧，照常來探病的時候，才剛與謝允說了幾句閒話，一個大內侍衛模樣的男子便匆忙進來，彎腰在趙淵耳邊說了幾句話。此人想必是趙淵的心腹，用了「傳音入世」一類的功夫，連隻言片語都沒露出來，話沒說完，便見趙淵的臉色變了，猛地站了起來，甚至沒同謝允交代一聲，轉身就走。

謝允假模假樣地將他送了出去，不動聲色地衝周翡打了個手勢，聽見一聲輕響，知道周翡是依言追了出去。他若有所思地靠在門口，輕輕攏了攏外袍，這時，正巧一個收拾茶具的小太監端著一堆杯盤躬身出來，行禮時無意中看了謝允一眼，當即嚇得「啊」了一聲，手裡的杯盤在地上撞成了一堆碎瓷，跪在地上瑟瑟發抖：「殿、殿下……」

謝允這才回過神來，低頭一看，發現自己僵直的手指尖竟生生地裂開了，皮開肉綻，他居然也沒感覺到疼，還不小心將外袍衣領蹭得殷紅一片，活像剛抹了個脖子。

周翡則悄悄地追上了趙淵。

趙淵怕死怕得很，所到之處，各種侍衛與大內高手或明或暗地將每個角落都擠滿了，饒是周翡武功高，也幾次三番差點被人發現，著實出了好一把冷汗，好不容易靠近趙淵的寢宮，她也沒什麼辦法了——趙淵這廝住的地方為防有人刺殺，周圍方圓三丈之內，連過膝高的小樹都給砍乾淨了！

鐵桶一般的侍衛圍在他寢宮周遭，還有人來回巡邏。

周翡還是頭一次見到怕死怕得這樣隆重的大人物，剛開始覺得趙淵有點逗，片刻後，她有點笑不出了，心頭多次起伏的疑惑浮了起來——這訓練有素的護衛隊不可能是倉促集結的，趙淵堂堂一個皇帝，活在這樣惶惶不可終日之中有多久了？

他到底在怕誰？

好像有人將「刺客」這個詞楔入了趙淵腦子裡一樣。

就在這時，遙遠的寢宮裡突然傳來了什麼東西打碎的聲音，周翡一皺眉，只見幾個黑衣錦袍的侍衛匆忙離開了，她當即繞開趙淵給自己打的人海牢籠，跟上了那幾個黑衣人。

幾個人輕功還不錯，但同真正武林高手沒有可比性，周翡追得十分輕鬆，見那幾個侍衛在極短的時間內便帶了一大幫人，聲勢浩大地出了宮，奔著皇城外一處民居而去。隨後，有幾個身著便裝、尋常小販打扮的上前，壓低聲音，對領頭的侍衛說道：「人在這，確定，我們一直看著呢。」

周翡一皺眉——什麼人？

她順著那「小販」手指的方向望去，只見那是一處大院子，院中種滿了花，在寒冬臘月天裡竟開得芳香灼灼的，幾條花藤從院牆裡攀出來，洩露了滿院春色，竟顯得有些詭異。不知為什麼，這開滿花的院子讓周翡覺得有點熟悉。

下一刻，領頭的黑衣侍衛一聲令下，眾人將小院團團圍住，粗暴地破門而入……然後這幫人一起呆住了。

只見那小院寂靜一片，掛衣服的架子猶在，上面的盛裝卻不見了蹤影，幾根翠鳥的尾羽飄落在地上，而繁華簇擁下，掛著一個小小的秋千，在微風中一搖一擺。彷彿住在院子裡的都是人間精怪，稍有風吹草動，便隱去身形，消失無蹤。

與當年邵陽城中，一宿煙消雲散的羽衣班小院一模一樣！

這時，吊得高高的女聲遠遠傳來，唱道：「長河入海，茫茫歸於天色也——」

黑衣侍衛青筋暴跳，大喝道：「追！」

眾人一擁而上，順著歌聲傳來的方向追了上去。等他們人都走光了，周翡才從藏身之處緩緩走出來，若有所思地望向歌聲傳來的地方。別的她倒不擔心，人去樓空的把戲是羽衣班的絕活，反倒是方才那一嗓子唱腔讓她有點掛懷——那聲音化成灰她也記得，正是朱雀主木小喬那大魔頭。

一個霓裳夫人，一個朱雀主，那兩位若是一起搗起亂來，趙淵身邊那幫酒囊飯袋傾巢而出也不見得抓得住他倆。

可問題是，他們唱的是哪一齣？

周翡遲疑片刻，轉身鑽進了羽衣班空無一人的小院，見裡屋的門虛掩著，方才燃盡的香爐氣味未消，杯中還有一個底的酒水，而正對大門的牆上，掛著一刀一劍的兩柄木頭鞘，中間夾著一封信。

周翡小心地將那信取下來，見上面寫道：「羽衣班攜《白骨傳》抵京，為我大昭盛世獻禮。」

木小喬那一嗓子好像一把遍地生根的草籽，一夕之間，彷彿到處都在傳唱那神神叨叨的《白骨傳》，事態發酵太快，乃至於朝廷臨時要禁，已經來不及了，禁軍一時發了昏，聽見誰唱了，便當場抓人。

可哪怕是戲子伶人之流，也不能平白無故的抓，金陵素來有雅氣，文人騷客、達官貴人等常有結交名伶與名妓的舊風尚，禁衛剛一現身，立刻引起了軒然大波，因趙淵近年來手腕強硬，沒有人敢公開質疑，私下裡的議論卻甚囂塵上。趙淵大怒，惱了手下這群不知何為欲蓋彌彰的蠢貨，將禁衛統領打了三十大板，隔日朝堂露面，絕口不提禁軍抓人之事，只是十分真情流露地回憶了自己二十餘年的國恥家仇與臥薪嚐膽，最後輕飄飄地來了一句「猶記當年之恥，自臘月始，宮中已禁了鼓樂」。

朝堂上的眾人精們聞弦聲知雅意，下朝後，紛紛回家通知各路相好，夜夜笙歌的金陵夜色突然變沉默了，祭祖大典前夜，竟透出一股詭異的安寧。

臘月初二，夜。

又是個陰沉沉的寒天，周翡在金陵城中轉了個遍，沒找到霓裳夫人等人的蹤跡，傍晚她便又溜進了皇宮。她預料到謝允恐怕不能出宮了，還是去看了看他，本想問問《白骨傳》到底是怎麼回事，卻發現謝允一反常態，早早歇下了，只給她留了張字條，說是要陪著趙淵演完「立儲」這齣戲，之後就能自由出宮帶她去玩了，叫她先回去。

周翡捏著他的字條，湊在宮燈下燒了，在高高翹起的宮殿屋頂坐了一會，始終不見月色，她眼角突然無來由地跳了兩下，便縱身躍入夜色中，幾個起落就不見了蹤影。

而「早早歇下」的謝允突然在千重的床帳中睜開眼。

借著一點微光，他看見自己身上又無端多出了不少大小創口，從手指尖開始，已經蔓延到了肩頭胸口，一股淡淡的血腥味繚繞在周身左右，彷彿昭示著這苟延殘喘的肉體大限將至。剛出現這種情況的時候，太醫們嚇得險些集體上吊，可任憑是誰，也無計可施，只好按著刀劍外傷來處理他身上那些越來越多的傷口，拆東牆補西牆地糊著他這四面漏風的殘軀。

謝允小心翼翼地翻了個身，仰面望向床帳，心裡懶洋洋地盤算著，趙淵聽了那齣《白骨傳》，恐怕是睡不著了，他也夠可憐了，祭個祖而已，一方面擔心那突然冒出來的《白骨傳》有什麼陰謀攪局，一方面還得擔心他精心準備的「立儲」大戲沒開場，「儲君」本人就先裂成一副破風箏。

嘖，操心惿多。

這一夜，濕漉漉的金陵街角，一家尚未打烊的小酒樓一角還亮著燈。

一個做富商打扮的男子坐在那，正在慢吞吞地就著一杯淡酒撿小菜吃，十分悠哉。他長得心寬體胖，一個人占著兩個人的地方，店小二哈欠連天地給他添酒，忽然，兩個中年男子順著酒樓的木樓梯上樓來，看打扮，大約是這年輕富商的護衛之流。其中一個身形瘦高，臉上有幾道刀刻似的皺紋，乍一看平平無奇，店小二卻在碰到他眼神的瞬間就激靈一下嚇醒了，手一哆嗦，酒都倒在了桌子上。

那身形十分富態的富商見狀，便擺擺手道：「下去吧，沒有吩咐不必過來了。」

店小二聞聽此言，如蒙大赦，吭都沒吭一聲，一溜煙跑了。

「富商」這才道：「沈先生，童大人，請坐。」

曹寧一行竟也悄無聲息地潛入了金陵城中。

童開陽瞇著眼掃了一眼那店小二逃離的方向，說道：「行腳幫的小崽子，武功不怎麼樣，人倒是乖覺得很。」

「只是個被沈先生氣息所懾的小角色，不必介懷，」曹寧說道，「如今金陵城中正是魚龍混雜，什麼人都有，咱們大隱於市，不算打人眼——怎麼樣了？」

「唱曲的沒了。」童開陽斟了兩杯酒，自己不喝，先恭恭敬敬地放了一杯在沈天樞面前。

沈天樞卻不給他面子，接過杯子，直接將酒倒出了窗外，自己兌了一杯白水。好在童開陽與他相識多年，早知姓沈的是什麼尿性，也沒當回事，反而一笑道：「大哥這是到了『清水去雕飾』、『返璞歸真』的境界了。」

沈天樞沒搭理他這句馬屁，說道：「趙淵小兒要在明日祭祖大典上宣旨，冊立他那短命的侄兒為太子，你們不是說那小崽子中透骨青很多年了嗎，怎麼還沒死？廉貞果然是個死不足惜的廢物。」

曹寧道：「恐怕趙淵就是看上了他這個侄子病病歪歪，才敢立其為太子，正好今日立儲，明天儲君就蹬腿，他跟著假惺惺地哭一場，算是『還政』未果，往後更是名正言順的皇帝。」

童開陽奇道：「那趙明允不過是太子遺孤，又不是趙家冊封過的真太子，趙淵身為長輩，權宜之時接過玉璽，當了這皇帝，有什麼名不正言不順？」

曹寧嗤笑道：「若不是趙淵一天到晚將『還政』二字掛在嘴邊，又要掩耳盜鈴地做什麼『祭祖』、『立儲』的儀式，沒人說他不正統。要我說，趙淵其人，可算是個當世的人物了，但不知為什麼，在這些事上，他總是過分在意、看不開，有時候甚至有點失了分寸……說不定這裡頭還真有什麼你我不知道的貓膩。我瞧那位頂著化名好多年的『謝兄』也不是什麼省油的燈，大概不想早早撒手人寰，不然何必在這節骨眼上弄出一個《白骨傳》！嘿嘿，南朝趙家，著實讓人浮想聯翩。」

沈天樞在旁邊無動於衷地喝涼水，童開陽接話道：「這叔叔侄子兩個也是有趣，互相都恨不能對方趕緊死，偏偏還要湊在一起演一齣和睦的立儲傳位，難不成將來太子不死，趙淵還真要傳位給他嗎？」

沈天樞聽得不耐煩，冷哼道：「扯這些沒用的做什麼，我就想知道，我要是真取了趙淵小兒的項上人頭，豈不是便宜了那病鬼？」

「便宜他？」曹寧笑道，「沈先生，我『失蹤』這麼久，手中兵權都便宜了我那皇兄呢，結果怎樣？」

童開陽聽他話裡有話，忙道：「願聞其詳。」

「南方新舊兩黨從前朝鬥到如今，王都都給他們鬥丟了一回，眼下東風方才壓過西風。周存知道自己根基不穩，從不肯代表新黨，將自己放在馬前卒的位置上衝鋒陷陣，這會更是乾脆在前線鞭長莫及，趙淵但凡有點什麼意外，那位殿下……」曹寧搖搖頭，笑道，「他若是真有在金陵掀起一場腥風血雨、強行彈壓眾人的魄力，當年怎會被他皇叔暗算到那種地步？南邊的皇帝早就換個人當了。眼下的局面，對趙淵來說是一動不如一靜，對咱們來說則正好相反，越是混水，就越容易摸魚，我的人手還在軍中，召集起來不過一兩封信的事，只要足夠亂，咱們未必不能翻盤。」

童開陽何等機敏，自然聽得出這個「咱們」指的並不是北朝，而是曹寧自己。

這故事大抵要這樣進行：北帝無能，嫉恨兄弟賢能，非要插手軍權，導致前線兵敗，自己最好也灰頭土臉地死在南人復國的鐵蹄之下。反倒是慘遭陷害後流落民間的端王爺曹寧劍走偏鋒，帶著兩大高手，使一招釜底抽薪，徹底攪混南北的水，只要周旋得當，還能東山再起。

到時候，沒有人會記得他是賤婢妓子所出，沒有人會記得曹仲昆那偏心偏到東海岸邊的遺詔。

童開陽低聲道：「那邊少不得向殿下討個擁立之功了。」

曹寧輕輕一笑：「怎少得了二位……」

他話沒說完，沈天樞便將涼水一飲而盡，硬邦邦地打斷曹寧道：「我見舊主印，聽命於你，理所應當，只是聽你差遣這一回，往後咱們兩不相欠，不必給我什麼功。」

說完，他絲毫不給北端王面子，自顧自地站了起來要走。這時，一陣刻意放重的腳步聲從酒樓下羊腸似的青石小路上傳來。沈天樞不知為什麼，若有所感地循著那腳步聲回頭看了一眼，見泛著水光的青石板上，一個年輕女子提著一盞紙燈籠緩緩走來，她身形纖秀，穿一條時下金鈴流行的溫婉長裙，乍一看，與滿街的江南女子沒什麼分別。她低著頭，走得並不快，徑直來到了一家做胭脂水粉生意的鋪子後門，等門的家人大概是聽見了腳步聲，早早地開門等她，教訓了晚歸的女孩幾句，女孩默不作聲地聽了，將燈籠掛在門口，抬腳進了院，隨後「吱呀」一聲，家人重重地伸手合上了門扉。

直到人影消失不見，沈天樞才十分不明所以地收回視線，不知道自己為什麼要盯著一個不知是俊是醜的小丫頭看。

沈天樞沒看見，他剛一離開視窗，那扇關上的門扉便又打開了。周翡十分警覺地在門縫處四下探看。旁邊暗樁的人操著一口被當地人同化的軟語問道：「怎麼，師妹，有人嗎？」

周翡遲疑著搖搖頭，她方才無端一陣冷意，今日是去宮裡找謝允才沒帶刀，否則那會說不定就抽出來了。正在她猶疑納悶時，金陵暗樁的管事快步走了過來，飛快地說道：「怎麼才回來？有人找妳，帶了這東西，妳看看，認不認得？」

周翡低頭一看，見管事遞來一個包裹，包裹裡的東西正是在齊門禁地裡她脫給吳楚楚她們的那件彩霞軟甲。

周翡一驚：「來的人呢？」

「在前面等妳，緊趕慢趕的，看來是有要緊事！」

第六十章　風滿樓

這一宿，睡不著的不止趙淵一個。但無論凡人怎樣輾轉，太陽還是照常升起。

臘月初三一早，還不過四更天，金陵便忙碌了起來。

天還黑著，謝允一邊閉目養神，一邊任憑下人們擺弄梳洗。突然，給他梳頭的宮女「啊」了一聲，「撲通」一聲跪了下來：「奴婢該死！」

謝允不用看都知道是怎麼回事，他伸手往後頸一摸，果然摸到了一把血跡，想必是好好的皮肉突然開裂，將那小姑娘嚇著了，他輕輕一擺手道：「不礙，接著梳吧，一會不流血了，找東西替我遮一遮。」

趙淵正好一隻腳跨過門檻，腳步生生地頓住了。

謝允就是「千歲憂」，趙淵心知肚明，不是沒懷疑過那《白骨傳》是此人一手炮製，可倘若真有什麼陰謀，他怎麼敢這樣大喇喇的署名？何況就眼下的情況來看，謝允從頭到腳都寫著「命不久矣」，難道他還能有什麼圖謀嗎？

謝允聽見動靜，若無其事同他行禮問安，隨後刻薄道：「陛下，您今日冊封儲君，若儲君明日就死了，人家會說是這位置太貴，命格不夠硬的壓不住，那往後可沒人敢給您當太子了。」

他甚至也不再稱呼「皇叔」。

趙淵神色幾變，忽然前不著村後不著店地說道：「明允，你可有什麼心願？」

謝允看著他，答非所問道：「梁相當年又有什麼心願？」

趙淵沉默許久，回道：「梁卿希望天下承平，南北一統，有人能將他和先帝的遺志繼承發揚，不要因為當年結局慘烈，便退縮回去。」

謝允聞言一點頭：「看來陛下都做到了。」

趙淵總覺得他不可能這麼好說話，表情依然十分緊繃。

「至於我，我確實有願望。」謝允揮開一干圍著他轉的下人，隨後他攏起禮服長袖，恭恭敬敬地衝趙淵一個長揖，「我盼陛下能有始有終，言而有信，不要辜負自己，也不要辜負梁公多年輔佐；也盼自己一干親朋好友與掛念之人都能平安到老，長命百歲；至於『天色』也好、『海水』也好，都已經由妥帖之人保管，陛下不必擔心。」

最後一句尤其要命，趙淵眼角一跳。

謝允卻意味深長的笑道：「將錯就錯，未嘗不可，天子有紫微之光護體，何必在意區區白骨魑魅？」

趙淵說不出話來。

「願陛下千秋萬代。」謝允偏頭看了一眼天色，「時辰快到了，皇叔，咱們走吧。」

木小喬和霓裳夫人萍蹤飄渺地唱了一齣《白骨傳》後，飄然離去，卻給京城禁衛出了好大一個難題。雖得了謝允一句「將錯就錯未嘗不可」的保證，趙淵仍是如履薄冰地叫人戒了嚴。

謝允身著繁複的禮服，感覺脖子上的裂口快給冠冕壓得裂開了，幸好他此時血流速極緩，一會就給凍住了，他陪在一邊，冷眼旁觀趙淵祭告先祖。儀式又臭又長，聽得他昏昏欲睡，便忍不住想，先帝若真有在天之靈，只怕已經給唸叨煩了。

金陵的冬天潮濕陰冷，雖沒有舊都那樣冷冽的西風，卻也絕不好受，不多時，又飄起了細鹽一般的小雪來，各懷心思的文武百官凍得瑟瑟發抖，陪同在側，趙明琛領著一幫大大小小的皇子列隊整齊，目光不小心和謝允碰在一起，立刻便又移開。

謝允懶得揣測他在想什麼，他同旁人不同，雪渣沾在身上，並不融化，很快便落了薄薄的一層。他已經感覺不到冷熱了，覺得心臟越跳越慢，漫無邊際地走著神，掐算著自己的時間，忽而尋思道：「我這輩子，恐怕是回不去舊都了。」

這時，趙淵拉住他。謝允回過神來，這才發現已經到了「冊封太子」這個環節，他覺得腿有些發麻，好不容易穩住了往前走了幾步，順勢跪下。趙淵深深地看了他一眼，朗聲道：「朕父兄當年為奸人所害，親人離散，朕年幼無知，臨危受命……」

謝允面無表情地聽著，看著黑壓壓的禁衛，心道：這種場合，阿翡恐怕是來不了了，也好，省得讓她看見我這傻樣。

「為政二十餘載，朕夙興夜寐，惶惶不可終日……」

一股難以言喻的感覺從謝允胸口升起，先是有點麻、有點癢，好一會，他才反應過來，那是某種刺痛感，華服之下，刺痛感緩緩蔓延全身，謝允眼前忽然有點模糊。

「朕以薄德，不敢貪權戀位，欲託丕圖於先皇兄之子，明允賢侄，遵天序、恭景命……」

謝允緩緩將氣海中最後一絲尚帶餘溫的真氣放出來，聊勝於無地遊走於快要枯死的經脈中，心裡苦中作樂地想道：要是我死在這裡，陛下可就好看了，幸虧頭天晚上就把「熹微」給阿翡送去了。

「欽此——」

謝允一抬眼，落下的雪渣從他睫毛的間隙中落了下來，掃過鼻梁，又撲簌簌地落入他同樣冰冷的衣襟中。

「臣……」謝允清了一下自己的嗓子，「臣不敢奉詔。」

一聲落下，謝允也不知是自己耳鳴聽不清，還是身邊這幫大傻子真沒料到這個答案，都愣了，四下是靜謐一片，落針可聞，一陣陰冷的風從高高的天地祭臺上捲下來，謝允同他一下比一下沉的心一樣平靜，不慌不忙地接著說道：「臣有負先祖與叔父所望，文不成武不就，才不足半斗，德行不端，六藝不通，體格不健，恐……」

趙淵陡然喝道：「明允！」

「恐無福澤深厚之相。」謝允充耳不聞，兀自緩緩說道，「臣……」

就在這時，突然有人冷冷地哼了一聲，截口打斷謝允。那聲音好似離得極遠，又好似就在耳邊，十分沙啞，喉嚨中好似生銹的老鐵鑄就。趙淵心口重重地一跳，猛地抬頭望去，只見遙遠的御輦所在之處，有個鬼影似的人「飄」在御輦一丈八尺高的華蓋之上，那人周身裹在黑衣之中，黑袍寬大，隨風獵獵而動。

所有禁衛身上的弦一齊繃緊了，因為沒有人知道此人是什麼時候來、什麼時候上去的！

黑衣的禁軍統領一頭冷汗，低喝道：「拿下此人！」

禁衛令行禁止，「拿下」二字話音未曾落地，所有弓箭手便轉身就位，四支小隊同一時間包抄上前，第一支羽箭擦破了昏沉的夜空，「咻」的一聲——那「鬼影」倏地動了！

他黑雲似的從高高的華蓋上悠然飄落，長袖揮出，好似推出了一堵看不見的牆，將潮水一樣的箭頭與禁衛擋了出去，口中朗聲尖嘯，不少平時身體不怎麼樣的文官當場便被那聲音刺得頭暈眼花，一時站立不穩。

一個侍衛兩步上前，一把扶住趙淵：「皇上，請先移駕！」

「鬼影」卻出了聲，用那種沙啞而陰森的聲音一字一頓道：「你們以為南渡歸來的真是你們的皇帝嗎？哈哈哈，可笑，為何不去問問山川劍，殷家滿門忠君之士分明立下大功，因何被滅口？」

趙淵整個人一震，好似逆鱗被人強行拔去，整個人臉上頓時青白一片。一隻冰冷的手輕輕地抓住了他的手肘，隨後，有什麼東西從他眼前閃過，趙淵猝然回頭，見親王高冠橫飛而出，「嗚」一聲尖鳴，極刁鑽地撞在了那「鬼影」腿上，竟當空將他打了下來——

是謝允出手了！

謝允輕輕呵出一口白氣，將趙淵甩向身後侍衛：「這妖言惑眾的瘋子。」「鬼影」一落地，頓時便陷入了禁衛包圍圈中，長槍陣立刻壓上，「鬼影」踉蹌了兩步，頭上的兜帽應聲落下，竟露出一張駭人的骷髏臉來。他所有的皮肉都緊緊貼在頭骨上，乾癟的嘴唇上包裹出牙齒的痕跡，血管與經脈青青紫紫、爬蟲似的盤踞在薄如蟬翼的皮下，最可怖的是，細得一隻手便能握住的脖頸上，他皮下竟有一隻巴掌大的蟲子形狀凸了出來！

謝允嘆了口氣，隔著重重的人群，幾不可聞地喚道：「殷沛。」

幾個侍衛衝上來攔住他：「殿下，還請速速離開是非之地！」

殷沛縱聲大笑：「吾既然名為『涅槃』，怎會死在你們這些凡胎肉體手中，吾乃獨步天下第一人——」

謝允挪了一步，腳下微微有些踉蹌，好像剛才將殷沛砸下來的那一下已經耗盡了他全身的力氣，被侍衛慌忙扶了一把：「殿下！」

殷沛一露臉，好似憑空降下了個大妖怪，嚇得當場一片混亂，趙淵一邊被一眾侍衛簇擁著離開，一邊大聲喝令著他們顧著謝允。謝允覺得有點啼笑皆非，不知為什麼，他永遠也分不出這位陛下的真情和假意。

人心和人心之間，隔了這樣遙遠的千山萬水嗎？

「不用怕，陛下，」謝允幾不可聞地開口道，「我說了將錯就錯，就是將錯就錯，你的皇位，別人奪不走。」

扶著他的侍衛沒聽清：「殿下？」

謝允輕輕一揮手，自己站穩，強提了一口氣：「不必管我，保護皇上去。」

周翡頭天晚上在暗樁中等到了風塵僕僕趕來的應何從，先是猝不及防地被他灌了一耳朵齊門禁地中的密信與皇室祕辛，聽得她腦袋大了三圈不止，找不著北的老毛病差點當場犯了，及至聽到殷沛那一段，更是恍如雷擊，一迭聲問道：「什麼？殷沛？他還沒死？他搶走死蠱蟲幹什麼？難道他能復活涅槃蠱母？」

應何從一問三不知，周翡卻當場就坐不住了，剛開始還算勉強有理智，誰知半夜三更，突然有個宮人送了一把莫名其妙的長刀來。周翡握著那把銘為「熹微」的刀呆立半晌，突然就失心瘋了，連夜催著應何從出門，四下去搜索那不知躲去了哪裡的殷沛——為此，她還想出了一個餿主意，既然殷沛身上不知有什麼東西，讓蟲蛇全部退避三舍，不如叫應何從帶她去「放蛇」，因為毒郎中的蛇聽話得很，讓往哪走往哪走，倘若到了什麼地方，蛇群不聽使喚了，那裡便必然有殷沛的蹤跡。

應何從聞聽這「絕妙」的主意，認為姓周的怕是病得不輕，但又打不過她，只好屈從。他倆大海撈針似的從半夜找到了天亮，一直到禁衛提前戒嚴，一路躲躲藏藏，愣是沒找到殷沛一根毛。

周翡正在暴躁地逼問應何從：「李晟那孫子說得準嗎？」

突然，她鬆開了毒郎中，皺眉望去，見城中大批的黑甲禁衛軍如臨大敵地經過他們，徑直往城南天地壇方向跑去了。

趙淵自從繼位以來，還從未這樣狼狽過，腳步倉皇中，他幾乎有種錯覺，覺得自己好像又回到了二十多年前的逃亡之路。他已經忘了自己的故鄉，只記得他從小便被養在永平朝一個名不見經傳的小小京官府上，按輩分，那京官是他的遠房叔爺，小女兒嫁進宮中做了個不受寵的庶妃。他父母雙亡，被親戚來回推諉，因為面貌長得與娘娘的小皇子有幾分相像，被這位叔爺領回去收養，本想讓他同小皇子做個玩伴。

可是體弱多病的小皇子似乎並不需要一個宮外的玩伴，他連那位殿下的面都只見過一次，本以為自己這一輩子便是好好讀書，考個功名，仗著這一點遙遠的皇親，將來討些微不足道的照拂。誰知一朝風雲突變，他不過稚齡，便懵懵懂懂地被人盛裝收拾，塞進了南渡的路。

人人都稱他為「殿下」，待他畢恭畢敬，唯獨他怕得要死。

他過於敏感、過於早熟，心知肚明自己就是一個給正主擋災的活靶子。

那一路上，到處都在死人，他無數次從夢中被人喚醒，在刀光劍影裡縮成一團，祈求上天再給他一點運氣，叫他能再活一天……

「刺客！保護皇上！」一聲驚叫突然拉扯住趙淵緊張的神經，他驀地回過神來，只見不知從哪殺出了一對黑衣人，橫衝直撞地搶入侍衛中間。

「北斗！是北斗！」

「保護皇上！」

「來人！護駕！」

屋漏偏逢連夜雨，北斗竟也混入金陵，趁亂發難，無數雙手在趙淵周圍推來搡去，九五之尊成了個被人擊鼓傳花裡的那朵「花」。趙淵與從小在東海學藝的謝允不同，縱然有武師父，也不過是學些騎射之類的強身健體功夫，從未曾與人動過手。他踉踉蹌蹌，心裡一時升起些許茫然，心道：為什麼單單是今天？就因為我不是趙氏之後，所以貿然「祭祖」，遭了報應嗎？

「皇上，這邊走！」混亂中，不知是誰拽了他一把，護著他從來勢洶洶的北斗黑衣人刀劍下逃離，都是一樣的禁衛，趙淵不疑有他，不知不覺中便跟著走了。

風雪比方才更衝了，謝允聽著殷沛那瘋子極富有穿透力的吼聲，心裡有點索然無味，他想甩開這幫人，想去見周翡，因為覺得自己再不見就走不動了。他的輕功獨步天下，號稱「風過無痕」，倘若吳姑娘的筆足夠公正，中原武林百年間最驚豔的輕功，該當有他一筆，如今卻只能用它來躲開這些多餘的人。

謝允方才在一片驚呼中掠出人群，便再沒力氣「騰雲駕霧」了，只能一步一步貼著牆，吃力地提起兩條腿，緩緩往前走。突然，不知從哪傳來一聲吼：「狗皇帝死了！」

謝允一愣，忙深吸一口氣，將額頭緊緊貼在一側石牆上，崩裂的指尖立刻變本加厲地慘不忍睹起來。

「不對，」謝允心思急轉，想道，「殷沛突然闖進來是意外，剩下的人肯定是有預謀的。」

曹寧，一定是曹寧！

眼見北朝大勢已去，曹寧狗急跳牆，來釜底抽薪了！

周先生離舊都只剩下咫尺，兩代人苦苦掙扎，無數人捨命、捨了聲名才走到如今這地步……他死不足惜，怎能看著他們功敗垂成？

謝允渾身都在發抖，流出的血很快被凍住，在青灰的石牆上留下了一道血手印，他狠狠地將鮮血淋漓的手指攥緊，在一片霜雪紛飛中轉身，往那聲音傳來之處掠去。

趙淵察覺到不對的時候，已經晚了。

他身邊禁衛莫名地越來越少，忽然，一個一直跟在他身邊的「禁衛」毫無預兆地舉起手中刀，當頭劈向他後背，電光石火間，趙淵不知從哪來一股力氣，驀地往前撲去，姿態不雅地避開了這致命一刀，滾了幾圈，大喝道：「大膽！」

那「侍衛」輕輕地笑了起來，緩緩提起的衣袖下面，露出了一個北斗的標記。

「同伴」突然反水，趙淵身邊僅剩的七八個侍衛連忙圍成一圈，將皇帝護在其中，那北斗黑衣人卻全然不在意，接著，只聽一陣腳步聲傳來，有一人笑道：「參見陛下，陛下，咱們可有二十多年不見了吧？」

趙淵聽了這聲音，腦子裡「嗡」一聲響——小巷盡頭，一襲扎眼的紅衣露出來，來人朝趙淵一躬身：「北斗武曲童開陽，參見陛下，睽違二十年，甚是懷念哪。」

趙淵一咬牙，硬是從地上爬了起來，自己站定了，冷冷地問道：「是曹寧嗎？他人呢？」

童開陽笑道：「怎麼，陛下是想敘舊拖時間，等人來救嗎？那我們可……」

他剛說到這裡，人便已經到了近前，趙淵根本連個人影都沒看清，一個禁衛便在他眼前身首分離，冒著熱氣的血水飛濺到他身上臉上，腥臭氣撲面而來，趙淵驚得往後退了一步，後背卻一下撞在了牆上。

童開陽一甩重劍上的血珠，獰笑著說完自己餘下的話音：「……太吃虧了。」

這些禁衛雖然也都是百裡挑一，卻又豈是童開陽的對手，不過兩句話的光景，已經變成了一地屍體，這種時候，哪怕趙淵再經天緯地，也忍不住覺得自己是到了窮途末路。童開陽格外想再欣賞一會他強忍的驚恐，卻也深知趙淵狡猾，為防夜長夢多，他一聲不吭，提劍便直接刺向皇帝光潔脆弱的脖子。

趙淵忍不住閉上了眼。

就在這時，一股極細的風與他擦肩而過，趙淵臉上卻好似被搧了一巴掌似的，被那掠過的風掃得火辣辣的疼。他吃了一驚，連忙抬眼望去，童開陽的重劍竟然被一小塊冰凌打歪了！

童開陽驀地轉身，只見一個好像風吹便會倒下的人不知什麼時候落到了小巷上面的牆上，他一襲隆重的華服水淋淋地拖在地上，髮冠也已經在砸骰沛的時候丟開了，髮絲略顯凌亂，周身蓋了一層無論如何也化不開的細雪，花白了一片……可他整個人卻依然彷彿清風掠過高樓時端坐聞笛的翩翩公子，滿天下的狼狽壓在他身上，也壓不住他的風雅無雙。

童開陽瞳孔微縮，頓了頓，方才謹慎地叫道：「謝公子？還是端王……太子殿下？」

謝允覺得自己一絲一絲的力氣都是從骨頭縫裡榨出來的，因此不敢浪費，不吭聲，只是略帶微笑地望向他。

童開陽眼珠轉了轉，說道：「怎麼，我殺了這狗皇帝，殿下不正好可以名正言順地登基嗎？北朝將傾，喪心病狂的北斗刺殺南帝……聽起來於您有什麼不妥呢？」

趙淵嘴唇動了動，彷彿想叫一聲「明允」，卻不知怎的，沒說出聲。

童開陽笑道：「我這可是在幫你啊，殿下，難不成你還要攔著我嗎？」

謝允笑容大了些，蒼白的嘴唇幾乎染上了一點血色，他微微一側身，將身上那件累贅的博帶寬袖外袍甩下了，惜字如金對童開陽道：「你試試。」

此人怎麼看怎麼像個癆病鬼，人在牆上，好似隨時會被風雪捲走，不明原因開裂的手指、手背上鮮血淋漓，被他隨意揩在雪白的袖口上，透著一股行將就木的孱弱。

可他那句「你試試」落地，童開陽竟真的不敢動。兩人就那麼僵持住了。

不知過了多久，謝允頭上落的雪花將他的長髮從「花白」變成了「雪白」，童開陽幾乎懷疑他已經凍住了。

突然，一聲長鳴自遠處響起。

是軍號！

風中傳來人聲音：「……進城了！」

謝允眼珠輕輕一動，童開陽臉色驟變——

「揚州駐軍進城了！」

眼下正值戰時，趙淵不可能因為一次祭祖就調動地方守軍，能擅自做這個主的，必然是周存！

他們這回行動洩露了！

怎麼會？

接著，整齊有序的腳步聲傳來，童開陽下意識地握緊了手中重劍，再顧不上趙淵，大喝一聲便要衝出去。眼看他要跑，謝允也不去攔。

誰知就在這時，慘叫聲倏地炸起，小巷中整齊的腳步聲陡然亂了，喊殺聲只喧嚣了片刻，便死寂下去，隨後「撲通」一聲，一具禁衛的屍體被扔了進來。

童開陽先是一愣，隨即看清來人，大喜道：「大哥！」

獨臂的沈天樞緩緩走進來。

第六十一章　霜色滿京華

謝允無聲無息地嘆了口氣，隔空與趙淵對視了一眼——盡人事，還需聽天命，看來趙家的氣數是盡了。

沈天樞身上竟沒有一絲水氣，不管是碎雪渣還是夾雜的雨水，都會自動避開他，他往那裡一站，連后土都要頂禮膜拜地朝他腳下陷下去。

沈天樞冷冷地瞥了童開陽一眼：「廢物。」

話音未落，人影已經到了趙淵面前，這回趙淵可真是連受驚的機會都沒有。

謝允本以為自己這副殘軀拖到這裡，發揮餘熱裝個稻草人，嚇唬嚇唬「烏鴉」就算了，萬萬沒料到還得親自動手。眼看趙淵小命要完，他只好從牆上飛掠而下，咬破自己的舌尖，一生修為全壓在了那好似渾然天成的推雲一掌中，麻木的腿卻再沒有力氣——謝允隔空打了沈天樞一掌，自己卻跪在了地上。

然而即使在燈枯油盡時，推雲掌也並不好相與，沈天樞被迫側身平移兩步，髮絲緩緩飄動，那北斗天狼一眼便瞧出了謝允只是強弩之末，當即哂笑一聲，輕飄飄道：「可惜了。」

方才被謝允嚇得一動不敢動的童開陽眼睛一亮，再不遲疑，重劍衝謝允後背砸下。沈天樞則別開視線，伸手抓向趙淵咽喉。就在這時，極亮的刀光一閃，直直逼入沈天樞瞳孔中。

沈天樞眼角一跳，驀地縮手，同時，童開陽感覺自己的劍砍在謝允身上，竟好似砍中了什麼極堅韌的硬物，劍尖竟「蹭」一下滑開了，連他一根頭髮都沒傷到！原來電光石火間，有人在謝允和童開陽的中間之間扔了一件銀白的軟甲，那軟甲不知是什麼材料織就，非常邪門，正好嚴絲合縫地貼在了謝允身後，替他擋了一劍。

謝允再也支撐不住，保持著半跪的姿勢往旁邊一倒。周翡面無表情地橫過「熹微」，擋在他身側，心裡狂跳不止。眼前的沈天樞與她當年在木小喬山谷……甚至華容城中所見的那人，都不能同日而語，面對這人，她手中長刀幾乎在戰慄。而旁邊還有個虎視眈眈的童開陽。周翡幾乎能數出自己的呼吸聲，她有生以來第一次後悔起自己鬧著玩的時候滿嘴跑馬，說什麼「腳踩北斗，天下第一」。

呸，好的不靈壞的靈。

沈天樞瞇著眼打量了她許久，竟認出了她來：「是妳！」

周翡雖然心急如焚，卻打定了主意輸人不輸陣，聞聲只冷笑了一下。

童開陽道：「大哥，這丫頭多次壞我們好事，留她不得，你我聯手……」

沈天樞突然一抬手，打斷了他的話音：「讓開，你我聯手，她算什麼東西，你又算什麼東西？」

童開陽：「……」

沈天樞冷冷地端詳著周翡，問道：「當年因為半個饅頭留下妳一命，倒是沒料到還有這一天。」

童開陽急道：「大哥，咱們還……」

沈天樞言簡意賅道：「滾！」

他話音沒落，腳下「棋步」陡然凌厲起來，先不辨敵我地一掌揮開童開陽，隨即竟不變招，直接掃向周翡。周翡只能提「熹微」同他槓上，幾乎臻於天然的渾厚內力與無常刀短兵相接。銀河似的內力如九天瀑布，傾頹而下，撞上最飄忽不定的不周之風，從枯榮間流轉而過、明滅不息——趙淵胸口當時一陣窒息，在極窄的巷子裡被兩大高手波及，忍無可忍，活生生地被震暈了過去。

童開陽惱極沈天樞這不合時宜的高手病，狼狽地踉蹌站穩後，心道：就他娘的你厲害，誤事的老龜孫！

眼看揚州守軍已經進城，曹寧恐怕已經凶多吉少，他們若不能速戰速決殺了趙淵，便只能是死路一條，童開陽頗有些決斷，看準時機，正在周翡與沈天樞兩人錯開的一瞬間，一揮重劍便朝周翡偷襲過去。周翡被沈天樞甩出去半圈，正慣性向前，沒料到還有這一齣，正好往他劍尖上撞去，再要躲避已經來不及了！

童開陽狗舔門簾露尖嘴，沈天樞怒不可遏，謝允瞳孔驟縮，卻已然力竭，用盡全力，也沒能移動一寸，他一口血嘔了出來，牆角半死不活的青苔頃刻間紅了一片。

這時，一根長練憑空捲起周翡的腰，險險地將她拖後了兩步，周翡的前襟堪堪給童開陽挑破了一條半寸長的小口。她接連退後了三步才站穩，急喘幾口氣，驀地回頭，便聽來人嬌聲道：「啊喲，好不要臉啊，兩個老烏龜，欺負小姑娘。」

周翡猝然抬頭，見不遠處長裙翩躚，正是霓裳夫人！

又有另一人懶洋洋地說道：「我可不願救那勞什子皇帝，你們打吧，我瞧熱鬧。」

周翡低聲道：「朱雀主。」

隨著霓裳現身的木小喬哼了一聲，有一搭沒一搭地撥動著懷中的琵琶。

琵琶聲裡，第三個人出了聲：「你不願動手，我來，紅衣服的，你使重劍，我使刀，我奉陪到底。」

周翡難以置信：「……楊兄？」

楊瑾應聲自小巷盡頭走來，掃了她一眼：「藥農們幫那養蛇的找殷沛去了，我來幫妳打架。」

四個人分列四角，就這麼將橫行二十年的兩個北斗圍在中間。

「本以為只是過來噁心一回那狗皇帝，不料還能趕上閣下二位大老遠趕來送死，」霓裳夫人嬌聲笑道，「這回可真是能有冤報冤、有仇報仇了。」

木小喬嗤笑道：「霓裳老太婆，妳龜縮二十多年，老成了這副德行，還要借著後輩才敢露頭逞一回威風，真有出息，我要是妳，早一頭磕死了。」

霓裳夫人翻了個白眼，卻怕這瘋子一言不合便從幫忙變成攪局，硬是忍著沒與他打口舌官司，只好將火氣都撒到了童開陽身上，她輕叱一聲，手中長練毒蛇吐信似的捲上了童開陽面門，與此同時，楊瑾長刀出鞘，嚴絲合縫地封住了童開陽去路。

沈天樞一皺眉，縱身上了圍牆。他踩過的地方直接化成了齏粉，行動間，圍牆上轉瞬多了一排整齊的坑。周翡緊隨而至，柔弱的江南細雪被此起彼伏的真氣所激，竟暴虐了起來，打在周翡手上，留下了細細的小口子。

這邊拆房的動靜終於驚動了禁衛與揚州駐軍，沈天樞站在牆頭，居高臨下一掃，便能看見大部隊正在趕來。他偏頭看了看昏迷不醒的趙淵，又看了看周翡，忽然說道：「趙淵命真大。」

周翡神色不動：「當年我娘在舊都，大概也曾經這樣感慨過曹仲昆。」

沈天樞臉上露出了一個吝嗇的微笑：「哦，這麼說，是風水輪流轉？」

周翡沒回答，將熹微刀尖下垂，做了個常見的晚輩向長輩討教的起手式：「沈前輩，請吧。」

沈天樞用一種十分奇特的目光打量著周翡，周翡無疑是很好看的，而且並不是英氣健壯的女孩子，她模樣有幾分像周以棠，帶著蜀中女子特有的柔和精緻，很有些眉目如畫的意思，比幾年前沒頭沒腦地闖黑牢時少了些孩子氣，倘若她不說話也不動刀，看起來竟是沉默而文靜的。

而這樣的一個「沉默而文靜」的女孩子，竟有膽子提長刀攔在他面前，還膽敢大言不慚地叫他先出招。

她憑什麼？

李家的破雪刀？還是年幼無知？

沈天樞緩緩說道：「老朽一生自負武功，創下獨門『棋步』，取黑白交疊、三百六十落子變幻之意，只可惜職責在身，於武學一道，未能全心投入，神功晚成，沒能趕上『雙刀一劍枯榮手』的年代，未曾以所懷絕技與當年絕頂高手一戰，甚是遺憾。小丫頭，妳不是我的對手。」

說話間，沈天樞的袖口鼓起，無風自動地微微搖晃，細雪紛紛而落，行至他身側，又驚惶地彈開。

周翡聽了，嘴角略微一彎，彎出一個冷笑：「對著打不過的段九娘，你便施以暗算，美其名曰『職責在身』，對著恐怕不如你的我，便將臉一抹擦，又成了『甚是遺憾』。貪狼大人，聽我一句，像閣下這麼臭不要臉的，老老實實地承認自己不是東西就算了，裝什麼孤高求一敗？誰還不知道誰，你自己不尷尬嗎？」

她出言不遜，話未說完，沈天樞已經一掌推出：「找死！」

他動作並不快，周翡卻覺得自己周身被某種無形的內息牢牢封住了，一時進退維谷、左右為難，不得不閉嘴，抬手將熹微刀鞘打了出去，那刀鞘彈到空中，好似撞上了一層看不見的牆，同落不到沈天樞身上的雪渣一樣，詭異地往地面飛去，周翡緊隨著刀鞘從牆頭上一躍而下，同時反手一刀「斬」，悍然攻向沈天樞。

沈天樞低喝一聲，雙掌往下一壓，渾厚不似人力的一掌再次封住周翡所有去路——青石板被壓出了一個坑，窄巷中周翡根本沒有四下躲閃的餘地，空中好像有一柄看不見的大錘，以她為中心，不斷往外擴，壓住了一塊趙淵身上掉下來的玉珮，那張牙舞爪的蟠龍竟生生被看不見的力道壓碎了一角。

一力降十會，那一瞬間，周翡彷彿回到了多年前秀山堂——任憑刀光詭譎，仍會被李瑾容一掌便拍飛出去。

霓裳夫人正好與童開陽錯身而過，餘光瞥見，臉色一變：「阿翡，快閃開！」

周翡充耳不聞，她忽然一反方才機變，「斬」字訣竟敢使老不變，當空強行，實打實地槓上了貪狼一掌。霓裳夫人胸口一縮，幾乎能遇見到那女孩連人帶刀被沈天樞一掌摑進牆裡。

貪狼的掌風與熹微眼看便要撞上，沈天樞面沉似水，他固然高看周翡一眼，這一眼中卻有大半隻眼都是放在她家傳破雪刀上的，並不認為這麼一個小丫頭片子能與他正面角力，當場便要將這不知天高地厚的後輩斃於掌下。可是掌風與長刀相觸的瞬間，沈天樞卻陡然一驚，因為他清晰地感覺到，這來勢洶洶的一刀竟是虛晃，力道毫無預兆地從極強轉向了極輕，而且輕飄飄地從他掌中滑了出去，一掌走空，還不待他收力，那刀又搖身一變，由極「衰」轉為極「盛」，當空化作「破」字訣，直衝向他面門！

沈天樞愣是沒看明白這無比詭譎的一手是怎麼來的，情急之下，他抬起自己那條斷臂，斷臂上接的長鉤一下格住了熹微，鐵鉤禁不住寶刀一撞，裂縫頓時蛛網似的瀰漫開。

沈天樞忽然意識到了什麼，臉色驟變，失聲道：「枯榮手！」

枯榮手，何等聲威赫赫、舉世無雙，而後銷聲匿跡數十年，竟至泯然無蹤。直到段九娘那瘋婆子在華容城中現身，才叫人隱約想起一點……當年那橫行關西的榮光。

可那瘋婆子她不是死了嗎？

枯榮手不是早就失傳了嗎？

電光石火間，沈天樞眼前閃過那滾在地上猶不肯瞑目的頭顱，一股說不出的寒意從他肝膽上升起，順著微末的良心，一下戳破了他畫皮似的聲勢。

沈天樞瞠目欲裂，從牙縫中擠出幾個字：「不可能！」

周翡刀尖微晃，當著他這一聲「不可能」，周身內力再次於盛衰兩極中回轉一圈，驀地施力。沈天樞如今的功力，能算是天下第一人，周翡當然遠不是對手，哪怕她再練上二十年的枯榮真氣也未必趕得上。他本可以在熹微與長鉤接觸的瞬間便將周翡從牆頭上震下去，周翡不死也是個重傷，可他竟遲疑、甚至於退卻了。兩股力道相撞，鐵鉤炸起的鐵片四下亂飛，一時間，沈天樞竟彷彿難當其銳，獨臂微顫，後退了半步。

周翡也被這一下逞強震得內息翻湧，她一咬牙端平長刀，忽略了自己發麻的手腕，臉上硬是沒露出破綻，同時心思急轉——拳怕少壯、鬼怕惡人，那麼……北斗的貪狼星君又怕什麼呢？

突然一個念頭劃過她心頭，周翡抬起頭，衝沈天樞笑了一下，少女的笑容被刀光所映，竟無端多了幾分莫測的血氣：「我不可能參透枯榮真氣嗎？」

沈天樞咬牙：「妳這個——」

「沈大人，您方才還說，未曾趕上雙刀一劍枯榮手，甚是遺憾呢，如今我這親眼見過南北雙刀、學過枯榮手的後輩還在，不正好給您大成的神功當磨刀石嗎？」周翡打斷他的話，「不過沈大人，倘若段九娘在世，你真敢上前來與她一較高下嗎？『職責所在，未能全心投入，神功晚成』……哈！」

沈天樞雙目一紅，一掌朝她當空拍來，竟是使了全力，窄巷兩側的矮牆轟然灰飛煙滅，周翡強提一口氣，縱身落地，腳尖尚未及點地，沈天樞已經追至，碎石子攘起丈餘高，霓裳等人竟不敢硬扛，紛紛閃開。

沈天樞怒喝道：「小賤人找死！」

周翡將流轉不息的枯榮真氣提到極致，手中熹微彷彿當年撥開牽機的柳條，叫人眼花繚亂，嘴裡仍然不依不饒：「啊，我明白了，你是根本不敢，因為你這『第一人』乃是自封，你怕打破自己的自欺欺人，讓人發現你只是……」

一顆碎石從周翡頸側險伶伶地擦了過去，留下一道觸目驚心的血痕，周翡身形一滯，沈天樞殺招已在眼前，在北斗貪狼面前，退卻就是找死，因此周翡不退反進，一道刀光，「山」字訣凌空劈向沈天樞面門。沈天樞怒極，不躲不閃，一掌拍在熹微上，他掌心彷彿是個沼澤，牢牢地吸住了刀身，排山倒海似的內力自黏連的刀身上傳來，直逼周翡，逼她撒手棄刀。

沈天樞面前，周翡這刀棄也是死，不棄也是死，要是她不肯撒手，就得被沈天樞一巴掌拍個實在，而她一身功夫全在刀上，撒手棄刀，不外乎一敗塗地，非得被沈天樞拍成柿餅不可。

然而周翡撒了手，卻並未棄刀。

不遠處的楊瑾餘光瞥見，刀背上的金環齊齊「嘩啦」一聲。剎那間，周翡好似與刀光融在了一起，整個人成了一把人形的窄背刀，去向與空中的熹微如出一轍，全然不著力，彷彿一片黏附在刀身上的枯葉，隨著沈天樞的掌風飛了出去。下一刻，真刀的刀柄碰上了人形刀的手——

如同廣袤的草地上春風吹又生的新芽，一夜間便能聲勢浩大地席捲荒野，高聳的河冰轟然開裂，露出湍急暴虐的水流。枯榮真氣從極衰走向極盛，附在刀尖上，刀尖劃出了一個璀璨的弧度。

破雪刀，不周風！

沈天樞的瞳孔幾乎要縮成一點，旁人根本看不清他們兩人動作，只能聽見空中傳來一陣亂響的金石之聲，隨後兩人倉促分開，沈天樞晃了晃，周翡踉蹌著從牆頭翻下來，一時竟站不住，只能以長刀拄地，略一彎腰，一行細細的血跡就順著她的嘴角淌了下來。

周翡一抬袖子擦去血跡：「……讓人發現你只是個卑鄙無恥的廢物，跟其他六個北斗一樣，都是狗。要不是你們這群惡犬抱成團地作惡多端，江湖中哪有你沈天樞這一路貨色，你以為你是什麼東西！別哄著自己玩了。」

沈天樞面色鐵青，竟好似比周翡還狼狽。他一生自負武功，雖位列北斗之首，卻素來以與北斗陸瑤光、谷天璇、仇天璣等跳樑小丑並列為恥，他覺得自己是隱世的高手，是堪與雙刀一劍比肩的大惡人、大魔頭，縱然遺臭萬年，也讓人聞風喪膽，他願意可憎、可恨、可怕，卻絕不能可鄙可笑。

然而倘若段九娘還在世，倘若他面前不是周翡這半吊子的小小後輩，而是那些老怪物親臨，他真敢為了證道，一對一地同那些老怪們一決高下嗎？那麼他這許多年來聊以自慰的自欺欺人，豈不如那鏡花水月一般，輕易就碎了？

周翡牙尖嘴利，一句就戳中了他心裡最隱祕的卑鄙。沈天樞雙目中風雷湧動，瘋狂的殺意鎖定了周翡，難以言喻的壓力當頭而下，遠在數丈之外的木小喬手中琵琶弦「錚」一聲斷裂，朱雀主內息竟有些翻湧。

直面沈天樞的周翡只覺周身骨骼都要寸寸斷裂，她卻忽然偏頭去看謝允，謝允的目光幾乎已經渙散，熬乾了神魂，只剩一點微光，勉強能看清周翡一個影影綽綽的輪廓。他無聲地動了動嘴唇，對她比口型道：「天下第一啊。」

不論眼前強敵者誰，不論妳是不是遍體鱗傷、狼狽不堪，也不論妳神功幾層、聲名幾丈……

那年妳帶著一堆不知所云的瓶瓶罐罐，在北斗圍山之時，從那逼仄狹小的山中地牢裡一躍而下，不假思索地同我說出「交代重要」——妳就是我心裡的天下第一。

周翡的眼圈一下紅了。

刀劍聲、落雪聲，都開始遠去，謝允的視野暗了下去。紅衣、霓裳、大魔頭的琵琶、南疆小哥的黑臉……漸次沉寂。

終於——

終於，他眼裡只剩下那一線熹微一般的刀光。

「阿翡，今日暫別，二十年後，我仍去找妳，」他心道，「要一言為定啊。」

這時，沈天樞動了，他腳下石牆一裂到底，鋪天蓋地的一掌壓向周翡頭頂，打斷了倉促的生離死別，周翡不躲不閃，手中熹微凝成一線，螳臂當車似的直接迎上沈天樞。不遠處木小喬冷哼一聲，長袖一擺甩開童開陽，直奔沈天樞後心。

就在這時，突然有人大叫一聲：「小心！」

話音未落，一個巨大的黑影飛蛾似的撲了過來，難以言喻的陰寒之氣竟讓江南苦寒都退避三舍，木小喬的腳步突然頓住，沈天樞只覺一股大力反噬，急忙抽身扯力，周翡刀尖走偏，幾乎趔趄了一下，側身撞在身邊矮牆上。

那不速之客大喇喇地飄落到三人中間。

「飛蛾」先是朝周翡看了一眼，周翡被那張突然冒出來的骷髏臉嚇了一跳，本能地將熹微橫在身前：「你是誰？」

「飛蛾」卻沒理她，周翡這才意識到他看的是自己身後。只見那骷髏臉的「飛蛾」張開兩片扁嘴，嚎叫道：「死了，哈哈！報應！」

周翡很想回頭看一眼他說誰「死了」，可無論是這個詭異的骷髏臉，還是不遠之外的北斗貪狼，都叫她不敢分心。

「飛蛾」的目光倏地移回來，這回，他用一種難以言喻的眼神深深地看了周翡一眼，周翡一愣，覺得那瘋癲的眼神叫她有種說不出的熟悉，可還不待她仔細回想，對方便扭頭望向沈天樞，口中「嘶嘶」作響地低聲道：「北斗？」

沈天樞眉頭一皺：「來者何人？」

那「飛蛾」全然不理會，人已經騰空而起，不置一詞地直接撲向沈天樞。沈天樞臉色一沉，當胸一掌拍了出去，將那人前胸後背打了個通透，近在咫尺的周翡都聽到了骨骼盡碎的聲音。

那骷髏臉的「飛蛾」瘦得驚人，後背不自然地凸起，折斷的白骨連他的皮與外袍一同刺破，支楞八叉地帶出一塊血淋淋的內臟來。饒是周翡天不怕地不怕，見了此情此景，也不由得有些噁心。

更離奇的是，那「飛蛾」被打成這樣，竟不肯死！

他好似不怕疼、不怕打、死而不僵，揹著一身稀爛的骨頭，竟能強行突進兩步，低頭一口咬在了沈天樞的獨臂上。

周翡腦子裡一道流光劃過，難以置信地脫口道：「藥人！」

沈天樞先是驚怒交加地罵了一聲，使了蠻力要甩開這瘋子，骷髏臉脆弱的脖頸被他扭出了一個巨大的折角。若是常人，脖頸已斷，早該死得不能再死，可那骷髏臉不知是何方妖孽，命門活似長在了門牙上，眼看腦袋都要給揪下來，依然咬定青山不放鬆。

沈天樞強提一口氣，正打算將這顆妖孽頭顱打個稀碎，可他這口氣還沒提到喉間，整個人卻突然一顫。接著，堂堂貪狼竟忍無可忍地大庭廣眾下慘叫了起來。一股黑紫氣順著他的手臂直往上湧，而沈天樞一臂已失，原本代替胳膊的長鉤又不巧給周翡攪碎了，情急之下，居然來不及壯士斷腕。黑氣如龍，轉瞬便越過他肩頭，直接衝上了他的脖頸和臉上！

周翡：「……」

她手中刀尖都沒來得及垂下，已經給這變故驚呆了。

沈天樞一邊慘叫，一邊四處亂撞，周遭矮牆都在他傾瀉的真氣中遭了秧，周翡被迫後退，連昏死過去的趙淵也給驚醒了，不巧被正好後退的周翡一腳踩中了小腿，當即哼出了聲。

周翡這才注意到皇帝這個金貴人物，突然明白了那「飛蛾」方才往她身後看什麼，電光石火間，她明白了前因後果，連忙一抬手壓住趙淵肩頭，低聲道：「別動！接著裝死，不然我保不住你。」

沈天樞一陣抵死掙扎，暴虐的內力亂竄，骷髏臉的「飛蛾」自然首當其衝，他周身的骨頭好像沒堆好的秸稈，四處呲著，將一身寬大的袍子也扯得亂七八糟。

接著，沈天樞像是被什麼東西慢慢抽乾了皮囊，周翡等人眼睜睜地看見他迅速萎縮下去，肌肉轉瞬消失，繃緊的人皮緊緊地貼在骨頭上，從被咬的手臂一直枯到了頭頸，無聲無息地往後仰倒，同那仍然不肯鬆口的「飛蛾」一起，頹然撲倒在地。

而直到這時，方才高喊「小心」的應何從方才氣喘吁吁地帶著一幫禁衛趕到。周翡看了看那支離破碎的「飛蛾」，又看了看應何從，低聲道：「他……他是……」

應何從瞥了一眼已經被幾大高手制住的童開陽，上氣不接下氣地喘了片刻，才說道：

「瘋了！這個殷沛絕對已經瘋了！他用自己身上殘存的蠱毒養著那母蠱的屍體，又不知用了什麼怪方，將那母蠱屍體煉化吸進自己體內……」

周翡：「什麼？」

應何從不耐煩地解釋道：「就是他把自己養成了一隻蠱母，這回懂了嗎?!」

話音剛落，那殷沛「骨碌」一下，從已經給吸成了一具乾屍的沈天樞身上滾了下來，露出滿是血跡的臉，仰面朝天地倒在地上。他著實像個活鬼，禁衛們紛紛衝進來，扶起踉踉蹌蹌的趙淵，裡三層外三層地保護起來。

周翡一抬手，把應何從攔在身後，警惕地看向殷沛。

眾目睽睽之下，那殷沛仰面朝天，竟彷彿在笑。

周翡試探性地往前幾步，走到他面前。殷沛似乎認出了她，吃力地伸出僅剩的一隻手，指了指周翡，又艱難地打了個回彎，指向自己。

「你……你什麼？」周翡不明所以地皺眉，見那殷沛顫顫巍巍地舉著爪子，不依不饒地指著他自己。

周翡心裡忽然明白了什麼，試探道：「你想說……你是殷沛？」

殷沛像條垂死的魚，無意識地在地上抽搐掙動著，眼睛裡的光卻熾烈了起來。周翡低頭看著他，透過他熾烈的目光，恍然明白了他這許多年來的執念與痛苦，她以熹微拄地，吃力地半跪下來，低聲道：「你名叫做殷沛，是殷聞嵐之子，殷家莊唯一的倖存者，又被北刀紀雲沉養大，出身於……」

她話音一頓，見殷沛不知從哪抽出了一把沾滿了血跡的劍鞘，緩緩地往周翡的方向推了半寸。這不過是區區一個藏劍之匣，然而山川劍死於此物、青龍主死於此物、沖雲子道長也死於此物。

殷沛守著這條劍鞘猜忌了一輩子，至此，他好似終於明白，這不是他的東西。

周翡的目光從山川劍鞘上掠過，喃喃道：「……出身於……」

那隻骨架似的手倏地垂了下去，砸起了一小圈塵埃。

「……名門正派。」

殷沛眼睛裡瘋狂的亮光同嘴角的血跡一起暗淡了下去，不知聽沒聽完她這句「蓋棺定論」。

周翡呆呆地與那不似人形的屍體大眼瞪小眼，心裡一時不知是什麼滋味，應何從卻一把推開她，兩步撲到殷沛的屍體前，不知從哪取出了一個特製的小壺，絲毫也不顧及什麼「死者為大」，一刀豁開了殷沛的心窩，一股腥臭撲鼻的黑血立刻汩汩地湧入那小壺裡。

「這是天下至毒的涅槃蠱。」應何從原地跳起來，將那泛著異味的小瓶舉起來給周翡看，狼狽的臉上好似點著了一大團煙火，「快點，妳不是自稱學會了齊門那什麼『陰陽二氣』嗎？」

周翡只是看著他，一動不動。她的五官六感何等敏感，方圓幾丈之內落雪摩擦的聲音都聽得一清二楚，怎會不知道那人已經沒有氣息了。

應何從一把抓住她的肩頭，衝著她的耳朵大叫道：「妳發什麼呆！」

周翡抽出自己的手臂，低頭避開他的目光，小聲道：「晚了。」

應何從呆了片刻。

「我……」周翡輕輕一抿嘴，「算了，也算是命吧，沒什麼……」

應何從不等她說完，就大叫一聲打斷她道：「我是大夫，我還沒說晚呢！」他一把拖起周翡，生拉硬拽地將她往謝允那裡拖：「我是大藥谷正宗的傳人，我藥谷有生死者、肉白骨之能，我說能治就能治！」

周翡：「應兄……」

「他身中透骨青十年之久，比別人涼、比別人氣息微弱怎麼了！妳沒聽說過人也是會給凍住的嗎！」

周翡腳步有些踉蹌，她突然很想對應何從說，當年永州城外，她脫口便罵他這大藥谷「浪得虛名」，其實只是因遷怒而起的口不擇言，並不是真心的。

應何從將她拖到謝允面前，謝允已經無聲無息，身上落了一層化不開的細雪，像是個凝固在時光裡的冰雕，面朝著她方才與沈天樞對峙的方向，嘴角似乎還帶著一點細微的笑意。

應何從驀地扭頭，一字一頓地問道：「周翡，妳的不見棺材不落淚呢？」

周翡怔怔地看著他。

應何從掀衣襬，直接跪在地上，果斷地割開謝允的手掌，強行折起凍硬的四肢，將他擺出五心向天的姿勢，又把致命的蠱毒滴在了謝允身上：「我先將蠱毒逼入他手厥陰心包經，直接入心脈，只有兩種枯榮相依的內力能將蠱毒逼入再帶出來，蠱毒不入則無用，入內出不來則要命，洗髓三次……我說，妳還有力氣嗎？」

周翡離開齊門禁地之後，明知沒有希望，一路上卻仍然不由自主地將呂國師記載的「陰陽二氣驅毒」之法反覆默誦，此時雖然神魂不在家，卻仍然能按著他的話本能照做。

據說死人的身體，倘若以外力強行打通經脈，也能有一點動靜。周翡茫然地想著，自己也不知道自己在做什麼。

生在凡塵裡，其實各自魔在自己的魔障裡，誰也拉不動誰，一如謝允是周翡的魔障，大藥谷是應何從的魔障，他們兩個走火入魔的人，在冰天雪地裡折騰一副衣冠不整的死人，好像這樣雞同鴨講地拼盡全力了，磐石便能轉移似的。

然而……

蠱毒分三次，一點一點地被推入謝允身體，及至一滴不剩，黑血又被重新逼出來，霓裳夫人等人誰也不敢打擾，靜靜地圍在一邊，連趙淵也一聲不響，只將禁衛與一干守軍全都喝退在了小巷之外。

滿瓶蠱毒怎麼進去的又怎麼出來，可是謝允依然沒有一點動靜。

寒冬臘月天裡，周翡整個人好似剛從水裡撈出來的一樣，周身已經給熱汗打透了，一陣寒風吹過來，她已經再沒有力氣，受傷的肺腑疼得發木。她不由自主地打了個冷戰，似乎是想站起來，又脫力坐在了地上。

無邊的疲憊像關外的大雪，將喜怒哀樂一起埋了，周翡像個反應遲鈍的人，方才應何從將瘋狂的希望強行塞給她的時候，她沒來得及欣喜若狂，此時再一次失望，她也沒來得及痛徹心扉，依舊是怔怔的。

霓裳夫人忍不住上前一步，從後面抱起跪在地上的周翡，小聲勸道：「孩子，咱們盡人事，聽天命吧。」

盡人事、聽天命。

周翡極輕地顫抖了一下，她抬了頭，目光空落落地指向晦暗如許的天色，星星點點的落雪冰涼地落在她臉上，將她灼熱的眼眶一點一點地凍住了。

什麼是天命呢？

她說不清，破雪刀借「山海風」之力，傳到她手裡，將「無常道」走到了極致，可是凡人的「無常」，如何能度量星辰日月、興衰禍亂呢？

三年，她掙命似的走遍南北東西，到頭來，終歸是一腳踩空、無濟於事。

周翡抓住霓裳夫人的手，借力站了起來：「是，我……」

我什麼？她說不出了，胸口空蕩蕩的一片，連兩句場面話也勉強不出來，南都金陵，累世的富貴溫柔鄉，一時間，忽然荒涼得四顧茫茫，叫人不知該何去何從。

周翡晃了一下，霓裳夫人連忙扶住她，正要說什麼，就在這時，應何從突然叫了一聲：「別動，快看！」

周翡猝然回頭，只見謝允掌心被劃破的地方，本來泛白的皮肉之下，竟緩緩泛了紅，隨後好像什麼東西融化了似的，冒出了細細的血珠來！

尾聲

曹寧被俘三個月後，八百里加急的傳令兵撞開金陵城門，一路風馳電掣似的闖進皇城，兩側行人紛紛退避，不少好事之徒探頭探腦地望著那馬絕塵而去的方向，七嘴八舌地議論了起來。就在幾個時辰之後，消息像是破紙而出的火苗，迫不及待地掃開初春清晨的迷霧，口耳相傳到大街小巷——王都收復了！

數十年離亂，很多人已經死了，終於沒能等到這一天，活著的人也已經兩鬢斑白，或失親朋，或失故友。

河山生瘡痍，生民多離散。

一個滿頭花白的老人忽然跌跌撞撞地跑到大街上，五體投地地伏在青石板上，放聲大哭，哭聲好像打開了一道閘門，整個南都都沸騰了。艱難挨過一冬的流民、背井離鄉的商販、茶館裡尚未敲下驚堂木的說書人……一個個衝上大街，呼號奔走，以頭搶地。

應何從抬手關上窗戶，隔絕了歪頭的人聲嘈雜，從袖中取出一張藥方遞給周翡：「換這個藥方試試——妳真要走這麼急嗎？人都沒醒，叫他在金陵靜養不好嗎？」

「夜長夢多。」周翡簡短地說道，「畢竟當天在場的都看見了，殷沛把山川劍鞘交給了我，眼下『那位』靠我爹給他打江山，再者他身邊那一幫飯桶也奈何不了我，我來回進出還算順暢，再要拖一拖就不好說了。」

應何從忍不住尖酸刻薄道：「周大俠天不怕地不怕，北斗貪狼說削便削，還會怕那皇帝老兒？」

「怕啊，」周翡面無表情蹭了蹭自己的刀鞘，「萬一他作死犯到我手裡，我可不是我外公他們那些為國為民的大俠們，別指望我能忍氣吞聲放過他，萬一捅那老兒一個『三刀六洞』，豈不是毀了大家這麼多年的苦心？那我怎麼過意的去？」

應何從不知怎麼接這句狂上了天的話，只好閉嘴。周姑娘確實不只嘴上狂，她往皇帝脖子上架過刀，又幾次當面抗旨，把帝王召見當個屁，眼下還打算招呼都不打一聲，把差點成為太子的端王殿下拐走……據說，她這一番作為堪稱是個黑道的「妖女」，很是讓木小喬那廝欣賞，將她引為了忘年的知己。

應何從問道：「妳還真敢冒天下之大不韙弒君不成？」

周翡沒有正面回答，只是沉默了一會，說道：「太多人為聲名所累，一舉一動都在別人算計之下——你猜，梁紹為何要找木小喬他們這些亦正亦邪之人做海天一色的『見證』？」

應何從不解道：「為什麼？」

「君子怕小人，小人怕混帳，就這麼簡單。」周翡一攤手，「海天一色裡，殷大俠與我外公他們這些守祕人是君子，趙淵與梁紹這些玩弄權術之徒是小人，君子未見得會洩密，小人卻必會滅口，可是沒有守祕人，梁紹又怕他有朝一日控制不住趙淵，因此招來一幫殺手和混帳們當見證，正好兩邊牽制。」

應何從道：「可……」

「可梁紹並不想保全那些君子們的性命，甚至最想殺人滅口的恰恰就是他自己，但他利用那些混帳們和只有象徵意義的水波紋編了一個巨大的疑心病，他死後這麼多年，趙……那位一絲也不敢偏離他留下來的政見，可見是成功的。現在四處在傳唱那位不敢明著禁的《白骨傳》，他既找不著梁紹的屍骨，又找不著水波紋，往後做什麼事之前怎麼也得掂量掂量，否則搞不好就變成混淆皇室血脈的罪人了。」周翡搖頭笑了一下，收起應何從給她的藥方，「多謝了，你有什麼打算？」

應何從愣了愣，說道：「我應了楊兄邀約，要去擊雲溝住一陣子，與同道中人們多學學。」

「挺好，就當大藥谷搬到南疆，同小藥谷合而為一了，以後省得分什麼『大小』，叫初出茅廬的後輩們聽了困惑。」周翡站起來，衝他一拱手，「青山不改，綠水長流，來日到蜀中，請你喝……」

她本想說「請你喝酒」。

話沒說完，那應何從便當場撅了她面子：「酒會傷嗅覺和味覺，我不喝酒，只嘗藥。」

周翡沒好氣道：「哦，那你不必來了。」

說完，她便提起熹微，在一幫人手舞足蹈的興奮中離開了小酒樓，身形一閃，便不見了蹤影，奉命追蹤她的大內侍衛好不容易才趕來，尚未看清她今天穿了什麼衣裳，就又把人跟丟了，簡直欲哭無淚。

隔日，一輛馬車便悄無聲息地離了京。

官道長亭邊，大片的細柳綠了一片，不時有人黏黏糊糊地停留在此間彼此送別，久而久之，旁邊便搭起了各色的茶肆茶攤，以供人歇腳停留。一場春雨剛過，滿地泥濘，旁邊送親友的正在淚灑前襟，茶攤成了車馬隊的行腳幫漢子們躲日頭的地方，幾個漢子一人捧著碗粗茶，聊得熱火朝天。

「所以皇上那太子還是沒立成嘛！因為什麼呢？」

「哎，不是說北斗刺殺陛下，給攪黃了嘛。」

「攪黃了還能接著立，分明是端王殿下固辭不受。」

「嘖，還拽起文了，我倒是聽說……」

說話間，一輛馬車緩緩走過，周翡從車上跳下來。

路上到處都是風塵僕僕的臭男人，鮮少碰見漂亮大姑娘，一幫漢子們的胡侃戛然而止，集體伸長了脖子，張望過去。

周翡進門道：「老闆，麻煩灌點水……涼水就行，有吃的嗎？不挑，都包一點。」

茶攤上豁牙的老闆也鮮少見到好看的女孩，忙殷勤地替她收拾了過來。周翡道了謝，重新坐上馬車。

等她走遠了，那方才煞有介事說話的才一邊戀戀不捨地看著車轍，一邊接著道：「我倒是聽說，是端王殿下身染惡疾，怕是命不久矣呢。」

那漢子自覺聲音壓得很低，周翡卻仍是聽見了，她的臉色暗了暗，心不在焉地上了馬車，伸手一扯韁繩，催著拉車的馬緩緩往前走去。

這時，不知哪位送君千里的雅士吹起了《折柳》曲，順著風聲若隱若現地飄過來，風吹柳絮、音塵長絕，笛聲纏繞在轆轆的車輪聲裡，別是一番淒涼，周翡將馬鞭垂在膝上，往前看，只有兩匹從不回頭的駑馬，單知道悶頭跑。

周翡看著起伏的馬脊背，不由自主地出了神，一不留神，將車趕進了一處大坑裡，車身劇烈地震顫了一下，周翡整個人一歪，方才回過神來，忙一拉韁繩，同時急惶惶地回手掀開車簾查看，怕將車裡那人事不知的病號摔個好歹。

才看了一眼，周翡的手便一哆嗦，將車簾重新摔了回去。

她難以置信地盯著自己的手，好一會，才唯恐驚著什麼似的，一點一點地重新挑起車簾。

這一回，她確定自己眼沒花。

謝允不知什麼時候睜開了眼睛，正望著她的背影笑，一開口，聲氣還十分微弱，話卻沒個正經：「怎麼二十年不見，妳竟……也不老……妳到底是哪個溝裡的水草成的精？」

（全書完）

番外一　少年子弟江湖老

那時的京城還是京城，不叫「舊都」。

四平八穩的皇城根底下已經長出了斑駁相，近郊的遠山飄來鐘聲，一聲一聲地撞在陰沉的隆冬裡，聽得那青磚紅瓦也都跟著黯然神傷。

大殿的金頂上蓋著薄雪，郊外的茶樓裡蒸著熱氣，都是白茫茫一片。

那時的霓裳夫人也不叫「霓裳」，她只是個二八年華的小姑娘，小名喚作婉兒，尚未接過師父的衣缽，也未曾長出顛倒眾生的顏色。

婉兒倚在茶樓二樓的欄杆上，和著琴聲擊箸而歌，貌美如花的小姑娘被人捧慣了，總是有些驕矜氣，唱也不肯正經唱，哼哼唧唧地將那詞半吐半含，少女嗓音清亮，好似洗過的鸝聲，唱的是一首借古諷今的《賀延年》。

周圍客人爭先恐後地捧場，婉兒卻瞧也不瞧他們，偏偏要去留意那些個不看她的——東牆角有個書生，一臉落魄相，想必是個久試不第的窮鬼，正不停杯地灌著黃湯。旁邊是一個與他併桌的布衣男子，恐怕是餓死鬼投胎，頭也不抬，就知道吃。

這兩人沒什麼好看的，婉兒在心裡刻薄一番，目光流轉，轉向另一側，只見南邊靠窗的位置上，有個中年男子，這人倒是有點意思。那中年男子與她相距不過一丈來遠，猿背蜂腰，目似含刃，笙歌在側，他卻彷彿無心風月，正兀自出著神。

這時，東牆角那灌飽了酒水的落魄書生長嘆一口氣，憤然屈指一敲木桌，胡言亂語道：「這皇城，悠悠百年，也是老了！」

此言一出，說者無心，聽者有意，一樓大堂中幾個黑衣人同時停了箸。下面跑堂的小夥計見多識廣，瞧見那幾個客人玄色大氅下繡的北斗紋，心頭便是一緊。

「北斗」乃曹相的手下——曹仲昆把持政事多年，權傾朝野，便是鳳子皇孫也要讓他三分，據說他手下有七條惡犬，分別以北斗為名，武功極高、手段極黑、耳音極靈。這傻書生當街妄議皇城，還叫北斗的鷹犬逮了個正著，這些黑衣人若要以此作伐，那豈不是禍從口出嗎？

樓上有人小聲提醒，那書生卻仍是渾然不覺，兀自大放厥詞道：「我知道那曹氏鷹犬遍地，今日偏要說個……」

一個北斗黑衣人猛地伸手按住腰間佩刀，腰間北斗牌與鐵刀鞘撞出「嗡」一聲輕響，驀地起身，目光如電似的朝樓上射來。

樓上樓下注意到異狀的，全都安靜下來，店小二嚇得兩股戰戰。婉兒一伸手按住旁邊琴師的琴弦，蛾眉輕皺，連南窗側的中年人也回過頭來。

就在這時，與那書生併桌而坐的「吃貨」突然抬頭輕聲道：「兄弟，醉了睡一覺。」

那書生聞聽此言，越發激憤，雙眉一立，正要大放厥詞一番，穿布衣的「吃貨」卻抬手攬住他的肩頭，淡淡地衝周圍一圈人點頭致歉道：「對不住，擾了諸位酒興，我這位兄弟喝多了。」

話音未落，書生便真應他所言，隨著他的手軟綿綿地趴在了桌上，囈語兩聲，倒像是醉實在了。北斗黑衣人頓了頓，重新坐了回去，幾個人隨意用了些茶點，起身走了。小樓中緊繃的氣氛這才一鬆。

那穿布衣的「吃貨」將書生放下，就著旁邊一盤小菜，慢慢地喝茶，及至天色漸暗，他才將一把碎銀放在桌上，回手拎起自己隨身的一個布包——布包裡不知裝了什麼東西，足有三尺長、兩掌寬，看起來頗有分量——他提起那包裹，提步走出了茶樓。

等他下樓，婉兒身形一動，悄無聲息地來到那悶頭大睡的書生跟前，手指抵在那人的脈門處。片刻後，她「咦」了一聲，低聲道：「浮波手？」

婉兒探頭望向窗外，正巧方才那「吃貨」下樓，若有所覺，回頭仰望，目光與婉兒倏地一碰。只見那「吃貨」竟是個長身玉立、眉目端正的男子，乾乾淨淨的溫潤之氣傍身，連那窮酸的布衣都顯得瀟灑落拓起來，見看過來的是個女孩子，他忙微微垂目，十分有禮地避開婉兒的視線，朝她略一頷首。

天色已晚，那「吃貨」牽了馬，正要尋一處便宜的地方落腳過夜，向路邊賣燒餅的小販問了路，轉入一條小巷。

婉兒心裡一動，起了促狹意，她仗著輕功卓絕，從樓上順著木頭立柱飄然而下，跟著對方進了小巷，幾無聲息地靠近，突然從袖中摸出一隻小酒杯，抵住那「吃貨」後心，惟妙惟肖地學出了一個低沉粗糲的男聲道：「別動！」

「吃貨」腳步一頓。

「打劫，銀錢拿出來！不許回頭！」

「吃貨」果然依言沒回頭，然而隨即他又嘆了口氣，輕聲道：「姑娘小小年紀，曲子唱得好，竟還精通口技，在下佩服。」

「咦？」婉兒愣了一下，不留神露出了本來的音色，「你怎麼知道？」

布衣的「吃貨」皺了皺鼻子，感覺鼻子裡還瀰漫著帶著花香的脂粉味，然而這話說出來未免輕薄，他便但笑不語。

「哎，」婉兒輕巧地從他身後轉過來，仰頭說道，「你的『浮波手』哪裡學的？與我羽衣班有什麼關係？」

「吃貨」微微一愣：「姑娘是……」

「我啊，」婉兒一邊充滿估量地觀察他，一邊漫不經心道，「我就是個羽衣班的小弟子，瞧見你拿我派的獨門祕技放倒了那書生，這才追來問一問。」

「浮波手」乃這一代羽衣班班主獨創的功夫，尋常弟子他可捨不得教，這小姑娘卻一眼瞧出浮波手來，顯然在羽衣班地位超然，說不定是下一任的「霓裳」。

男人也不揭穿她，只是笑道：「我少年時有幸偶遇羽衣班的霓裳大師，與他切磋過一二，曾見識過貴派絕技，不過我使出來便是東施效顰了，並不是真正的浮波手。」

「我想也是，」婉兒放了心，沒好氣地撇了撇嘴，「諒你也學不來精髓，往後出門在外不要隨便用人家的功夫，萬一叫人認出來，還以為我羽衣班的人連幾個北斗走狗也怕，只會使手段叫人閉嘴呢。」

「姑娘教訓得是。」男人好脾氣地笑道，「不過自古民不與官鬥，多一事不如少一事，相助也未見得拔刀……」

「這『浮波手』是我師父與南刀李大俠同遊時，互相切磋所悟，連我們都不捨得教。」婉兒怒氣衝衝地打斷他，「不是叫你這種人拿出去丟人現眼的！」

那男人一愣：「南刀？」

婉兒翻了個白眼：「是啊，心虛了吧？就是蜀中那位大名鼎鼎的……」

她話沒說完，突然，一陣急促的馬蹄聲自身後傳來。

小巷盡頭正是一處集市，人來人往熱鬧得很，鬧市縱馬好像一把撕開繁華的刀，轉眼，街上的尖叫哭鬧聲響成了一團。婉兒忙探頭望去，見那一隊黑壓壓的黑衣人趾高氣揚地打馬而過，為首一人大鷩翻飛，「籲」一聲將馬勒在方才那酒樓前。

有個方才被他們縱馬撞翻了攤位的小販昏頭昏腦地上前，正打算理論一二，尚未開口，為首那人便從腰間摸出一塊漆黑的腰牌，上書「貪狼」二字。

小販嚇得腿一軟，直接跪在地上，手腳並用地走了。

婉兒吃了一驚：「那是沈天樞嗎？」

這種小地方竟引來「北斗貪狼君」沈天樞親至，周圍一圈人立刻退潮似的落荒而逃，空出一大片地方。

只見沈天樞伸手一指茶樓的門牌，他身後一個黑衣人登時應聲上前，一鞭子將茶樓的匾砸了下來。

掌櫃的踉踉蹌蹌地跑出來，見此陣仗，嚇得「撲通」一聲跪了下去：「諸位星君，諸位星君明鑒，小人開門迎客，做的是正經生意，不知犯了哪條國法，叫諸位大人如此大動干戈？」

那持鞭的黑衣人冷冷地說道：「別廢話，那匪人何在？」

掌櫃快嚇哭了：「大人哪，您去瞧瞧，『莫談國事』的牌子在牆上掛著哪，往日裡來此喝茶聊天的都是街坊，連不敬的話也不敢說一句的，哪裡會有匪人在此？」

婉兒小聲問道：「難不成是那書生的一句話惹了禍？這是什麼世道，話也不叫人說了！」

「不至於，」旁邊的布衣「吃貨」輕聲道，「就算朝廷興了文字獄，逮一個滿嘴醉話的文弱書生也用不著沈天樞出手，不然豈不是殺雞用宰牛刀！」

婉兒覺得這話怎麼聽怎麼彆扭：「這是什麼話！什麼『殺雞用宰牛刀』，喂！你這人到底是哪邊的？」

「吃貨」未來得及回答，便見那沈天樞下了馬，緩緩踱到那掌櫃面前，居高臨下道：「有個男人，身長八尺，一襲布衣短打，身揹一木匣，裡面裝的乃前日被斬首午門的欽犯與同黨往來的書信，你可見了？」

婉兒聞聽此言，猛一扭頭，與身邊的「吃貨」大眼瞪小眼。

那男人忙道：「不是我，我揹的不是木匣，是……」

他還沒說完，持鞭的北斗黑衣人便猝不及防地掀起一腳，正好踹在了掌櫃肩頭，掌櫃一聲慘叫癱倒在地。

「不在你這兒？」沈天樞陰陽怪氣地冷笑一聲，「那是我的眼線胡說八道了？」

他身後另一個北斗黑衣人立刻越眾而出，正是方才在茶樓大堂中小坐的其中一個。

「眼線謊報軍情，是要挖眼拔舌的，」沈天樞用腳尖點了點掌櫃的頭，「如今你二人中定有一個胡說八道，我要挖誰的眼，拔誰的舌？」

那北斗的眼線聞聽此言，嚇得抖似篩糠，隨即，他臉上露出狠厲之色，袖中翻滾，一線銀光倏地閃過，繼而他上前一步，一把抓住那掌櫃的下巴：「無知刁民，竟敢在沈大人面前扯謊！」

說著，他將刀刃狠狠往下一壓，便要捅進掌櫃的喉嚨裡。

眼看人就要血濺三尺，婉兒怒道：「住手！」

她這一聲才出口，一道人影卻從茶樓上飄然落下，正是方才南窗邊那心不在焉的中年人！

婉兒身後牽馬的布衣「吃貨」一把按住她。

與此同時，那茶樓下的中年人不知怎麼輕輕巧巧地一拂袖，那持刀行凶的北斗眼線便像斷線的風箏一般，從沈天樞眼皮底下飛了出去。

中年人負手而立，淡淡地看向沈天樞：「貪狼大人請了，你要找的人……恐怕就是區區在下。」

這人方才坐著時，尚且看不分明，此時一起身，只見他足有八尺餘高，也不見怎樣粗壯，然而單單是站在那裡，便叫人覺得穩如山嶽。

沈天樞沉聲道：「何方神聖，報上名來。」

那中年人含笑不語，也不掏兵刃，只朝沈天樞伸手做了個起手式。

沈天樞頂著「貪狼」之名，在朝堂江湖橫行無忌，何曾碰見過這種名都不報便要動手的渾人？當下擰緊眉，腳下紋絲不動，輕輕一擺手，手下眾狗腿立即一擁而上，將那中年人團團圍在中間。

中年人刀刻似的臉上輕輕一哂：「何必。」

話音未落，一排北斗黑衣人驟然發難，手中憑空多出一排不知什麼暗器，機簧聲「嗡」地一響，鋪天蓋地的毒針衝著那中年人疾風驟雨似的席捲而去，絲毫不顧念周圍不相干的百姓。

正在攙扶掌櫃的店小二來不及躲閃，嚇得「啊」一聲大叫，閉了眼等死。與此同時，另外幾個黑衣人從背後包抄而來，刀劍長鞭等七八樣兵器封住那中年人各個可回轉之處。

婉兒方才還在對著別人大放厥詞，此時直面北斗之威，臉色一時有些發白。

卻見那赤手空拳的中年人腳下不動，不知從哪兒摸出個布兜，當空甩了出去。眾人只覺得眼前土灰色的殘影飄過，「叮噹」一陣亂響，那破破爛爛的布兜好似個乾坤袋，張口便將空中的毒針一股腦地吸了進去。隨即他回身一推，單手擋開一柄長刀，手中布袋掄起，方才被收的毒針從四面漏風的破布口袋裡漏了出去，根根好似長了眼，衝那些北斗黑衣人「以彼之道，還施彼身」地呼嘯而去，一夥北斗黑衣人頃刻人仰馬翻。

婉兒聽那「吃貨」「咦」了一聲，低聲道：「是他！」

那中年人走轉騰挪間使的彷彿全是野路子功夫，底盤穩如泰山，電光石火間掀翻了十多個北斗黑衣人，腳下不過轉了個圈，一步未曾邁出，全然看不出是何方神聖。

婉兒忙問道：「是誰？」

「吃貨」按在布包上的手略微一鬆，露出一個微笑：「是一位神交已久、無緣相見的朋友。」

沈天樞眼角微跳，陰惻惻地說道：「閣下這樣的高手還要藏頭露尾，未免太難看了。」

那中年人笑道：「有刀劍說話，有拳腳做名，何必問姓甚名誰，『藏頭露尾』敬謝不敏，貪狼大人，要拿我，請。」

沈天樞怒喝一聲，飛身上前，暴虐的真氣打碎了地上的青石板，一時飛石亂濺，生生將一根長杆打斷，小販面無人色地落荒而逃。

婉兒輕叱一聲旋身而起，從袖中摸出一支碧綠的笛子，她輕功極好，腳下彷彿踩著蓮花，裙裾飛揚，飛掠至來不及逃竄的人群之前，三兩下擋住了濺起的碎石。再定睛望去，那中年人已經同沈天樞動上了手，一個沛然中正、內力渾厚，卻有意隱藏師門來歷，另一個招招狠辣，大有棋逢對手之意，兩掌交疊時，轉眼各自連退幾步。

中年人負手而立，神色淡然，說道：「荀大人所書，不過幾個志同道合之人私下往來的書信，並無半點逾矩，便是晾在光天化日之下，也沒什麼不可示人的，偏是有人多心，總想從家長里短的字裡行間瞧出『謀反』二字，株連出一場大案。荀大人既然已經獲罪，為防無辜之人蒙冤，在下不得不行此偷雞摸狗之事——那些書信已經盡數燒毀，貪狼大人也不必追討了——多謝承讓。」

沈天樞臉色紅了又白，一捂胸口，嗆出一口血來，依然不依不饒道：「你……你站住，報上名來！」

那中年人淡淡一笑，拂袖便要走。

那時中原武林，群星閃耀，哪裡容得區區北斗幾條走狗一手遮天？

眼見沈天樞折在此處，周圍有那不怕死的竟叫起好來。婉兒一甩被石子震麻的手腕，心裡快意，忍不住跟著露出微笑。

突然，遠處傳來一聲鷹唳，緊接著，急促的腳步聲自街角匆匆而來。中年人一頓，接著，兩個人一前一後地從長街兩頭帶人衝了進來，一個鷹鉤鼻，肩膀上還扛著一隻蒼鷹，另一個一身大紅官袍——正是北斗祿存仇天璣和武曲童開陽！

仇天璣與童開陽一邊一個堵住長街兩側，與那沈天樞遙相呼應，呈犄角之勢，將中年人與眾多看熱鬧的都堵在其中，足有上百個北斗黑衣人「呼啦」一下散開，將眾人團團包圍起來！

仇天璣笑道：「大哥可是碰上硬茬兒了？」

沈天樞面露羞惱，撫胸不語。

童開陽陰冷的目光一掃周遭人群：「有礙公務的與窩藏欽犯同罪，拿下！」

話音未落，堵在街道兩側的北斗黑衣人便一擁而上，婉兒忍無可忍，怒道：「你們沒有王法了！」

少女的嗓音清亮地穿入風中，仇天璣猥瑣地笑了起來：「小姑娘家拋頭露面不說，摻和在這些賊人中間，也未必清白無辜，拿了她！」

婉兒聽得身後厲風襲來，她一抖長袖，甩出兩支袖箭，撞飛了那偷襲的北斗，耳畔卻聽見尖鳴，她只覺眼前閃過一個灰影，那仇天璣手上的獵鷹閃電似的當空飛過，一爪子抓向她的頭臉。

婉兒嚇了一跳，慌忙閃避，仇天璣卻已到了近前，鷹爪似的手抓向她的胸口，同時口中呼哨一聲，牆頭、路邊的北斗黑衣人齊刷刷地拿出了一種黑色的金屬長管。隨著仇天璣一聲令下，毒水雨點似的射了過來，落到石板上「刺啦」一聲，竟將那石板燒出了好長一條烏黑的疤。

婉兒慌張之下步伐微亂，衣角已經濺上了毒水，飄逸的裙邊登時被燙出了一個焦黑的大洞，周遭亂成了一鍋粥。沈天樞與童開陽猱身而上，一左一右地將那中年人逼至街邊，仇天璣的毒水直叫人左支右絀。

仇天璣一掌拍向婉兒的小腹，朗聲道：「我北斗替朝廷辦事，替天行道，就是王法！」

婉兒驚呼一聲，突然，一個布兜凌空掃過來，正撞在祿存星那一掌上，仇天璣整個人好似一匹失了前蹄的馬，往後一仰，踉蹌數步才站穩。婉兒只覺身後一股渾厚之力隔空湧向她背心，堪堪站穩，震驚地扭頭一看，竟是那「相助也未見得拔刀」的「吃貨」。

他在手掌碰到婉兒前便撤了手，彬彬有禮道了句「失禮」，衝仇天璣道：「北斗就是王法，閣下此言未免過了。」

仇天璣駭然抬頭：「你……」

那「吃貨」整個人如大鵬一般翩然而起，連出幾掌，掌法如不周之風，叫人瞧不清來龍去脈，轉眼便將噴毒水的北斗黑衣人清理了大半。

被沈天樞和童開陽圍在中間的中年人見了，大笑道：「我道是誰，原來是你，朋友，神交已久！」

「吃貨」聞聲，落在中年人身邊，手中長布包「鏘」一聲輕響，露出了一把和人一樣平平無奇的唐刀……

「我知道，我知道，那就是破雪刀！」豆蔻年華的女孩子提著碧綠的裙子湊到霓裳夫人身邊，諂媚地替她捶著腿，「浮波手是老班主見過破雪中『無常』一式，驚鴻一瞥，若有所悟，閉關三年而創！」

另一個著水紅色衣衫的女孩子問道：「那麼……那個始終不肯說自己是誰的中年人又

是誰呢？」

霓裳夫人尚未來得及說話，著碧綠裙子的女孩便搶著道：「妳傻啦，那自然是後來與南刀大俠有八拜之交的霍老堡主啦！」

「就妳知道得多！」

「妳傻！」

霓裳夫人無奈地看著手下的小猢猻，有一搭沒一搭地撥了幾下琴，擺手道：「玩去吧，別來鬧我了。」

少女們嘰嘰喳喳地跑了出去，門也忘了給她關。

霓裳夫人偏頭看向牆角，那裡孤零零地掛著一把重劍，劍銘為「雪」，與長刀「望春山」系出同源。

當年不知天高地厚的少女婉兒，已經褪去了嫩黃的紗裙，如今嘴唇嫣紅，目光中沉澱著悠悠起落的繁華與破敗。

南刀與霍老堡主於京郊初次相見，那時京城還不叫舊都，婉兒還不叫霓裳，北斗尚未能一手遮天，滿地魑魅還藏頭露尾在陰影中——

而今，山未老，雪消融，長刀已斷，江山合久而分，分久又合，轉眼一代新人。

她垂首看向桌案上的話本，那是千歲憂的新作，這一折就叫作《春山沉雪》。

番外二　託孤

世道也是越發不太平了，戰火燒焦了衡陽，舊山河一片狼藉，得往南，再往南——南到臨近湘江之處，到了邵陽，方得一方苟且似的太平。

邵陽也是蕭條，但畢竟離前線遠些，尚能叫人提心吊膽地偏安一隅。

霓裳夫人第一次仔細看周翡，是那少女剛從驚心動魄的衡山密道中脫困而出，又打退了上門踢館的南疆大刀楊瑾。初出茅廬的少女身上帶著戰意未消的刀鋒意味——那是霓裳夫人熟悉的味道。雖然周翡尚且稚拙，卻叫她想起了二十多年前的故人：「我和妳外公淵源甚深，想當年，我像妳一樣大，就是跟著他們闖江湖的。」

周翡面上不動聲色，眼角眉梢卻露出小女孩式的好奇，恨不能她再多說一點先人的故事。

「譬如妳先前遇上的鄭羅生，就同我們有過節，他那時在杏子林裡擺了個『閻王鎮』，好生大言不慚，往來過客都得交過路錢，老霍一腳將那『閻王』踹折了，那鄭羅生眼見打不過，面也不露，灰溜溜就跑，」霓裳夫人說到這裡，嘆了口氣，「大概不要臉的人總能活得久一點。不過這都不凶險，凶險的反倒是一處匪窩……」

「姑娘，再往前，便是『殺虎口』了，聽小的一句，可莫要去了。」

寒酸的小店頂著一面破了洞的酒旗，破洞太多，酒旗迎風也難以招展，半死不活地耷拉著。老人又是掌櫃又是小二，身兼數職，慢吞吞地拎著癟口銅壺往破口的茶杯裡倒水，因見婉兒生得貌美，便忍不住多嘴提醒她。

婉兒不以為意，嬉皮笑臉道：「殺虎口難道還有老虎不成？正好抓了那畜生回來，扒皮抽筋，用骨頭泡酒。」

「哎喲，妳這女娃子。」老人嘆了口氣，「哪兒來的老虎？真大蟲來了，在殺虎口也活不下去。妳推開窗戶往遠處瞧，瞧見那山連著山了嗎？那處漫山遍野都是匪盜響馬之流，興頭上來，燒殺搶掠，無惡不作。現如今，走得動的都背井離鄉了，剩下的老弱病殘，每日還要給匪老爺上供，否則輕則鬧得你家宅不寧，一個不好，一家老小的小命都保不住。」

旁邊霍長風聽了一愣，問道：「朝廷不管嗎？」

「管，朝廷也發過兵，可那大軍一來，他們便撤往關外，荒山野嶺地到處一躲，大海撈針似的，天王老子也找不著。大軍一走，他們便又捲土重來，還要變本加厲，據說連那郡守老爺的腦袋也給割了去，在城牆上掛了三天嘞。新郡守不敢得罪他們，只能巴結討好，你來我往打得火熱，現在倒像是和那些個響馬官匪勾結、蛇鼠一窩似的，唉！水開了，小人給客官們下碗麵來墊墊。」

老掌櫃說者無心，李徵和霍長風也只是隨耳聽、隨口問，人間不平事見多了，就知道

「四方行俠仗義」只是少年們的憧憬，大俠也是會吃喝拉撒的肉體凡胎，填不平世道上的溝溝坎坎。

唯獨初出茅廬不知天高地厚的婉兒聽進去了。

當晚，李徵正在房中打坐，忽然聽見有人鬼鬼祟祟地敲門，他一睜眼，從破雪刀的漫天寒意中回過神來，將收未收的刀鋒凝成看不見的森然之氣，從門縫中掃了出去，在門口探頭探腦的女孩無端打了個哆嗦。

婉兒叫道：「李徵，李大哥，李吃貨！」

李徵無奈，只好趿屣（注）而起，拉開房門，故意板著臉道：「深更半夜的，妳一個女孩子，跑來敲男人的門做什麼？」

婉兒出身羽衣班，走南闖北，被班主慣得不像話，才不管什麼男女大防，毫不見外地擠開他，自己進了屋，興致勃勃道：「李大哥，你不想瞧瞧那些個連朝廷都奈何不了的土匪嗎？」

李徵將長刀掛起，又挑亮了燈，倒了杯溫茶水給她，慢吞吞地將雙手揣在袖子裡，像個剛刨完地的老農。他打了個哈欠，方才絕代刀客的氣質蕩然無存，嘀咕道：「土匪？土匪有什麼好瞧的？」

「以往碰見的都是些過不下去的小賊，我就沒見過真正的悍匪。」婉兒道，「我打聽

注：趿是以腳撥取東西。屣是木頭鞋或鞋的通稱。

了，此地離殺虎口尚有百十里，老百姓就已經這樣戰戰兢兢，臨近殺虎口的那些個城郭村鎮的又要怎麼樣？」

李徵聞言想了想，一點頭，說道：「不錯。」

婉兒眼睛一亮：「那我們……」

「既然不好走，」李徵說道，「我們繞開去也好。」

婉兒：「……」

李徵道：「妳啊，早點休息，明天一早，我同霍老兄商量商量就起程——怎麼了？」

婉兒跳了起來：「你……你就打算一走了之？」

李徵揣著手，臉上有一圈剛剛露頭的細碎小鬍渣，又茫然又窩囊地看著她。

「你可是南刀，不是應該路見不平，那個什麼……」

李徵擺手笑道：「什麼南刀北刀，江湖朋友們閒來無事瞎說的罷了，朝廷都管不起，我算什麼？」

婉兒同他一路走來，只是覺得李徵頗有些「與世無爭」，好似個麵糊的男人，軟和得很，平白無故能讓一分就讓一分，絕不與人起干戈，根本沒有傳說中「破雪刀」的霸道。

婉兒一度以為他只是生性淡泊、虛懷若谷，現在看來，分明只是得真情實意！

她沉下小臉，重重地「哼」了一聲，在李徵莫名其妙的目光下轉身就走，心道：我不同你這懦夫一道了。

第二日一早，天尚未破曉，婉兒就已經將自己打點完畢，她將一頭長髮束起，換了個男人的裝束，招呼也不打便騎馬悄然離開，直奔殺虎口，打定了主意要去行俠仗義。

殺虎口沉鬱蒼涼，與涼州相交，黃土漫天，煙塵嫋嫋，雄關默不作聲地高踞於連綿山脈間。再往北，便是一望無際的關外蠻荒之地，過往商客也曾在此絡繹不絕，此地也曾熱鬧過。舊時的廟宇店舖房舍尚在，然而已經十室九空，甚是蕭條。

婉兒在附近鎮上轉了許久，見鎮上只有一處旅店，總共沒有巴掌大的小院，門口的車馬堵了一路，像是個什麼鏢局的人途經此地。她探頭一看，看到那樓下廳堂都擠得滿滿當當，眼看是沒房了。

她一個獨身上路的大姑娘，自然不便和那好些漢子擠在一起，只好轉往別處，一直徘徊到了傍晚間，也沒能找到個落腳的地方。正在這時，街角卻有一戶人家開了門，許是被來來回回的馬蹄聲驚動，一個頭髮花白的老婦人警惕地循著馬蹄聲望去，將婉兒瞧了個正著。

婉兒機靈得很，仗著面嫩臉乖巧，連忙湊上前去，說道：「大娘，晚輩途經貴寶地，沒找著打尖住店的地方，可否厚顏請您收留一晚……呃，您放心，我不是什麼歹人。」

老婦一把年紀，自然瞧得出她是個大姑娘，見她一張小臉乾乾淨淨，雙手捧著個繡花的荷包，心下一軟，猶豫片刻，輕輕往後一退，低聲道：「進來吧。」

婉兒尚未來得及歡喜，那老婦又看了看她的馬，遲疑道：「姑娘，這馬……怕是不好進門。」

婉兒愣了愣，以為人家住家院裡嫌棄畜生，殺虎口鎮總共沒有幾步路，倒也不必非得有代步的工具，便也通情達理，說道：「那個無妨。」

她趴在馬耳邊說了句什麼，在牠後脊上輕輕一拍：「在城外等我。」

馬好似通靈性，親昵地從她手上舔走了一把黑豆，穩穩當當地自己跑了。老婦稀奇地多看了兩眼，嘖嘖稱奇，一邊將婉兒讓進屋裡，一邊說道：「不為別的，我們小門小戶，院破牆矮，姑娘那神駿太高，恐怕藏不住啊。」

婉兒奇道：「為什麼要藏？」

老婦臉色微變，搖搖頭，卻不肯多說。

鄉里農家，自然是粗茶淡飯，好在婉兒雖然嬌慣，卻也是自小隨著班主跑慣了江湖的，並不在意。只是天色才一黑，那老婦便仔細地將院門鎖了，將婉兒引進廂房，又細細叮囑道：「姑娘夜裡不管聽見什麼，萬萬不能露面，也不要到院裡去，切記。」

婉兒問道：「大娘，那是為什麼，這鎮上夜裡還鬧鬼不成？」

老婦沒來得及答話，便聽遠處傳來一陣低啞的號角聲，好像有什麼怪獸驚醒過來，繼而是混亂的馬蹄響。那老婦面露驚惶，一回手將那門帶上，哆哆嗦嗦地連上了兩層鎖，衝著婉兒拼命擺手。

婉兒一愣，走到窗邊，將破敗的窗戶紙掀開一角往外望去。那院牆確實是矮，彷彿只是個擺設，隨便張望一眼，院裡院外的人能對上眼。

只見一群身負兵器的青壯年男子從小鎮盡頭縱馬而來，方才還有些人煙的大街上空曠一片，宛如鬼城！

這夥人個個是練家子，為首一人騎一匹棗紅大馬，背後是一面獵獵作響的大旗，黑底紅字，上書「殺虎口」三個字。轡頭上繫著兩個頭骨，看尺寸，恐怕死時還都是未長成的孩子。這些人一陣風似的掠過，直奔那客棧而去。

婉兒正要上前看個究竟，老婦人卻一把拽住她，口中道：「使不得，這些人是殺虎口的悍匪，殺人不眨眼的！」

婉兒道：「這些匪人這樣猖狂，天還沒黑就公然到大街上……這是要做什麼？」

她們說話間，客棧那邊已經亂了起來，馬嘶人叫嚷，火光衝天，沒多大一會兒工夫，竟彷彿動起手來，刀兵亂撞的響動順著夜風呼嘯而去，緊接著，又有焦糊味夾雜著血腥味飄過來。老婦緊緊地攥著婉兒的手，嚇得面無人色，低聲道：「我們這地界，哪裡容得下外人！鎮上都有他們的眼線，有什麼都不知道的過路客一頭撞進來，窮困潦倒的小商小販倒也罷了，他們看不上，但凡有點家底的、有點姿色的，都逃不出雁過拔毛的下場——姑娘，聽我一句，明兒個一早，妳便趁天沒亮，快快地走吧，繞開殺虎口，可千萬別撞在他們眼裡啊。」

婉兒皺了皺眉，她分明記得那客棧裡一水兒的高頭大馬，是一夥看著就不好惹的鏢師，平日裡刀尖舔血，自有手段，想必不會被區區一夥山匪怎樣。可是聽著那喊殺聲，她又隱隱有點不安，感覺自己這回恐怕是托大了。

那喊殺聲到了後半夜方才結束，整個鎮子就跟死了一樣，連開窗查看的都沒有。老婦人早已經在恐懼中和衣睡下了，婉兒卻毫無睡意，她側耳聽了片刻，將門推開一條小縫，鑽了出去。

羽衣班出身的姑娘，輕功好看得不行，輕靈曼妙。婉兒人影一閃，悄然滑過死寂的小巷，直奔那破破爛爛的客棧。沒到近前，她心裡便是一驚——那客棧門口斑斑點點的都是血，早先停在此地的車馬全都不翼而飛，只剩下一杆破旗，上面「中原鏢局」四個大字被一把長刀刺穿。

要知道，一般不入流的鏢局，可不敢誇下「中原」鏢局這樣的海口，江湖風雨飄搖，倘若名起得太大壓不住，反而容易招禍。婉兒初出江湖，也知道這「白道第一鏢」的名頭。「中原鏢局」至今，歷時三代，名號是一輩一輩人把腦袋別在腰帶上闖出來的，走別人不敢走的鏢，蹚別人不敢蹚的路，難不成會栽在一群小賊土匪身上？

婉兒邁步走進小客棧中，只看了一眼，便被震住了——只見那頭天晚上還熱熱鬧鬧的大堂中桌椅狼藉，血跡彷彿潑灑的梅子水，將整個地面都糊住了，一宿也沒乾。屍體摞著屍體，殘臂斷腿飛得到處都是，大堂正中間有一鬚髮花白的老者，雙臂齊斷，胸口被三把鋼刀洞穿，正怒目瞪向正門。婉兒目光和他對上，下意識地後退半步，一腳踩進血水中。她的心狂跳片刻，好一會兒方才壯著膽子近前查看，越看越覺得觸目驚心——那老者太陽穴高高鼓起，顯然是個內家高手，斷臂處傷口整齊得好似快刀削過的豆腐，這得是多大的勁力，多快的利器？

一股涼意順著少女的後脊樑上了頭，她突然意識到，自己當時見人滿為患沒有在此逗留，恐怕是逃過了一劫。

這時，後面突然傳來一點細微的動靜，羽衣班以音律舞蹈為生，耳音都是極靈的。婉兒激靈一下，伸手按住腰間短劍，小心地往那空無一人的後堂中走去，那聲音卻是從堆得高高的柴火裡傳出來的。

婉兒問道：「誰？」

柴火堆裡沒人應聲，她小心地將那堆在表面的柴挪開，裡面竟隨著她的動作滾出一個人來。那人八尺有餘，不知受了什麼傷，整個人如同一個破口袋，肌膚滲血，軟綿綿地垂在一邊，雙目睜著，竟然還有微弱的氣息！

此人全身上下，只有一條右臂尚存，仍是全鬚全尾地垂在胸前，護著個一臂長的小嬰兒，那孩子面色鐵青，似乎是已經氣絕了。婉兒吃了一驚，連忙上前，伸手去推那男子，小聲叫道：「大叔，大叔？」

手指甫一觸碰那人，她頓覺一股微弱的勁力反彈，婉兒吃了一驚——以前聽師父提起過，中原鏢局的總鏢頭名叫「常歡」，有一手遇強則強的絕活，能將人打在他身上的勁力反噬給施力者，江湖人稱「輪回手」。

可……「輪回手」怎麼還會親自走鏢？

他親自走鏢，怎麼還會被劫？

這些盤踞在殺虎口的山匪難不成比活人死人山的大魔頭們還厲害？

彷彿是她那輕輕一碰驚動了常歡，那只剩一口氣的人突然迴光返照，眼睛裡閃過一縷光，目眥欲裂地瞪向婉兒。

「我是路過的，」婉兒嚇了一跳，忙道，「我……我不是壞人。」

那血葫蘆似的男人喉間發出「咯咯」的響動，話卻不成聲，拼死一咬牙，竟將自己撐了起來，把那死孩子推向婉兒。婉兒吃了一驚，感覺懷裡被人塞進了一具小小的屍體，她來不及反應，卻見男人驀地扣住那孩子後心，在那巴掌大的小後背上點了幾下。

婉兒雙手感覺到微弱的勁力，下一刻，她睜大了眼睛——懷裡的小嬰兒輕輕地掙動了一下，竟好似又有了氣息，有氣無力地張了張嘴。他沒能哭出聲音來，小小的頭軟綿綿地垂在旁邊，細細地哼唧了一聲。

婉兒睜大了眼睛：「輪回手……你……你是常總鏢頭不是？」

「輪回手」遇強則強，還有一門獨門祕技，就是上一代人可以在自己臨終時，將畢生功力傳給後人，中原鏢局世世代代生生不息，也有這樣的緣故。

常歡不答，抵在嬰兒後心的手指不住地顫動，皮肉迅速灰敗下去。片刻後，他狠狠地一顫，手掌倏地落了下去，眼神已經散了。婉兒大驚，手忙腳亂地將那嬰兒抱好：「常大俠，喂，常大俠！我說我不是壞人你就信嗎？你……你說句話再死啊，到底是讓我怎樣……喂！」

突然，地面傳來震動，婉兒吃了一驚，聽到隱約有馬蹄聲逼近。那馬蹄聲轉瞬到了近前，又有人聲響起，她聽到有個男人陰惻惻地說道：「那東西沒找到，拉回一堆破銅爛鐵做什麼！搜！肯定還在死人身上！」

婉兒顧不上細想，一把抱起孩子，朝後院跑去，才到門口，後院卻傳來了狗叫聲和腳步聲。她猛地停住腳，再要往回走，卻聽身後的大堂中一陣亂響，那些凶手已經進來了！

婉兒進退維谷，倏地從袖中抖出一條長練，纏上房樑，翻身而上。病弱的孩子細微地掙扎起來，小小的喉嚨裡發出倒氣的聲音，彷彿隨時準備重新投胎。她心裡急得要著火，方才將長練收回袖中，便聽外面有人說道：「這兒有個腳印，往後堂去了！」

婉兒一口方才要放下的氣陡然又提起，倏地一低頭，看見自己鞋底上赫然沾著一塊已經乾掉的血跡，從外面一路踩進來，就停在那常歡的屍體旁邊。

「啪」一聲，後堂的木門被人一腳踹開，一夥渾身帶著血氣的人凶猛地撲進來。婉兒的心提到了嗓子眼，她蜷縮在房樑一角，一動也不敢動，眼睜睜地看著那些人用刀劍挑起常大俠的屍體。為首一人看了他一眼，凌空拍出一掌，只聽一聲裂帛聲響。

婉兒劇烈地哆嗦了一下，見常大俠的屍體好似破布條一樣，頃刻間四分五裂。

這是何等可怖的內力！

而就在這時，好巧不巧，婉兒懷中那只剩一口氣的小嬰兒不知是被她勒疼了還是怎樣，竟發出一聲貓叫似的輕哼！

這孩子是掃把星轉世嗎！

婉兒周身汗毛倒豎，直接抱著那孩子翻身自房樑上一躍而下，腳一點地，她便頭也不回地往外衝去，這動作不可謂不敏捷，可身後的刀鋒竟比人快。她只聽耳畔「嗡」一聲，利器已經逼至後心，婉兒驀地從袖中甩出一截琴弦，頭也不回地朝著刀鋒彈了出去。雖然不知這些人有何恩怨，可是傳說中的「輪回手」常總鏢頭尚且折在這裡，她一個後輩無論如何也不敢托大，當下毫不糾纏，只仗著自己輕功好，想要盡快突出重圍。

婉兒的琴弦乃精鐵所製，能甩開幾十斤重的巨石，但這一出手，手中卻是一空——琴弦竟被當空斬斷！她猝然回頭，流星似的刀刃已經壓上了她的頭頂，婉兒拼盡了全力將自己蜷成一團，就地滾了出去。那長刀擦著她的後背直劈入地，一縷長髮被釘入地面半寸，地面石土飛揚。

這一下倘若挨得實了，怕是要腦漿迸裂！

婉兒心下駭然，自知萬萬不及，可是不等她起身，匪徒們已經從四面八方包抄上來，將她團團圍在中心。少女手腳冰涼，緊緊抱著懷中嬰兒，這小死孩子不該出聲的時候哼唧，該出聲的時候又啞巴了，此時一聲不響，她又不敢低頭查看，幾乎懷疑他已經死了。

匪首人高馬大，手中拿著一把凜冽的唐刀，他相貌竟頗為端正，神氣中卻帶著血氣。將沾滿了長髮的刀尖甩了甩，他目光在婉兒身上一轉，笑道：「哪裡來的漂亮小娘子？昨天是哪個瞎子清掃的客棧，竟能把妳都漏過去？」

婉兒定了定神，強作鎮定道：「我……我只是個過路的，誤闖客棧，不知貴寶地的規矩，多有得罪，還望……」

「過路？」那提刀之人大笑一聲打斷她，「小娘子，咱們這鎮上可不曾有過路的，就連飛進來的蒼蠅，也是我殺虎口的東西。妳啊，乖乖的，把妳手上那藥人放下，跟著我們上山吧。」

婉兒眼珠一轉：「我手中只有個死孩子，哪兒有什麼藥人？」

「中原鏢局的常歡，前世不修，兒子生下來就是死胎，誰不知道！這老小子這些年財大氣粗，竟弄到了當年大藥谷呂國師的仙丹，強行留下這崽子，將他泡成了個『小人參』，吃一口肉長十年功力，死的也行，可是得新鮮——哈哈，不瞞妳說，常歡他們過了太原府，便被我們的人盯上了，打著個破旗號，真當自己無敵了？讓他嘗嘗我這天下第一刀的手段。」

婉兒本意是要拖延時間，一邊聽他說，一邊緩緩地在原地踱步，找能突圍的口子，饒是帶聽不帶聽地聽上一兩句，也直犯噁心。那匪首話音未落，她突然瞅準了一處缺口，飛掠而出。

眾賊寇見她要跑，一擁而上，婉兒咬咬牙，三根琴弦同時自掌中彈出，在空中「咻咻」作響，並不以傷人為目的，只是左躲右閃。

一杆長槍當胸挑來，婉兒倒抽一口涼氣，險些被捅個對穿。千鈞一髮間她一矮身閃過，髮髻被長槍挑了個正著，頭皮上一陣尖銳的刺痛，披散下來的長髮亂飛一通。那匪首怒道：「臭丫頭，給臉不要！」

身後索命的刀聲又至，婉兒避無可避，心裡絕望，嘴上卻不饒人道：「小賊，你算什麼天下第一刀！呸，你給南刀提鞋也不配，李徵！李徵！」

那匪首聽了她的叫喊，竟是微微一愣，刀鋒一滯，任憑她逃了出去。

婉兒已經躥到客棧門口，兩個起落飛身上房，本來大鬆了口氣，以為自己即將突出重圍，目光往下一掃，卻愣住了——只見圍著客棧裡裡外外，足有上千人，匪旗下是黑壓壓的人頭，殺意森然地望著她。

她的心沉了下去。

這時，那持刀的匪首緩緩從客棧中踱步而出，仰頭望向房上的少女，背手道：「南北雙刀，久負盛名，李徵以其九式『破雪』，號稱天下第一刀。我手上這把刀，沒有什麼花哨，也沒有那麼多風花雪月的名號，只是浴血而生，刀下亡魂無數，砍殺千人不捲，不知比李大俠的破雪如何？李大俠既然也來了，何不出來一見？」

婉兒不告而別，哪裡去找李徵？方才不過喊出來嚇唬人而已，眼看那匪首竟然還當真了。

她正不知該如何收場，只見那人倏地將長刀往地上一戳，朗聲道：「看來李大俠不想見我，可我刀已開刃，不見血萬萬沒有歸鞘的道理，既然如此……嘿嘿。」

婉兒還沒反應過來這一聲「嘿嘿」是幾個意思，便見那逼人的刀鋒一言不合已經近在眼前！她悚然一驚，這才發現，方才在客棧中，匪首竟未出全力，此時一刀落下，彷彿關外的狂風捲過，叫人避無可避、逃無可逃，整個人罩在其中，連躲閃都不知道往哪兒去！

就在這時，只聽「鏘」一聲，一根枯枝應聲而落，在少女鼻尖前兩寸處與那匪首的長刀短兵相接。樹枝旋即化為齏粉，簌簌地砸在婉兒腳面，她額角鬢邊的碎髮忽地向後別去，臉上幾乎感覺到刀割似的疼。

長刀的攻勢本不會被一根枯枝截住，那匪首只需將長刀再逼近兩寸，就能將婉兒一分為二。可那枯枝不偏不倚，正打散了他那一刀的「氣」。匪首顧不上婉兒和那半死不活的孩子，緩緩地轉過頭去，只見數十丈以外，民房頂上，一個衣著樸素、貌不驚人的中年男子身揹一長布包，手中抓著一把枯枝。

劫後餘生的婉兒慘白的嘴唇動了動，低喃道：「李大哥。」

李徵，南刀李徵。

李徵四平八穩地衝匪首伸手作長揖，口中依然是彬彬有禮道：「久聞殺虎口有一刀客，手中一把唐刀，自從北刀出關離去，便將『北刀』之名擅自據為己有，想必就是兄台吧？」

那匪首沉聲道：「我手中這把唐刀，承自斷水纏絲，我姓樂名堂，願與南刀一較高……」

李徵笑了起來。

那匪首皺眉道：「你笑什麼？」

「斷水纏絲，我有幸見過一次，」李徵笑道，「刀法纏綿詭譎，但自有分寸方圓，不像仁兄這刀，什麼東西，少汙人名聲了——至於你姓甚名誰，沒人想知道，今日你死於我刀下，日後傳出去，也只配叫『小賊』……」

婉兒：「……」

李某人這樣一個在集市上踩人腳都要唸聲「阿彌陀佛」的麵團，竟然也有出言不遜的一天，婉兒懷疑是自己的耳朵出了毛病。

然而那匪首的耳朵顯然沒毛病，他當下大喝一聲，提刀便朝著李徵砍去。

李徵一片浮萍似的輕輕蕩開，單手持刀，隨意撥擋，活似和同門推手餵招，顯得那匪首的刀法熱鬧得有些浮躁了。周圍群匪一時全都不能上前，婉兒被刀風嗆得張不開嘴，只能死死護住懷中不知死活的孩子。

突然，熟悉的馬嘶聲沿街響起，婉兒吃了一驚，定睛望去，只見自己那匹頗通靈性的小馬竟然沿街跑了過來，李徵頭也不回道：「走！」

婉兒下意識地縱身從房頂上一躍而下，剛好落在那馬背上，韁繩尚未扶穩，馬已經衝了出去。

婉兒大叫道：「李大哥——」

雙刀相撞分明離她有數丈之遠，那一刻金石之聲卻彷彿就在耳邊，「鏘」一聲，刀聲漫過人的心口，直逼咽喉。婉兒睜大了眼睛，那一瞬間，她看見了李徵刀上的鋒芒，布包隨意裹著的長刀刀背厚重古拙，不見刀鋒，然而那鋒芒又好似無處不在，譬如雪山一怒，山脊傾頹，漫天的殺機轟然落下。

破雪——無鋒之刀。

婉兒想要掉轉馬頭，群匪卻自她身後圍堵上來，箭矢亂飛。她抱著那孩子，好似抱著個天大的累贅，應對得捉襟見肘，無數刀光劍影從破敗的小鎮窄巷中湧出，圍追堵截著向她而來，那馬跑瘋了，嘶聲咆哮著硬生生從中闖出了一條路。

殺虎口縹緲的群山中旭日初升，漫天的朝霞被塗上一筆血似的紅，婉兒彷彿是哭了，可是眼淚尚未離開眼眶，已經被朔風舔去。

就在這時，地面震顫起來，遙遠的鼓聲乍起，婉兒吃了一驚，見遠處煙塵滾滾，竟好似大隊人馬前來。

「他怎麼又哭了！」婉兒大驚失色，手忙腳亂地抱起那倒楣孩子不住地拍，誰知她這一拍，那小崽子反而鬧得更凶了，尚且直不起來的脖子一哽一哽地抽動，五官皺成一團，眼看要斷氣，「李大哥！李大哥！救命！」

霍長風無可奈何地拽住拉車的兩匹馬，揚聲道：「李兄，勞駕你們倆換換。」

李徵無奈，只好任勞任怨地將馬讓出來，上車哄孩子，這車還是他們臨時添置的——那日在殺虎口驚心動魄，最後以交遊甚廣的霍堡主從三十里開外的郡守處借來兩萬官兵收了尾。官兵也不是不想管，只是每每一動兵，匪人總要逃往關外，不能斬草除根。那匪首自號「北刀」，手段陰毒，武功奇高，殺進裡三層外三層的府邸取前一任郡守的腦袋如探囊取物一般。朝廷官員最忌諱這種來無影去無蹤的刺客。如今朝廷式微，趙家人按下葫蘆浮起瓢，反賊五湖四海都是，哪兒有心情管這窮鄉僻壤的麻煩！郡守也有妻兒老小，也怕死，只好多一事不如少一事。

誰知這假「北刀」遇上了真「南刀」，郡守曾與霍堡主有一面之緣，聞聽此言頓覺機不可失，立刻下令連夜奔襲殺虎口，總算是剜下了這塊毒瘡，只可惜枉死者終未得見天日。

霍長風打探到，這孩兒乃常總鏢頭中年方得，常夫人拼死生下他，沒多久便一命嗚呼。孩子也是胎裡帶病，常總鏢頭到處搜羅靈丹妙藥，苦苦保下這孩子一條性命，不料還招來了宵小覬覦。此番路過殺虎口，是常歡聽說關外有一神醫，帶著孩子前去尋訪。中原鏢局的常總鏢頭成名多年，又帶著手下眾多弟子，想必也未將一山匪徒放在眼裡，不想神醫萍蹤難覓，自己反而折在此地……也是一代英雄。

中原鏢局精英盡折，常家又人丁寥落，霍長風得知常夫人母家還有一個小妹，嫁給了山川劍殷聞嵐。殷大俠家大業大，又是謙謙君子，想必不會介懷多養個外甥，便由霍長風送了信，一路往殷家莊趕去。

殷聞嵐本來在外遊歷，聞信親自趕回來，在衡山與他們會合，不料被大雪堵在衡山腳下。殷聞嵐同李徵以武相會，山川劍和破雪刀不相上下，打了足足三天，各自折了一刀一劍，自此一見如故。

「羊奶燙了，」李徵像個老媽子一樣絮絮叨叨地指點婉兒，「涼了以後羶氣難掩。他脾胃虛弱，可能不願意喝，不是買了蜜嗎？滴上幾滴就好……哎，不是那麼抱的。」

殷聞嵐坐在馬背上，笑盈盈地注視著這邊：「李兄帶孩子倒是頗有心得。」

「慚愧，」李徵有條不紊地給那男嬰餵了奶，又輕輕地拍著他打了嗝，「內子早逝，家中一兒一女，都是我帶大的。」

「一兒一女一枝花，李兄真是有福氣。」殷聞嵐膝下無子，聽了這話，面露豔羨，又看了一眼那孩子，忍不住道，「給我抱抱吧。」

殷聞嵐小心翼翼地接過那脆弱的男嬰，在李徵的指點下略有些僵硬地調整姿勢，驚奇地看著這個還沒有山川劍劍鞘沉的小東西，不甚熟練地哄了兩下。男嬰大概是吃飽喝足，方才又哭累了，眨巴著哭腫的小眼睛，衝他露出了一個「無齒」的笑容，眼皮眨巴兩下，竟就這麼蜷縮在他的大手裡睡著了。

殷聞嵐大氣也不敢出，聲音幾不可聞地道：「常兄可給他起了名字？」

婉兒道：「他脖子上有個佛牌，後面刻了名，是單字一個『沛』。」

「沛兒。」殷聞嵐低低地叫了一聲，男嬰吐出個泡泡，巴掌大的胸口淺淺地起伏，殷聞嵐沉吟片刻，說道，「我與夫人也是一直求子不得，既是她的親外甥，我也替她做個主，就收下這孩子當作親生骨肉吧。如今他的殺父仇人既已經伏誅，舊仇多提無益，我看……這番故事便不要對外人說了，日後等他長大成人，心智長成再同他說，好不好？」

眾人自然毫無異議。

殷聞嵐撿了個便宜兒子，一路抱著不肯撒手，到最後，兩大高手擠在一輛小馬車上，一路嘰嘰咕咕從餵奶說到尿布，反倒讓婉兒打馬在前，替他們開路，翻著白眼聽車裡傳出來的隻言片語。

「習武有什麼好的？不能學就不學，學得和我們這些武夫一樣不好，不如好好讀書，將來考個狀元當當，也能濟世救民。」

「正是，哎，殷兄，你是沒看見我那個丫頭啊，野猴子一樣的混帳，成日裡樹上爬泥裡滾，我瞧著總是不如別家女娃秀氣……唉，可愁死我了，當爹的總盼著養出個漂亮水靈的小女兒，可又擔心她性情柔弱，世道不太平，將來未免度日艱難，真是兩難。」

「李兄，虎父無犬女，令嬡長大肯定又漂亮又厲害。」

「別提了，我看她那模樣底子就像我，一點也不似她娘，將來在美貌上大概成就有限……」

「哈哈哈哈！」

然而若干年後，四十八寨真的有了個漂亮水靈的小女兒，而且性情並不柔弱，以其有限天資，將險些失傳的破雪刀開出了「無常」一脈。

只是李徵未能有幸得見。

那個名叫「沛兒」的男孩，也終於在陰錯陽差之下，有負長者期望。他被一段血海深仇蒙在鼓裡，老天便又給他降下另一段血海深仇，宿命一般，終於未能長成個濟世救民的英才。

也許常歡逆天改命，強留下那個死胎，並非明智之舉——

無論如何，這是江山一代又一代的風流往來客。

番外三　夜深忽夢少年事

他聽見風與浪不分彼此，時而近在耳邊，時而又遠在天際。那是海的聲音，他自幼聽慣了的，身在這小小的島嶼上，隔絕塵世喧囂，一眼能望見天際。

天際，何其浩渺，而礁石上的凡人，就如同身陷囹圄的螻蟻，終身逡巡盤旋，過上三寸晨光，這一生，便走馬觀花似的匆匆掠過了。

謝允在半夢半醒間伸手一撈，沒碰到人，一愣之後，他清醒過來，這才想起來，自己這是回了蓬萊——陳大師今年要過整壽，他和阿翡早早動身趕往東海，半路上，他家日理萬機的打手媳婦聽了丈母娘一道傳信，被支使到濟南辦事了，須得耽擱兩天才能趕回來。

這會剛過午夜，更深露重，島上萬籟俱寂，只餘濤聲。謝允自小命薄、身薄、親緣淡薄，薄成了一張紙，好不容易娶了個榮辱與共的媳婦，他這張紙恨不能化身膏藥黏在媳婦身上，理所當然地成了個媳婦迷，罕逢孤枕，有點難眠，謝允也不委屈自己，自己吹起小曲哄著自己玩。同時，他伸了個懶腰，滾到空出來的半張床鋪上。

床腳靠牆的地方有一排雕花木櫃，樣式古樸，放些備用的枕頭被褥等雜物，往常回蓬萊小住，都是周翡睡裡面，那地方足夠她和櫃子和平共處，然而對於手長腳長的謝允來說，就頗為捉襟見肘了。黑燈瞎火間他也沒看清楚，一滾過來，翘起來亂晃的腳正好撞上了木頭櫃門，一下戳到了麻筋上。

謝允「嗷」一嗓子縮回了腳，櫃門被他「稀裡嘩啦」地帶開，他一面坐起來收拾，一面心道：這水草精，生得這麼短，說她是半個人還要打我，豈有此理！

他將掉出來的夏涼枕塞回去，忽然一頓，因為看見木櫃角落裡有一個眼熟的漆盒。

經年日久，那漆盒上有些地方已經褪了色，盒蓋也很難嚴絲合縫，謝允伸手將那盒子拿出來，輕輕抹去上面一層灰塵，打開一看，見那漆盒裡裝的是一把長髮，雪白的綢緞捆成一束，打了油，這麼多年過去，新鮮得依舊好似剛從頭皮上刮下來。

那是他自己的頭髮。

（一）

謝允八九歲的時候，還沒來得及長成一個廢話上車拉的男子，大多數時候，他甚至是沉默寡言的。

古人有「聞雞起舞」的典故，蓬萊島上沒人養雞，少年的謝允於是每天都在聲勢浩大的濤聲中爬起來，頭頂漫天星辰，獨自來到海邊礁石上，對著大海練功。練上大概一個時辰，看見海天相連處蒼白起來，他才能借著早膳的片刻光景稍作休息，然後要跟著師父或是某個師叔習武。及至午後，又要開始讀書，四書五經、兵法韜略，他全都得有所涉獵，老師們恨不能將他的腦殼掀開，把上下五千年一股腦地塞進去，半天下來，往往叫他頭痛欲裂、煩躁不堪。

可是煩躁也得忍，謝允晚上還得溫書、練字、作文給師長指正。他總是溫到一半，就睏得睜不開眼，可是還要強撐，偷懶是萬萬不行的——他是趙家後人，是懿德皇太子的遺孤，他身上揹著千斤的國仇家恨，揹著數萬人的身家性命，那些東西一起沉甸甸地壓著他、擠在他不滿一寸深的胸口裡，連他那些與生俱來的俏皮也無處安放。

自倉皇逃離舊都之後，謝允從幼兒長成了小小少年，身邊卻唯有海礁與貝殼能充當知己。每年長了個子、或是春秋換季，他才有機會離島去找裁縫量體裁衣，見那些漁民的孩子們拖著鼻涕追跑打鬧，一臉愚癡，便總不由得心生嚮往。年幼的皇孫常常想，如果自己不是什麼趙氏遺孤就好了。那時他心裡還沒有那麼多的城府，怎麼想的，他就怎麼和王公公說了。

王公公是當年東宮的人，不到十歲就淨身入宮，一直跟在懿德太子身邊，文不成武不就，只是忠，忠到了虔誠的地步，別人信佛通道信神仙——他信太子。

曹氏叛亂時，王公公奉太子之命，把東宮唯一的骨血悄悄送出了宮，才走到半路上，逼宮的亂黨就包圍了皇城，王公公抱著小皇孫藏在運恭桶的車裡，臭氣熏天、痛哭流涕地走上了逃亡之路。

這一路九死一生，及至陰差陽錯地來到濟南府，被林夫子救下時，王公公已經是遍體鱗傷，還瘸了一雙腿，縱然有同明大師聖手神醫，雙腿到底是沒保住，老太監苟延殘喘地活下來，一年不如一年。

王公公從小就給人當奴做婢，不知道人是什麼樣的，因此不把自己當人，也不把別人當人。他認為自己是太子的馬鞍、鞋底、痰盂、夜壺，是醃臢的下賤玩意，謝允則是一團太子骨血，是貴不可言的玩意——二者雖有天淵之別，但同屬於「玩意」。儘管這團珍貴的骨血越長越大，越長越像人，會說會笑會思量，在王太監眼裡，他也依然只是「骨血」，是一劑給趙家王朝吊命的救命藥湯，聽說謝允竟對自己的出身有了意見，王太監大驚失色——這一口救命的藥湯要發霉！

兩人話不投機半句多，小皇孫厭倦了日復一日的「復國大業」，而王公公好話歹話說盡，沒有蛋用，便只好改成以死相諫，每天尋死覓活，終於徹底激化矛盾——小皇孫忍無可忍，趁著半夜三更，他剃光了自己的頭髮，自作主張地出了家。

當個和尚，得斬斷塵緣、四大皆空，雖然就此要與生猛海鮮話別，將來嘴裡恐怕要淡出一排鷗鷺，但不用每天惦記著殺這個宰那個，一切好商量。

「我為什麼不能出家呢？」小皇孫同前來找他講道理的同明大師說道，「我師父是大和尚，我就應該是個小和尚啊。」

同明大師哭笑不得：「遁入空門，是看破紅塵，你知道什麼叫『紅塵』嗎？我看你啊，就是沒出息，想逃避責任。」

小謝允趙家人本性發作，認認真真地答道：「我為什麼非得有出息呢？我又不能自己決定自己是誰的兒子，我要是能決定，就不當父王的兒子。」

同明大師便問道：「那你想當誰的兒子？」

「打魚的、撐船的、挑擔的，都可以，」趙家的不肖子孫掰著手指頭，老氣橫秋地說道，「這樣我就不必讀書，也不必練功，等將來長大了，我可以賣力氣為生，當個跑堂的或是車夫，跑堂的可以耳聽八方，車夫可以走南闖北，豈不是比現在快活？」

同明大師聽了這番剖白，不由得長嘆口氣——趙家王朝，自開國太祖以降，當真是黃鼠狼下耗子，一代不如一代，就算上一代不亡國，皇位傳到這位皇孫手裡，這社稷大概也不剩什麼氣數了。

謝允拽了拽他的袖子：「阿彌陀佛，師父，我說得不對嗎？」

「坐下，坐好。」同明大師指了指面前的蒲團，令新鮮出爐的小「和尚」坐好，伸手在那反光的禿瓢上摸了一把，發現這果然是顆圓滾滾的大好頭顱，難怪那麼多人想要。

同明大師說道，「你只看見那些海邊苦力的娃娃們自在，卻不知道他們一輩子快活的光景只有這幾年，一旦身子骨開始抽條，就要替家裡幹活，挑擔的要挑一輩子的擔，撐船的要撐一輩子的船，日日起早貪黑，糊口尚且困難，遑論聽風賞月？身後一家老小都是石頭，沉甸甸地壓著你，讓你病不起、死不起，只好低著頭往前奔，這還是太平年間，倘有個天災人禍，那就更慘，夭折的比活下來的多——你知道他們心裡想什麼？」

小男孩不知民間疾苦，聽了這話，呆呆地搖搖頭。

「阿彌陀佛，他們心裡想，我為什麼不是公子王孫呢？」同明大師輕輕地說道，「那些女娃娃們更苦，幼時祈求父母垂憐，不要將骨肉發賣，掙扎著長大出嫁，要祈求婆家垂憐，生死禍福全不由己，這是生而為人，托上牛馬命——你又知道她們心裡想什麼？」

小皇孫無言以對。

「生老病死，此乃生之苦，凡人奔波半輩子，都是為了掙脫娘胎裡帶來的命，哪是那麼容易的呢？你單知道自己的苦處，沒見過別人的命啊。」同明大師誦了一句佛號，將謝允面前裝模作樣的木魚收走。

「師父，」謝允問道，「那世上可有不苦的嗎？」

「那是有大造化的人，」同明大師道，「有父母長輩頂著風刀霜劍，他才能一生下來就是自由身，是前世修行來的，你我沒有這個福分，我也未曾見過。」

（二）

「我後來想，這種一生下來就是自由身的『大造化』之人，不就是我家阿翡嗎？」謝允拉了拉周翡的長髮，周翡辦完寨裡的瑣事，就馬不停蹄地趕到了蓬萊，方才洗去一身塵土，正在屋裡晾頭髮，聽謝允講他當年在「空門」前跳腳砸門的故事解悶，謝允摸著她的頭髮乾得差不多了，便動手動腳地拿在手裡玩，「往後遇到溝溝坎坎，妳這團師父欽點的福氣可要保護我。」

周翡掐指一算，謝允那時不到十歲，按理應該是個撒尿和泥歲數，而他居然已經能跪坐蒲團，完整地聽完老和尚這一通經，再想想自己那雞飛狗跳的童年，她不由得有點自愧不如，問道：「師父這麼一說，你就還俗了？」

謝允一手攏起她的長髮，一手捏起周翡的下巴，答非所問道：「我娘子真是好看。」

周翡兩根指頭彈飛了他的鹹豬手，謝允小小地吃了一驚——他一手推雲掌不說空前絕後，好歹也能算個舉世無雙，又身負師叔畢生修為，居然差點沒躲開，被周翡的指風掃了一下手腕，有點麻。

謝允詫異道：「奇怪了，妳什麼時候趁我不注意拜了名師，這指風裡的破雪刀意快入化境了。」

周翡白了他一眼：「我同楚楚說幾句話，你還要追著旁聽不成？」

謝允一想也是，除了給四十八寨的事情跑腿，周翡大多被他黏著，仔細算來，果真也就只有她跟同齡的幾個姑娘閒坐消遣時，他不大方便陪同。

因緣際會，吳楚楚這閨秀中的閨秀竟在四十八寨紮下了根，因天生資質有限，開始習武又晚了些，這些年來功夫只是平平，在江湖中連個三流也算不上，偏偏她不辭勞苦，天南海北地替各大門派規整失傳的典籍，倘若單是嘴裡論道不動手，依她這旁觀者清的見識，往往能令當局者醍醐灌頂，很有些歪才。

謝允奇道：「難不成妳娘把破雪刀也傳給她了？破雪刀不是妳李家的不傳之祕嗎？」

周翡一擺手：「我們四十八寨沒有所謂『不傳之祕』，我娘當年不傳，只是她那時覺得我輩皆蠢材，大當家日理萬機，懶得浪費那工夫雕朽木。她現在凡事支使李晟去幹，自己清閒了，又覺得楚楚不是朽木，自然願意教她。破雪刀是我外公一生之作，不過他老人家生前在三道中只走通了『無鋒』，臨終仍自覺九式未通，所以沒有留下典籍，只有我娘常年跟在他身邊，耳濡目染學了來，正好交給楚楚整理歸納，她時常來問我，一來二去，反倒成了我向她請教。」

謝允笑道：「當年中原武林，門派林立，無不敝帚自珍，唯恐自家祕笈被外人瞧去一眼，到如今各自零落衰敗，靠吳小姐一個外人牽頭幫著苟延殘喘，反倒是你們這些敞開門任人學的四十八寨傳承至今，這些事說來真是吉凶莫測。」

周翡嗤笑道：「吉凶莫測？但凡能流傳下來的功夫都有精髓，爛大街的功夫，練到了極致，也未必比不上別人，武學一道，殊途同歸，怎麼，拳腳腿掌還要按品級分封個妃嬪媵嬙嗎？挖空了心思去窺視別人家功法的，還有那玩命捂著一點殘本不給人看的，都是一路沒出息的蠢貨，就算傳承下來有個什麼屁用！」

謝允：「……」

道理雖然是這個道理，但不知怎麼的，從周翡嘴裡說出來，自然有一番讓人牙根癢癢的狂妄，他們家這條水草精，不言語的時候也算是眉清目秀、賞心悅目，但凡張嘴說話，必能損人一個跟頭。想當年她初出茅廬，武功尚且稀鬆時，就有一顆狂得上天入地的心，現在就更不用說了。

謝允嘆道：「可不是嗎！多謝娘子肯為為夫這沒出息的蠢貨留在凡間，不然我看這九天十地要裝不下您老了——哎，妳想梳個什麼頭？十字髻？凌雲髻？飛天髻……唔，梳個墮馬髻也好看，只是梳了這頭妳要老實點，不然一會就掙散了。」

周翡除了年幼時有王老夫人給梳過像樣的頭，自己基本只會隨便一捆，全然擺弄不來那些花樣，偶爾想要美上一美，都只能低聲下氣地求某人，只好老老實實地應了一聲：

「……哦。」

梳頭梳了一半，周翡突然想起自己方才好像問了句什麼，被謝允打岔打過去了：「我剛才……」

「別亂動，」謝允將她的臉扳正，頭也不抬地說道，「對了，妳去濟南的時候，有個行腳幫的兄弟過來送了封信，楊兄邀妳去南疆，去不去？」

「邀我去南疆揍他？」周翡果然將方才的話題放在了一邊，「行吧，下雪天打孩子，閒著也是閒著。」

謝允透過銅鏡看了周翡一眼，蓬萊島上都是一幫老頭，鮮有銅鏡，這鏡子不知是從哪個箱子底扒拉出來的，模糊得幾乎看不清人影，是以他這一眼十分不動聲色，他若有若無地笑了笑，四兩撥千斤地將話題帶到了天南海北，讓周翡忘了她方才想問的話——

「師父這麼一說，你就還俗了？」

八九歲的男孩，心裡裝著一萬件想不通的事，執拗又愚蠢，怎麼聽得進老和尚枯玄幽澀的長篇大論！他當時被同明大師的話震住，隔天轉臉就忘了，一到要「冬三九、夏三伏」地用功時，什麼大道理都不頂用。

王公公是個不會武功的瘸子，小皇孫的「風過無痕」已經小有成就，想躲開那喋喋不休的老貨輕而易舉，王公公人影也見不到，在偌大一個蓬萊島上口乾舌燥地呼喊了三天，沒人理他，王公公閉了嘴。

就在小皇孫以為自己終於取得勝利，得意洋洋地爬到樹上，準備朝他耀武揚威時，他看見王公公將一封血書掛在胸前，拿了陳大師的魚線，半夜三更關上門，將自己吊在了房樑上。

屍體叫魚線伸長了一寸半，老太監汗馬功勞，死不瞑目。

謝允忘了自己是怎麼從樹上下來的，也許是驚動了同明大師，叫師父抱下來的，也許是自己摔下來的，那一段記憶模糊不清，至今回憶起來，依然只有那隨風搖盪的屍體大睜的雙目和觸目驚心的血書。

他大病一場，從那以後，天性柔弱任性的小皇孫終於被「撥亂反正」，成了為復國而生的犧牲。

（三）

周翡同陳大師趕潮去了，謝允罕見地沒有黏著她，他緩步慢行，獨自溜達到蓬萊島最邊緣處，叢生的野草中，有個無名無姓的孤墳。

裡面埋的只是一副衣冠。王公公血書中直言，自己乃是罪奴之身，倘貴人們垂憐，千萬勿要立碑祭掃，再折他的身後之福，只願燒成一把灰，灑進東海，這樣，他就能一路向北，漂回故土。

謝允隔著一丈遠站定了，看著那無名塚，忽聽身後有人說道：「王老施主泉下有知，該是心願已了，再入輪回了。」

謝允沒回頭：「師父。」

同明大師緩緩走過來，師徒兩人並肩而立，半晌沒人言語，隨後同明大師一拍他的肩頭：「走吧。」

謝允低頭跟上他，忽然說道：「該償的命，這些年，我算是償過了吧？」

同明大師低低地誦了一聲佛號。

他花了半輩子，終於掙脫了娘胎裡帶來的命數，後半生身心自由，從此天高地迥，任憑來去。

「殿下可有什麼抱負？」

「我啊，我沒出息得很，既不想文成，也不願武就，就想給媳婦當個簪花梳頭的男丫鬟。」

番外四　道阻且長

周翡前腳剛回來，連口水都沒顧上喝，就被大當家叫走了。

李瑾容行事俐落，廢話不多，只用下巴往旁邊小桌案上一點，衝周翡說道：「妳惹的麻煩，去解決了。」

周翡：「……」

她上前翻了翻，不看則已，一看要瘋——只見那小桌案上厚厚一遝，全是挑戰書，各種大俠歪歪扭扭的孩兒體與錯字不提，戰書套路卻是如出一轍，活像出自一個代筆先生之手。

一個楊瑾消停了，千萬個「楊瑾」還等在山門外。

周翡忍無可忍道：「娘，閒雜人等不得入四十八寨的規矩能不能改回來？」

李瑾容：「別說廢話。」

那就是不能了——周翡只好將那一遝戰書往胳膊底下一夾，怒氣衝衝地衝下山去。

前來挑戰的「大俠」們其實倒也沒有看起來的那麼多，很大一部分只是打聽到她不在家，才趁隙跑來遞個戰書，遞完就跑，回去跟人吹牛皮說「俺也是單挑過南刀的人，嘖，嚇得她都不敢應戰」。

不過實心眼的大傻子也不在少數，譬如等在山門下面的那五位。

守門的師兄一見周翡，就笑嘻嘻地說風涼話：「阿翡啊，才回來？我跟他們都等妳兩個半月了！」

周翡衝他翻了個白眼。

她一露面，五個挑戰的「大俠」呼啦啦全站起來了，先是難以置信地打量著眼前這個既不虎背、也無熊腰的大姑娘片刻，好幾個小青年臉紅了，原本背好的詞差點胎死腹中，好一會，才有個人結結巴巴道：「閣……閣下……不，姑娘，妳就是手刃七、七大北斗的南刀嗎？」

「七個北斗，有一個我壓根沒見過就掉了腦袋，兩個是被他們自己人狗咬狗弄死的，還有兩個是被舊仇家上門尋仇宰了的，一個刺殺皇帝，被幾位前輩聯手拿下，已經問斬了，只有一個腦子裡水最多、武功最差，傳說是靠裙帶關係才能位列北斗的貨色，那位倒是我殺的——還是在他輕敵大意的時候。」這番話周翡感覺自己說過沒有一千也有八百次，說得簡直比破雪刀還要爛熟於心，一口氣說出來，不用過腦子，絕對錯不了半個字，「還有什麼以訛傳訛的，來，一起說，我挨個澄清。」

五位大俠面面相覷了片刻，有三人臉上率先掛不住，低頭衝她道了聲「得罪」，退出戰圈，腳下揩油，掉頭走了。

因為人們通常認為，一個年紀不大的姑娘，如果她不是長得奇形怪狀、五大三粗，武功通常不會太厲害。

英雄怎麼會是女人呢？即便萬裡挑一，確乎是女人，也該是個同李瑾容一樣的活夜叉，又怎麼可以年輕美貌呢？世間女子自然是人，有時候又不大是人，對於這些見識有限的漢子們來說，除了高堂在上，其餘的女子彷彿都是似人非人的精怪，除了生兒育女，「英雄們」大抵覺得自同她們沒什麼話說，是「非我族類」，依照周翡的相貌，當算是「精怪中的精怪」，拿得起刀已經叫人刮目相看，又怎會是南刀傳人？

只要是見了周翡的人，便已經先入為主地懷疑起「南刀」的江湖傳言不可盡信，等再聽她開口說話，很多人便對自己「南刀是個謠言」深信不疑了，以至於往往將「只有一個……是我殺的」那句話忽略不計，也沒人想去追究一句，為何她一個小小後輩會對這一群北斗這樣如數家珍。

這樣一來，那些在江湖中已經小有名頭的、或是年紀稍大的，便會自負身分，不肯再和她糾纏了。

世人莫名其妙的偏見倒是讓周翡少了不少麻煩，她混到這種地步，倒也不太在意別人怎麼看她。

一個人刀鋒利不鋒利，敵人知道就夠了，閒雜人等無須掛懷。

周翡用嘴皮子和臉解決了三個，剩下兩位，一個是覺得自己來都來了，不切磋一二就白跑了的愣頭青，還有一個看起來是近似番邦人楊瑾那樣的二百五，周翡用了一炷香的時間，熹微未出鞘，就把愣頭青和二百五一起解決了——兩位「大俠」一個磕掉了半顆門牙、一個被刀鞘戳到了胃腸，吐了個死去活來。

周翡愛答不理地一抱拳，敷衍地客氣道：「承讓，兩位要到我寨中喝杯茶嗎？」兩位大俠聞聽此言，莫名驚懼，比方才那三位臨陣退縮的跑得還快，轉眼便沒了蹤影。

周翡索然無味地嘆了口氣，低頭往寨中走去，感覺大當家這段時間一直在刻意遛她。李瑾容的態度是「來者是客」，對端王殿下竟肯賞臉落腳四十八寨沒有任何異議，一方面從未明確表達過自己的不滿，另一方面又一會支使周翡去幹這個、一會又支使她去做那個，總之不讓她與謝允多接觸。

「也不知道這回能讓我在家待幾天。」周翡心道。

她正心不在焉地往寨中走，身後忽然有人輕咳了一聲，刻意壓著聲音道：「閣下就是手刃七大北斗的南刀嗎？」

周翡激靈一下，以她的功力，竟也沒聽見身後人是什麼時候靠近的！

她握刀的手陡然一緊，猛地扭過頭去，卻見一個熟悉的人，頭上戴著個斗笠，手中拎著一把「生年不滿百」的摺扇，笑盈盈地用扇子將斗笠推了推，露出一口小白牙，不等周翡回答，那貨就一轉身，學著周翡那不好客的站姿，把頭一仰，捏著嗓子，一字不差地背出了方才她那一段長篇大論。

周翡：「……你怎麼在這？」

謝允笑道：「我主動請纓，下山替大當家打理山腳下的產業。」

周翡一臉疑惑，不知他是怎麼吃飽了撐著，居然找活幹。謝允先朝那好奇地看過來的守門弟子揮揮手，又壓低聲音道：「我不在寨中，也好讓妳能在家踏實住幾天嘛。還方便我在山腳下神不知鬼不覺地截胡，是吧？」

周翡聽完一愣，有理！

謝允：「走。」

周翡問道：「去哪？回家？」

「回個鬼。」謝允一把拉住她的手，飛掠而出。

他的手依然比常人涼一些，卻不冰人了，出神入化的「逃之夭夭」大法儼然比先前更勝一籌。周翡一聲「等」字沒說出來，已經被他拽著跑到了數丈之外。

四十八寨的兵劫已經過了幾年，足夠焦灰的土地長出新芽，透骨的傷口結了疤，也足夠此地重新聚集起新的人氣，叫那些已經關門的茶肆酒樓又漸次開張，還請回了過去的說書老先生。特別在謝允接管以後，周遭村郭城鎮幾乎有了點欣欣向榮的意思。

周翡道：「慢著，我才不要去聽你寫的那些胡言亂語的小曲。」

「千歲憂」先生自從定居蜀中，時常文思泉湧，寫上幾段給山下人傳唱，久而久之，糾集了好一批擁躉，儼然要組建一支自己的戲班子，唱得蜀中彷彿要跟羽衣班分庭抗禮——周翡估計李瑾容看謝某人不順眼，也不是沒有這方面的緣由。

謝允不回答，徑自將她領到了一處小鋪子。

周翡奇道：「裁縫？」

「嗯，」謝允輕車熟路地伸手敲敲門，探頭道，「王嬸，做好了沒有？」

老裁縫已經老得腰都直不起來，做活的時候，一雙老花眼要緊貼著針鼻才能紉上線，見了謝允，卻挺高興：「謝公子來了？好了，好了！」

她一邊說，一邊忙不迭地跑進去，片刻後，從屏風後面捧出了一坨紅得灼眼的東西，周翡才一愣，便見老裁縫當著她的面，將那東西抖了開，居然是一條火紅的裙子。

「這位公子好眼力，給姑娘做來穿，漂亮得很喲，來瞧瞧。」

周翡忽然好像被人下了啞藥，一聲不吭地站在一邊，乖巧地讓那老裁縫拿著裙子在她身上比來比去。

老裁縫拉著她的手道：「若是哪裡不合適，就給王嬸送回來，給妳好生改改。」

周翡還沒說什麼，旁邊謝允便慢悠悠地插話道：「不必，尺寸我打眼一掃就知道，錯不了。」

周翡：「……」

老裁縫愣了愣，隨後捂著臉笑了起來。

還不等周翡惱羞成怒，謝允便幾步滑出了小裁縫店，口中還道：「別打別打，我還要告訴妳一個好事呢。」

周翡小心地叫老裁縫幫她將那紅裙裹好，才走出去問道：「什麼好事？」

謝允笑道：「妳爹就要回來了。」

周翡吃了一驚。

「前些日子，大當家將湊齊的五件水波紋信物連在了一起，印在紙上，正好是一道波浪弧線。」謝允道，「她將那張印過水波紋的紙寄了出去，還是我親自送到暗樁的，要送抵京城，妳想，大當家總不可能是平白無故耍著他們玩吧，所以我猜，恐怕是妳爹想掛印了，拿著水波紋跟趙淵要自由呢。」

周翡越聽眼睛越亮，這時，一道人影如脫韁野狗一樣地奔將過來，滿大街亂叫道：「阿翡！阿翡！」

正是李妍。

李妍一眼看見戳在路邊的周翡兩人，忙道：「阿翡，大當家叫妳去……」

周翡一聽大當家要使喚她，就一個頭變成兩個大，頓時頭皮發麻，不料李妍道：「……接姑父！」

周翡震驚了：「什麼？這麼快！」

謝允在旁邊笑：「我說怎麼今早就看見喜鵲了呢，不枉我早早起來梳洗更衣，原來是老天提醒我要見……」

周翡瞪向他。

謝允輕咳一聲，將後面的稱謂咽了回去，同時十分促狹地衝周翡一擠眼睛，淡定地整理衣冠，走在前頭：「請阿妍姑娘指路，咱們一起去迎接。」

此時，自以為終於等到了救星的謝公子恐怕還不知道，周以棠每次看到「熹微」，臉色都不是很好。

唔，他求娶周家姑娘的路還很長。

番外五　郎騎竹馬來

那會兒，四十八寨還不叫四十八寨，就統稱「蜀中」。

蜀中多山、多險路，早年間有不少大俠拖家帶口隱居其中，給後輩兒孫傳的都是家學，好多也懶得專門成立個門派，因此姓李的就叫「李家人」，姓張的就叫「張家人」，還有一些混居或是姓氏太常見的，便說自己是蜀中某某山的，只有個別格外有心思的家主願意好好拾掇拾掇自己那一畝三分地，給門派起個像樣的名字——譬如滿門糙漢、但內心都比較細膩的「千鐘」。

周以棠記得，他年幼時，蜀中還沒有那麼大的規矩。不管外面風風雨雨，群山之中還是安寧而自由的，大家世代比鄰而居，不少還有姻親關係，因此也沒那麼多門戶之見，倒有點像個依山而建的大村子，倘有什麼事，家主們湊在一起商量著來，商量不出結果，便去找「村長」出面裁決。

「村長」就是南刀李徵。

但說來也是好笑，李徵恐怕自己也說不清他是怎麼被扣上了這「天降大任」的。

他是個一團和氣的人，不怎麼愛管閒事，閒來無事，除了琢磨自己的刀，也就喜歡在家裡做做飯，跟孩子玩——不單是他自己的一雙子女，整個蜀中的孩崽子沒事都愛往李家跑，或是蹭飯，或是聚眾遊戲，李徵耐心十足，從來不嫌煩。反倒是他那女兒李瑾容，年幼時性情霸道得很，不喜歡自己地盤上來這麼多猢猻，鬧了幾次脾氣未果，便乾脆領著弟弟，將整個蜀山裡亂竄的孩崽子們挨個找來毆打個遍，自此打出了名，莫名其妙地成了一代孩子王，大有說一不二之勢。

周以棠跟著李徵入蜀時才只有八歲，他滿心茫然，眼前是望不到頭的青山與曲折的夾道，遮天的草木長得無法無天，樹叢中偶爾爬過一些什麼，往往會嚇人一跳，細看又不見蹤跡，使得蜀山不免帶上些許詭祕氣息。途中晴雨全無規律，潮氣始終繚繞左右，恰似古人所說「雷填填兮雨冥冥，猨啾啾兮狖夜鳴」的場景。

他努力藏起尚且屬於孩童的怯懦，擺出老成的模樣，文質彬彬地稱李徵為「世叔」，再險的路也要咬著牙自己走，絕不要李徵抱，倘或李徵中途拉他一把、或是扶他一下，他便要一本正經地道謝，叫看慣了山裡野孩子的南刀李大俠好生不知所措。

在山中行進了三天，李徵才回頭衝他笑道：「這就到了。」

果然很快就有了人跡，周以棠瞧見成群的少年在空地上練槍，一邊練一邊嗷嗷叫，見他們二人經過，便整齊劃一地將長槍往地上一戳，又齊聲叫道：「李叔好！」

這一聲問候比府衙裡的衙役們叫的「威武」還聲勢浩大，直震得人耳根生疼，李徵哭笑不得地衝他們擺手。

再往前，還遇見了幾個樵夫打扮的男子，笑嘻嘻地與李徵寒暄，「樵夫們」一個個挽著褲腿袖口，揹著半人高的大筐，看起來又淳樸又憨厚，然後周以棠一轉頭，便眼睜睜地看著這幾個「淳樸樵夫」挨個躍上山崖，活似背生雙翼一般，幾個點地，轉眼便消失在了山中。還不等他驚奇完，便又見了一個被幾個孩子圍住的婦人，那婦人生得慈眉善目，正從小竹籃中拿出糖果糕點分給小孩們，一看就叫人覺得親切，可是下一刻，她手中突然有劍光一閃，周以棠沒來得及弄明白那是什麼，那道極細的光便已經收回到了鞘中——旁邊樹上應聲掉下一隻死蠍子。

周以棠本生在鐘鳴鼎食之家，因力推新法，被朝中雲譎波詭的黨爭波及，方才家破人亡。他是個小少爺出身，從小唯讀四書五經，從未接觸過那些高來高去的武林中人，一步踏入蜀中，簡直彷彿來到了充滿幻想的話本中，一時看見飛鳥走獸都覺得新奇，總以為牠們也得是身懷絕技。

忽然，李徵抬頭喊了一嗓子：「瑾容，又頑皮，還不下來！」

周以棠吃了一驚，順著他的目光望去，見一棵幾丈高的大樹枝頭，一把濃郁欲滴的枝葉窸窣片刻，繼而一分為二，露出一個小小的女孩來。她看起來比周以棠還小，臉蛋非常嬌嫩，瞪著一雙大大的杏核眼，視線居高臨下地掃過來。

周以棠心裡幾乎一緊，下意識地挺直了本來就足夠端正的肩背，接著又不免擔心起來，怕她從那麼高的地方摔下來。

李徵朝那女孩伸手道：「爹回來了，快下來，見見妳周家哥哥。」

女孩聞聲，好像莫名有點生悶氣，也不理人，轉身就要往下跳。

周以棠不由得驚呼出聲，卻見她倏地懸空，腳尖輕輕巧巧地勾住了一根稍低些的枝杈，熟稔和優美地落到了另一棵樹上，帶著點譏笑回頭，白了周以棠這沒見過世面的小白臉一眼，轉身沒入濃密的樹叢中，留下個目瞪口呆的男孩，悵然若失地立在原處。

周以棠在李家住下，漸漸習慣了蜀中生活，便也同李徵習武，但因以前沒什麼基礎，只能從認穴和站樁開始，與李氏姐弟學不到一處去，每天只有用飯的時候能碰見李瑾容，但李瑾容好似對自己家裡突然多出這麼一個外人頗覺不喜，懶得正眼看他，年幼的周以棠敏感非常，不敢去打攪她。兩人住在同一屋簷下，卻沒什麼機會說話。

周以棠啟蒙早，四書已經讀了大半，儼然有了稚拙的纖纖君子氣，又兼年幼時家逢大變，時常多思多慮，與野猴子一般滿山跑的蜀中群童玩不到一處，除卻同李徵學藝的時間，大多數時候他都是窩在自己房裡看書，偶爾聽見外面喧譁，便從窗櫺中往外望去，總能看見那小小的女孩被一大幫孩子圍在中間，眾星捧月似的，她卻一臉不耐煩。

周以棠心裡生出隱隱的羨慕，卻只敢在遠處默默看著，他想過無數種開場白，又無數次地被自己推翻，到底還是不敢上去和李瑾容搭話。一轉眼，他已經格格不入地在綠野茫茫的蜀中住了兩個多月，並且不知不覺中被山中其他孩子記恨了——憑什麼他們平時去一趟李家都要看李老大的臉色，這個不合群的小白臉就可以天天住在李叔家裡？

壞小子們開始慫餿主意，派了個人跑到周以棠視窗，騙他說「晚上準備夜遊荒山，打鳥來吃」，邀他一起。周以棠對跟一群泥猴去禍害鳥沒有任何興趣，本想開口婉拒，話到嘴邊，卻莫名轉了個彎，問道：「李姑娘也去嗎？」

那搗蛋鬼一愣，半天才反應過來「李姑娘」是誰，被這酸唧唧的稱呼笑得差點從牆上翻下來，一口道：「去！去！怎麼少得了咱們李老大！」

周以棠遲疑片刻，鬼使神差地答應了。那可真是智計無雙的甘棠先生一生中最大的污點，多年後他回想起來，仍覺得不可思議，彷彿自己當時是被鬼迷了心竅，居然連這種粗製濫造的當也上。

那天李徵恰好不在，夜幕降臨時，周以棠便按著與那些搗蛋鬼事先約好的出了門，他聽說李瑾容會一起去，便忍不住在她門前晃了晃，想尋個由頭一起走，誰知李瑾容一直沒現身，偏偏他怯懦荏弱，連上前敲門都不敢，便被前來催促的猴崽子拽走了。

周以棠忍不住道：「不是說她也……」

這些山裡的猴精有幾分小心眼，一眼看出這小書生其實根本不敢和李瑾容說話，便眼珠一轉，故意道：「李老大還有點別的事，一會去和我們會合……要麼你去和她說一聲？」

果然，聽了後面那句，小書生當場就蔫了，再不敢發表異議，轉眼便被拖走了。

他們前腳剛走，就有一顆小腦袋從牆頭上探出來，疑惑的扒著頭看了看，隨後大貓似的跳下來，伸了個懶腰，慢騰騰地來到李瑾容的院門前，拖著長音和長鼻涕吼了一嗓子：「姐——」

這小東西是李二郎瑾鋒，其實才比李瑾容晚半個時辰出生，和他姐簡直好似出自兩個娘胎。李二郎長得虎頭虎腦，從小就非常會「假正經」，大人們說話的時候，其他小孩都會嫌悶自行跑開，唯獨此怪胎紋絲不動地在旁邊聽，還時常煞有介事地跟著點頭，好像別人說什麼他都懂似的。五歲以前，李二郎曾經蟬聯蜀中第一笑料之桂冠。李瑾容每次看見這弟弟，都急得想往他屁股上踹一腳，這會她正練刀，懶得給他開門，便只動嘴道：「做什麼？」

李二郎淡定地吸溜了一下永遠吸不乾的鼻涕，站在門口，不緊不慢地說道：「我剛才看見那書呆子被黑虎糊弄走了。」

「黑虎」是蜀中有名的搗蛋鬼，長得不像他小名一樣威武雄壯，有點瘦小，其人卻是個天生的壞胚，戳一下能流出二兩多的壞湯。有一次壞到了李二郎頭上，被李瑾容抓住揍了一頓，拴在懸崖上吊了兩天，嚇得尿了褲子，自此老實了半年。可惜好景不長，黑虎蔫了一陣子，認了李瑾容當老大，隨即見老大彷彿不大愛管他，便又翻身起跳，接茬在原地興風作浪起來。

什麼攛掇聚眾打架，糾集一幫狗腿子欺負不合群的，搶小孩東西吃……諸如此類，不一而足。

只是一幫人打一個這種事當時雖然爽快出氣，過後叫大人知道了，動手打人的肯定得挨揍，不划算，因此把落單的騙到沒人去的小荒山，就成了黑虎的慣用伎倆。那裡人跡罕至，地形也不知有什麼古怪，特別容易迷路，大人們一般不去。

黑虎他爹養了一條大狼狗，相貌很是猙獰，但性情十分溫順，而且聽話，黑虎他們每次都事先將這大狼狗喬裝改扮一番，頭上插兩根巨大的假犄角，脖子上掛一圈雞毛，身上再給披件舊甲片改的「衣服」，打扮成個怪獸。等將人引到了荒山深處，便叫事先埋伏在那的搗蛋鬼悄悄把狗放出來，叫牠撒丫子狂奔，專門去追他們要整治的人。到時候荒山窄道、夜半無人，叫天天不應、叫地地不靈，一個孩子，連害怕再加上迷路，身後還追著個「嗷嗷」狂叫的「怪物」……那滋味就別提了。

據說被這樣整過一次的小孩，輕則嚇得嚎啕大哭，重則回去做上一年的噩夢，天大的膽子都能嚇破，百試不爽。而且通常嚇得迷迷糊糊，根本顧不上告狀。

李瑾容聞聽二郎這番通風報訊，頗感意外，問道：「那個姓周的這麼傻？」

李二郎問道：「妳不管嗎？」

李瑾容不耐煩地一抖手中長刀，沒好氣道：「關我什麼事！找你爹去。」

李二郎「哦」了一聲，一點也不介意被姐姐關在外面，邁開兩條小短腿跑了，過了不到一刻的工夫，他又回來了，伸出爪子在他姐院門前磕了磕，順便抹了一把亮晶晶的鼻涕：「姐——」

李瑾容帶了點火氣的聲音傳出來：「又幹什麼！」

李二郎用腳有一下沒一下地踢著院門口的小土坑：「爹不在家，出門了……」

「那書呆愛死不死，別煩我！」

李二郎慢吞吞地補上了自己被打斷的後半句話：「……咱們是不是可以去爹的兵器庫裡玩啦？」

院中沉默片刻，片刻，緊閉的院門「吱呀」一聲開了，李瑾容沒說要去，只是矜持地將一隻腳踏在門檻上，先冠冕堂皇地訓斥二郎道：「你怎麼一天到晚就想著玩？」

李二郎眨巴著一雙無知的大眼睛回視著她。

李瑾容想了想，好似「很不樂意」地一擺手道：「算了，走吧。」

李徵出門在外，永遠只掛一把樸實無華的長刀，但他私下卻有些小愛好，時常收集一些有趣的「兵器」。在他的庫房中，有前後左右都彎、身上好似水波滾過的怪刀；有外表像尋常雨傘一樣的「木棍」，但往前一推，便能「開」處一朵七十八條刃的「刀花」；還有好幾隻背靠背的鐵製松鼠，憨態可掬，纏在一起的大尾巴能活動，倘若往下一拉，松鼠口中便會噴出鐵蓮子來……不過誰也不知道是哪隻噴，砸自己臉上的可能性也很大。

諸如此類古怪又有點危險的小玩意很多，李徵平時在家時不讓孩子們進去瞎玩，只有趁他出門，姐弟倆才能溜門撬鎖地混進去翻騰。

而就在李氏姐弟偷偷翻進李大俠的庫房撒歡的時候，周以棠已經跟著黑虎到了後山。他發熱的腦袋漸漸被夜風吹涼，問了黑虎兩遍「要去哪」和「李姑娘」什麼時候來，見那小子都搪塞，一雙賊溜溜的小眼睛還四處亂轉，還時不時偷偷給誰遞個眼色，便察覺到了不對，再一看越走越荒的路，周以棠心裡明白了大半。

只是他生性內斂，察覺到了也不聲張。周以棠先是默不作聲地跟著黑虎他們走了一段，忽然抬起眼睛，直直地盯著黑虎，前不著村後不著店地問道：「你們是不是都很討厭我？」

此時距離跟小夥伴約定放狗的地方，已不過百十來丈，黑虎正在暗暗摩拳擦掌，準備看熱鬧，驟然聽此一問，不由得愣了片刻，茫然道：「啊？」

旁邊一幫猴孩子忙互相擠眉弄眼，有兩個壞小子不動聲色地靠近周以棠身後，衝黑虎做了個「他想跑」的口型。黑虎眼珠轉了轉，呲出一口豁牙，假笑道：「那怎麼會！你是不是不想跟我們一起玩啦？」

周以棠略低著頭，聽著山間掠過的風聲，小小的男孩可能是模仿大人模仿得多了，身上居然奇異地帶上了某種沉靜而憂鬱氣息，等山風一聲拖得長長的嗚咽暫歇，他才不驚不怒地對黑虎說道：「我從小出趟門都要受限制，不曾同一般年紀的朋友一起玩過，初來乍到，武功也才剛開始學，有時候想和你們說話，都不知該說些什麼，並不是有意怠慢。」

黑虎油滑地笑道：「知道啦，你是大官家的少爺嘛。」

「我不是少爺，我爹娘都死了。」周以棠輕輕地說道，黑虎一怔，便聽他又道，「我從四歲開蒙至今，每天都是天不亮就得起，先同一圈長輩請安問好，再去跟先生讀書，午間送走先生，休息片刻，下午還要做他留下的功課，寫上一打大字，晚上我爹回來，便喚我去，考校一天學了什麼，再看過功課，稍有怠慢，便要拿來戒尺，在手心上打三板，接著要面壁思過、自省其身半個時辰，反省完，便已是深夜裡。除非白天功課寫得一絲不苟，晚上才能免去『思過』的一段，能有小半個時辰的光景，可惜時辰已經太晚，不方便再去打擾別人，多半也只是自己鼓搗蟲鳥一類……」

他一番話叫每天吃飽了就是玩的眾孩童聽得目瞪口呆，一時面面相覷，不知該接些什麼話。在一片短暫的靜謐中，周以棠聽見了不遠處某種動物「呼哧呼哧」急促的喘息聲。他腳步微頓，神色卻不變，不慌不忙地接上了自己的話音：「我一直想，什麼時候我也能像別人家的孩子一樣，白天成群結隊地去玩，晚上回去也不會被拎去面壁……現在總算達成所願，我爹卻沒了。難得你們肯叫我出來，就算只是戲耍於我，我也還是很開心的。」

他話音沒落，只聽「嗷嗚」一聲，原來是牽著狗的那位聽見他後半句話，以為陰謀敗露，心一慌、手一鬆，不小心提前將狗放了出來。

「盛裝打扮」過的大狗足有小馬駒大小，頂著一腦袋被熊孩子們鬧得花紅柳綠的亂毛，歡天喜地地便朝著主人黑虎狂奔了過來，一夥小崽子沒料到這變故，都忘了佯裝驚慌。

沒有他們一哄而散地嗷嗷亂叫製造恐慌，一時間氣氛居然有點奇異的尷尬，眾人都傻呆呆地看著狂奔而至的「怪獸」。剛好這天晚上月色不錯，跑近了一看，便能看清那「怪獸」搖出了花的大尾巴，非但不嚇人，反而有點滑稽。

大狗轉眼間奔到黑虎面前，一屁股坐在地上，吐出長舌頭，諂媚地等著人和牠玩。

周以棠感興趣地看了一眼，問黑虎：「你家的狗？」

周以棠饒有興致地打量牠片刻，問道：「讓摸嗎？」

黑虎木然道：「……哦。」

黑虎：「……」

不等他答話，便見那「柔柔弱弱」的小書生上前兩步，試探著摸了摸大狗的頭，大狗揚起脖子「嗷嗷」叫了兩聲，親熱地伸出舌頭舔他的手腕。

半夜三更，李瑾容偷偷把李徵的「兵器庫房」恢復原狀，又衝鼻涕王弟弟伸出一隻手，勒令道：「拿出來！」

李二郎撇撇嘴，磨磨蹭蹭地將他藏在手裡的一支小蛇形的南疆笛子交了出來，就在這時，忽聽院外傳來一陣熟悉的狗叫聲，李瑾容一回頭，李二郎忙趁機將那支小笛子揣了起來。只聽院外窸窣片刻，牆頭上露出個小腦袋，捏著嗓子朝院裡喊：「李老大！李老大！」

李瑾容道：「這呢，什麼事？」

黑虎沒料到她恰好在門口，被她突然出聲嚇了一跳，「哎喲」一聲從牆頭上栽了下去。

李瑾容皺了皺眉，把院門打開，居然正看見傳說中被黑虎「拐」去荒山整治的周以棠全鬚全尾地站在門口，正好整以暇地牽著黑虎家那條傻狗，搗蛋鬼們竟一團和氣地圍在他身邊，看起來還挺友好。她一眼掃過去，周以棠忙有些緊繃地站直了，衝她一笑，文文靜靜地站在一邊不肯先出聲。

黑虎兩步躥到李瑾容面前，快言快語道：「李老大快來，妳猜怎麼著，咱們今天才算是把荒山那邊走明白啦，小周哥哥說那裡是個什麼奇什麼甲……」

周以棠輕聲道：「是有人用木石擺出來的奇門遁甲陣法，經年日久，已經損毀了一部分，只是晚上看不清，貿然進去仍然容易迷路。」

「對對！」黑虎跟他那隻被收服的大狗一個表情，手舞足蹈道，「我說怎麼人一進去就暈，多虧小周哥哥聰明，他寫寫算算，搬開了幾塊石頭，立刻就不一樣啦——對了，我們還在那找到個山洞，用茅草遮住了，裡面有人跡，快跟咱們去瞧瞧。」

李瑾容：「……」

前幾天還是「那討厭的書呆」，怎麼不過一宿，就變成「小周哥哥」了？

周以棠迎著她打量的目光，突然有些臉紅，欲蓋彌彰地移開了視線，伸手給旁邊的大狗抓了抓脖子。

一行猴孩子帶著條狗，趁夜浩浩蕩蕩地前往小荒山，果真找到了一個古老的石洞。

「我看這些痕跡得有百十來年了。」周以棠就著火把上的微光，撫摸著牆上的劃痕說，說完他又有些懊惱，因為其實他只能看出那些痕跡陳舊，「百十來年」純屬自己順口胡謅，家教從小教他「知之為知之，不知為不知」，在李瑾容面前總是忍不住顯擺多嘴，一時又羞又愧。

幸好，他太煞有介事，其他傻孩子也沒那個見識當場揭穿。

李瑾容湊過來看了一眼，斷言道：「不是刀劍，豁口太粗，應該是斧子之類。」

周以棠後頸一僵，含糊地應了一聲，好半天才敢偷偷回過頭去，卻見李瑾容已經毫不拖泥帶水地走遠了，才失望地鬆了口氣。

山洞很深，回音悠長，有一些人跡，但年代實在太久遠，不知是哪一位落難的高手設下迷陣後在此地落腳，陣法的主人悄無聲息來，又悄無聲息地走，除了一些沉默的刀斧痕跡，連隻言片語也不曾留下。眾孩童很快就無聊起來，李二郎率先打了個哈欠，把偷偷藏起來的蛇形小笛子拿了出來，有一下沒一下地瞎吹，發現一點聲音也吹不出來，便沒趣道：「姐，咱們走吧，我睏了。」

李瑾容正要說什麼，突然，黑虎家的狗呲出了牙，渾身的毛都炸開了，扯著嗓子狂叫起來。凶狠的狗叫聲在山洞裡來回迴響，竟有些說不出的淒厲意味，黑虎一激靈，瞪圓了小眼睛。

李瑾容一伸手按住自己從不離身的長刀，順著狗的目光望去，然而四處黑燈瞎火，她什麼都沒看見，狗叫聲震耳欲聾，聽也聽不出什麼，她「噓」了那狗兩聲，可往日一喝止便老實的狗居然不聽話，緊緊地夾著尾巴，喉嚨裡發出「嗷嗷」的咆哮，前爪在地上抓出了幾道痕跡。

李瑾容後脊無端升起一股寒意。

黑虎一哆嗦：「牠……別是看見什麼不乾淨的東西了吧？」

此言出口，眾孩童立刻亂成一團。

李瑾容：「閉嘴，少放屁！」

周以棠皺眉道：「別管了，狗害怕，裡面肯定有東西，我看咱們還是先撤。」

李瑾容想了想，將長刀提在手裡，衝黑虎等人一擺手：「走！」

眾孩童此時已經害怕了，連忙牽著狗，一窩蜂地往外撤，腳步聲一片混亂，在陰森的山洞裡來回回想，越發恐怖。李瑾容自覺斷後，面朝山洞深處，提刀倒著往外撤，十分戒備。突然，她手中火把劇烈地晃了一下，一股腥風撲面而來，她還沒來得及看清眼前的黑影是什麼，已經本能地將長刀架了上去。

下一刻，她被那東西撞得橫著飛了出去，火把陡然脫手，一串火星「呼啦」一下砸了出去，那東西被火光燎得微微往後縮了一下，巨大的影子晃動在石壁上，露出一隻縮成一條縫的豎瞳。

落地的火把原地滾了兩下，「呼」地滅了。

那竟是一條足有合抱粗的大蟒蛇。

照理說，蜀中鮮少能見到這麼大的蛇，而且蟒蛇通常行動緩慢，即便捕獵，也往往埋伏在某處守株待兔，倘若一擊不中，大抵也不會不依不饒地追。可這條巨蟒好像是瘋了，被李瑾容一刀撞在臉上，又被脫手的火把燎了一下，竟沒有一點退縮的意思，反而飛快地調整頭尾，閃電似的衝李二郎張開大嘴，再次撲了過去。

李二郎嚇得鼻涕都顧不上擦，一雙手在身上亂摸片刻，發現除了他偷偷順出來的小笛子，身上連張鐵片也沒有，眼看大蛇逼至眼前，李二郎兩條小短腿好似長在了地上，挪不動分毫。就在這時，一把長刀橫著飛了過來，從側面撞上蛇頭，來勢洶洶的大蛇腦袋被撞偏了，牠憤怒地猛地一扭頭，轉身對上膽敢打斷牠捕獵的螻蟻。

李瑾容將她一身輕功發揮到了極致——提氣一躍踩上了巨蟒蛇身，感覺腳下滑得幾乎不著力，她忙一擰腰，踉踉蹌蹌地從蟒蛇背上掉了下來，險而又險地與遍生倒刺的大嘴擦肩而過。

李瑾容轉頭衝一幫嚇傻了的大小孩子們吼道：「還不跑！」

李瑾容很少和蜀中的熊孩子們混在一起搗蛋，但興許是每個人都被她揍過的緣故，危急情況下，眾猢猻對她的話異常順從，集體撒丫子開始往外狂奔，雖然年紀小，但畢竟都是名門之後，竟然也沒亂。

大蟒蛇徹底被激怒了，高高地昂起頭，粗壯的身體遊龍擺尾似的掃過來，李瑾容本來就沒站穩，狼狽地就地滾開，躲得險象環生，幾次三番險些被大蛇纏住。她天資卓絕，一向自視甚高，此時居然被一條畜生逼得到處亂滾，心裡非但不懼，反而升起一把無名火。

李瑾容倏地往前躥了一步，聽著身後令人頭皮發麻的摩擦聲，縱身躥上山洞石壁，轉身，拔刀便砍。小女孩手上的長刀堂堂正正地撞上了巨蟒張開的大嘴，她到底年紀幼小，氣力不足，握刀的小手上頓時被震得開裂，後背重重地撞在石洞山壁上，一片火辣辣的疼。皮糙肉厚的大蟒蛇卻只是微微見血，同時更加怒不可遏，一頓之後，牠再次張開了血盆大口，李瑾容幾乎能看見牠口中參差不齊的利齒。

就在這時，一道火光倏地掠過，正好橫在大蛇和女孩中間，巨蟒對火光還略有畏懼，梗起脖子往後一仰，一隻手趁機伸過來，一把拉起李瑾容，猛地將她往洞口方向扯去。拉住她的那隻手的手心上佈滿了冷汗，手指冰冷得像凍了一宿的鐵器，李瑾容沒料到這時候竟還有人等她，不由得一愣，抬頭望去，發現來者竟是那一根手指就能戳一個跟頭的小書呆。

周以棠不知從哪弄來了兩根火把，一根丟出去了，另一隻手還拿著一根。

他死死地攥著李瑾容的手腕，用力將她往前一甩，自己略微錯後她半身，側過身，以拿著火把的那半身擋在巨蟒與李瑾容之間。

李瑾容其人，天生與正常人不同，遇到什麼突發情況，她很少會像別人一樣感覺到恐懼，好似就沒長出「害怕」那根筋——即使隨著年齡增長，她漸漸能基本判斷出什麼東西比她強大，但知道歸知道，真遇到事的時候，興奮或是憤怒總能占上風，什麼她都能躍躍欲試地挑戰一二。

此時，她在這麼個節骨眼上，竟還有暇以一種十分新鮮的目光打量周以棠——那小書呆是個小白臉，筆直的眉與眼珠卻又漆黑，黑白分明、十分清秀，小臉繃得緊緊的，嘴唇上一點血色都沒有，清晰的冷汗順著鬢角往下淌，讓李瑾容想起她逮到過的一隻年幼山貓，分明是個小毛團，哆嗦成一團，還要戰戰兢兢地衝人亮出稚拙的小爪子。她不知哪根筋搭錯，居然「噗嗤」一聲笑了出來。

周以棠簡直已經不知道是何方神聖撐著自己這兩條腿了，那巨蟒不知是不是活太久，儼然已經成了精，雖然怕火，卻好似知道火把是能被吹滅的，一邊追，一邊不停地往上撲，試圖借著行動間掀起風吹熄他手中的火。每次巨蟒撲上來，他都覺得這團晃得一塌糊塗的火苗要完蛋，狂跳的心快要頂破腦殼，而在這節骨眼上，那不知缺了哪根弦的小姑娘竟然還能笑得出來！

這一刻，在這個蛇洞裡，周以棠終於看出了李大小姐的真面目。他用力將李瑾容往洞口方向一揉，有生以來頭一次正經同她說話，還是上氣不接下氣的：「笑……笑什麼，還不快跑！」

李瑾容道：「你這書呆好沒道理，難不成哭就能把牠哭死？」

說話間，大蛇又一次撲上來，火苗劇烈地顫了一下，猛地縮成一團，周以棠的心也好似跟著那火苗縮成了一團，他聞到蛇嘴裡那叫人作嘔的腥臭氣，手軟得幾乎沒了知覺，與此同時，李瑾容一步越過他，抓住這一瞬的空隙，再次將手中長刀送了出去。

巨蟒劇烈地一顫，李瑾容方才被震傷的手再次湧出血來，倒退好幾步，靠石洞山壁才站住，她咬牙切齒道：「我回去就把『斬字訣』練上十萬八千遍，非得剁碎了這畜生的腦袋燉蛇羹。」

周以棠覺得她簡直像個走在路上摔倒了、就非得把地面給砸出個窟窿的小孩子，無奈道：「妹子，妳不如先想想我們還回不回得去！」

因她那一刀的緩衝，周以棠手中那哆哆嗦嗦的小火苗又苟延殘喘地重新著了起來，孩子與巨蟒再次彼此僵持起來。就在這時，只聽外面傳來一聲悶響，劇烈的亮光順著洞口傳了進來，原來不知哪個小猢猻身上帶了個從大人那偷來的聯絡煙花，方才都跑慌了，這會才想起來，緊接著，臨陣脫逃的李二郎跑著跑著發現他姐沒跟上來，連忙又哆嗦著小短腿往回趕，一邊跑一邊在洞口大叫：「姐！姐！妳在哪呢？」

而這倒楣孩子叫還不算，可能是懷疑自己動靜不夠響，他還在原地使勁蹦著跺地，又把那蛇形的小笛子拿起來使勁吹，方才一直不響的小笛子「不負眾望」，在這時候竟發出了一聲能刺穿人雙耳的尖鳴。

山洞中的巨蟒活似被施了定身法，周身一僵，昏黃的眼睛直直地豎在臉側。

一股前所未有的戰慄爬上了周以棠的後背，他當機立斷，用盡全力推了李瑾容一把：「快……」

這時，巨蟒突然動了，牠倏地抬起頭，好似發出了一聲聽不見的咆哮，竟連火也不顧了，一口咬了下來，危機之中，周以棠別無辦法，只好竟手中火把拋了出去，他運氣不錯，火把竟不偏不倚地砸中了巨蟒面門，飛濺的火星跳進了那畜生嘴裡，巨蟒痛苦地原地擺動龐大的身軀，周以棠趁機死命拽住還想著衝上去與那蛇大戰三回合的李瑾容，往洞口跑去。

已接近破曉，洞口處有了隱約的亮光，周以棠覺得腿簡直已經不是自己的了，全憑著本能在擺，身後要命的窸窣聲越來越近。

周以棠看見扒在洞口的李二郎面露驚恐，而同時，勁風襲向他後背，他本能地一回頭，便能看見一張咬下來的大嘴，那一刻，小書生腦子裡居然連「完蛋」倆字都沒有，裝滿了半懂不懂的經史子集的腦袋裡空空如也，只記得他鬆開了李瑾容，張開兩條麻杆一樣的胳膊，奮力擋在女孩和巨蟒中間，甚至閉上了眼睛——

然而李瑾容可不是會閉眼等死的，她輕叱一聲，提刀砍向巨蟒的獠牙，然而她手中刀尚未來得及送出去，眼前便有極清亮的刀光一閃，擦著她頭頂，自下而上地捅了上去，只聽「噗」一聲輕響，巨蟒那顆好似無堅不摧的腦袋被這一刀直接頂到了石洞頂端，蛇身撞在山壁上，發出一聲悶響。

李瑾容納悶道：「咦？」

她保持著砍了一半的動作，一仰頭，就看見了李徵氣得發青的臉。

半個時辰以後，大半個蜀中都被驚醒了，各家聞聽這驚魂一宿，連忙把自家熊孩子和狗一起領回去，叫他們飽食了一頓「竹筍炒肉」。

李瑾容和李瑾鋒兩個是被李大俠一隻手一個，揪著後脖頸子給拎回去的——由於周以棠認錯及時，且李大俠沒長第三隻手，小書呆逃過一劫，得以有「尊嚴」地自己走回去。

後來才知道，原來李二郎偷摸拿出來的笛子名叫「引蛇笛」，是南疆小藥谷那邊的人控蛇用的，南疆自古有玩蛇控蛇之法，倘若使用得當，能將方圓數里的蛇都引過來，供其驅使——當然，不得當就只能被憤怒的大蟒蛇狂追了。

因為這件事，李二郎被李大俠揍得哭聲繞樑三日，差點讓鼻涕嗆死，李瑾容見勢不妙，趁弟弟遭殃的時候直接躥上了樹，躲了兩天沒敢下來。周以棠習武才剛入門，不禁打——被罰每天在梅花樁上站馬步。

經此一役，周以棠算是徹底和蜀中的猴孩子們混熟了，同時徹底明白了在李姑娘面前不敢說話的自己是多麼愚蠢。初見時那杏核眼、冷若冰霜的小女孩徹底分崩離析，註定是個美好的幻覺。

破滅了的。

番外六　桃李春風一杯酒

「真的假的？」周翡愣了愣，又不放心地問，「可那李婆婆不是向來懶得擔事嗎——我娘怎麼說？」

「姑姑說他們愛怎樣就怎樣，只要別把人都招來四十八寨裡亂就行。」李妍側身坐在一塊巨大的礁石上，雙手端著個烤得肉是肉、水是水的貝殼，吹了兩下，一口倒進嘴裡，燙得眼淚差點沒下來，「嗚嗚」半天，哆哆嗦嗦地憋出一句，「好、好吃，姐夫，太好吃了！」

謝允默默地坐在一邊守著火堆烤貝殼，這是個細緻活，他一個人烤趕不上那兩位吃，忙活了半天沒顧上自己，手裡就剩最後一個，剛想下嘴，被李妍這句橫空出世的一聲「姐夫」叫得心花怒放，主動把最後一顆讓給了她。

李妍高高興興地接過來，一點也不跟他客氣，只恨嘴不夠大，不能將整個東海裝進肚子裡帶走。她心滿意足地吃完了最後一個貝肉，順手將殼扔進大海，從礁石上一躍而下，問道：「我的話可帶到啦，姐，妳到時候去不去？」

周翡道：「楚楚的事，我砸鍋賣鐵也得過去，何況又不遠。」

不遠處的陳俊夫衝李妍招了招手，問道：「小丫頭，魚乾吃不吃？」

李妍聽聞，二話不說，撒丫子就跑，丟下了她英俊的姐夫和更加英俊的姐，義無反顧地投奔了一個百十來歲的老頭子。

南北歸一那年，趙淵改了年號為「乾封」，此時正是乾封二年，謝三公子經過了兩年的艱辛歷程，恨不能將四十八寨所有沒人願意管的瑣事都一手包辦，才總算換來李大當家對他睜一隻眼閉一隻眼。

這年秋天，周翡陪著謝允回東海，探望師長並祭奠先人。

「先人」總共有兩位，一位是那位捨命救過謝允的小師叔，另一位是梁紹。

梁丞相的屍骨被木小喬誤打誤撞地炸了，連同山谷一起灰飛煙滅，到底是塵歸塵、土歸土，謝允便在蓬萊小島上替他立了個簡單的衣冠塚。想那梁公生前轟轟烈烈、機關算盡，死後也該清靜了。

他倆探過了老人，又掃完了墓，正打算走，李妍就不請自來，還捎來個口信——吳楚楚這幾年四處搜集整理各派遺跡，已經頗有些成果，正好李晟時常被李瑾容放出去聯絡各方，交遊頗廣，便不知怎的突發奇想，牽頭替吳楚楚四方發帖，打算在這一年中秋要辦個「以武會友」的集會，沒帶什麼噱頭，只說近些年整理了一些流落各處的典籍，想借此機會叫大家來喝杯薄酒，願意來湊熱鬧的，說不定能遇見一些新朋故舊。地方定在了柳家莊，李晟嶄露頭角便是從柳家莊園剿十八藥人開始的，自那以後，他同柳老爺倒是成了忘年交。

帖子和消息是行腳幫幫忙發出去的，本以為響應者寥寥，多不過請來幾個老朋友過來湊個熱鬧，誰知也不知怎麼居然鬧大了，一傳十、十傳百，四方豪傑一大幫一大幫地往柳家莊趕，比之當年永州城中霍連濤弄出來那場「英雄會」還熱鬧，小小的柳家莊已經不夠安排，眼看把濟南府的大小客棧都擠滿了，滿大街都是形態各異的江湖人，鬧得李晟有些發慌，不得已派李妍來叫周翡這把「南刀」過去給他撐場面。

「這個嗎，倒不意外，」謝允道，「這麼多年了，先是活人死人山，再又有北斗、殷沛等人橫行無忌，仇怨相疊好幾代人，四處烏煙瘴氣，好不容易大魔頭們都死光了，中原武林這潭死水也該否極泰來了，妳哥心機手腕出身武功一樣不缺，更難得為人謙遜，不把自己當回事，據說在老一輩中人望很高，都在捧他的場，這回恐怕是各大門派的人有意推波助瀾。」

周翡詫異道：「難不成他們還想把他捧成下一個山川劍嗎？」

謝允問道：「有何不可？」

周翡總覺得有些奇妙，她是未曾見過當年山川劍風采的，只是聽這個說幾句、那個說幾句，從隻言片語中大概得出個模糊的印象，那位前輩的德高望重，一柄重劍鎮住了整個中原的魑魅魍魎。在她心裡，如果說殷大俠是仰止的高山，李某某就是礙事的小土包，如果說殷大俠是鎮守一方的聖獸，李晟就是哆嗦個尾巴嗷嗷叫的串種小野狗——總而言之，除了都是人、都是男的，李晟與山川劍在她心裡好像沒什麼共同之處，她實在有點難以想像。

周翡思索片刻，便憂心忡忡道：「他？武功也拿不出手，純會耍嘴皮子，萬一遭人嫉恨，想害他，連陰謀詭計都不必使，直接打死也費不了什麼事。」

謝允：「……」

李晟如今的武功縱然比不上成名多年的老一輩高手，也是青年一代裡的鳳毛麟角了，誰知到了周翡嘴裡，他好像成了個一打就死的文弱書生。怪不得李少爺分明是年輕氣盛的年紀，身上卻總有不把自己當回事的「超然」氣質，原來從小成長在這種險惡的環境中。

周翡將熹微在手中轉了個圈，十分嫌棄地說道：「我還是多叫幾個人去給他壯壯膽吧，真是麻煩。」

謝允忙見縫插針地溜鬚拍馬道：「可不是嗎，周大俠宇內無雙，天下無敵。」

周翡總覺得這話聽起來怪怪的，姓謝的好像又在諷刺她，便狐疑地看了他一眼。

她仰起頭的時候顯得下巴很尖，眼睛半睜不睜地略微上挑，是個頗不好哄的小美人，謝允佯作無辜地與她對視片刻，便憋不住手嘴齊賤起來，他略一彎腰，捏住周翡的下巴，低聲道：「我要是早知道這周大俠最後能便宜我，當年夜闖洗墨江的時候一定打扮會漂亮一點，輕功也一定能再飄逸一點。」

周翡似笑非笑道：「去見個水草精，妳還想打扮成什麼樣？」

謝允眼珠一轉，彎腰湊在她耳邊說了句什麼，不知怎麼下流無恥了，說完他就立刻蹦開，剛好躲過周翡戳他肚子的刀柄。謝允以手撫胸道：「小生提了六次親，被妳爹娘軟硬釘子餵了十二顆，生生嚼出了一口鐵嘴鋼牙，不料娶回家來天天挨揍，苦也——」

最後倆字，謝允謅出了唱腔，連說帶唱也不妨礙他轉瞬躥出了一丈多遠，還回頭對周翡道：「趙淵至今叫我一齣《白骨傳》唱得睡不著覺，妳要是再欺負我，明兒我就寫一齣《南刀傳》去，揭露某大俠表面道貌岸然，私底下一言不合就虐打文弱書生……哈哈，阿翡，妳輕功還欠練啊。」

周翡輕功確實不如他──畢竟先天不足，脖子下面不全是腿。

兩人一追一逃，轉眼跑出去半個島。

忽然，謝允腳步一停，在一塊礁石上微微一點，渾似不著力一般，塵土不驚地落在上面，背著手衝周翡微微擺了擺。

周翡探頭一看，發現他們兩人竟不知不覺地來到了那兩座墓前。那兩座比鄰而居的石碑在三面環礁處，好似被天然林立的礁石環繞出了一方小小的天地，十分幽靜，開闊的一側面朝浩瀚東海，一眼能望見海天交接處。

同明大師正拿著一柄長掃帚，有一下沒一下地掃著兩座墓碑上的浮灰。老僧與石碑在濤聲蕭瑟中，有種難以言喻的寧靜。謝允衝周翡打了個手勢，拉著她的手輕輕飄落到一邊，兩人從大礁石後繞著走開了，沒有驚動同明大師。

走出老遠，謝允才輕聲道：「我師父身分特殊，他們那一支人自從亡國後，便一直隱居東海蓬萊，其他幾位師叔都是當年隨侍的忠臣之後，若不是因為我，他老人家根本不會離島，倒是幾位師叔偶爾出門跑腿──當年陳師叔幾次三番受山川劍所託，替他做盔甲兵刃等物，妳也知道，陳師叔天性懶得應酬，都是小師叔替他跑腿當信使，一來二去，同殷大俠有了些交情。」

他話說到這，周翡已經明白了，便接道：「後來他對殷大俠之死有疑慮？」

謝允點點頭：「不錯，山川劍、南刀——老南刀，還有當時我的事，他至死都一直耿耿於懷，遺願便是要我去追查海天一色，給他一個交代……如今他與梁相兩位比鄰而居，想必可以面對面地交代清楚了。」

周翡微愣——「海天一色」像一個好似所有人都心照不宣、互相牽制的由頭，所有人都想利用這個由頭，所有人都諱莫如深。四十八寨原本人就多，後來周以棠又帶了一批心腹回家，堪稱人多眼雜，有些話至今她都沒機會口頭問清楚，此時在東海之巔，四方視野平整，周遭一目了然，她才斟詞酌句地含蓄道：「那位真的不姓趙嗎？」

謝允微微彎了一下眼角，同樣含蓄地回道：「我們趙家這幾代人，優柔寡斷、婦人之仁，特別容易熱血上頭，凡事想當然耳，吟風弄月的本領不錯，紙上談兵也都是好手，卻都上不了真章。從先帝到我爹，再到我，都是一路貨色，沒出過這麼有出息的人物。」

周翡下意識地回頭張望了一眼，然而視線被墓碑擋住了，她看不見那兩座比鄰而居的墓碑：「可梁紹到底圖什麼？」

「當時箭在弦上，」謝允輕聲道，「南邊策劃許久，集結了數萬大軍，牽一髮而動全身，一旦被人發現……必定四下潰散，大昭就真的亡國了。」

周翡詫異道：「可那個誰都不姓趙，這就不算亡國了嗎？」

謝允伸了個懶腰，順手勾住周翡的肩，懶洋洋地將手搭在她身上：「輿圖未曾換稿，滿朝文武未曾改志，江山未曾易姓，最重要的是，先帝當年所思所願，還有實現的餘地，梁公與先帝心心念念的新政，能在江南鋪開，而新帝年幼時只能倚仗梁紹，等他翅膀硬了，縱然梁紹已死，也有『海天一色』陰魂不散，只能永遠在他設想中的既定路線上走下去，一兩代人之內，天下必有安定時，屆時妳登礁東望，茫茫一片，天海相連，又有什麼分別？」

謝允說得不痛不癢，語氣抑揚頓挫，只缺個小桌案和驚堂木，不然講到這裡可以收彩討賞了，親自為周翡表演了一番趙氏後人是怎樣爛泥扶不上牆的。接著，他的爪子又十分不規矩地輕輕撓了撓周翡的下巴，湊到她耳邊道：「咱們先去柳家莊，等看完熱鬧，我帶妳去舊都玩好不好？過了冬，咱們再去塞外看新草和嫩羊。」

周翡一巴掌拍開他的爪子：「滾，有點正事沒有？就知道玩，大當家要是有事差遣我去……」

謝允笑咪咪地打斷她，悠然補充道：「還可以高價買幾隻小羊羔就地烤，外焦裡嫩，根本不必放許多香料，少許一點鹽便滋味無窮。」

周翡立刻改口：「……那我去給我娘寫信說一聲。」

謝允大笑。

江山依舊在，前塵俱以往，老一輩的跌宕起伏漸成傳說，又一輩新人換了舊人。

這一代的「山川劍」，是個從小被姊妹欺壓得敢怒不敢言的好脾氣，這一代的「南刀」，是個一頭小羊羔就能拐走的吃貨。若干年後，也許能成就一段新的傳奇，付與驚堂木與三尺桌案間，未可知。

番外七　朱雀橋邊

「阿翡！阿翡！」

周翡將掌心裡的柳條甩了出去，正好搭在一條牽機線上，她好似一朵風中柳絮，借力飄起，穩穩當當地落在洗墨江山壁間的山岩上，抬手扯下了蒙在眼睛上的絲絹，朝江中小亭一擺手。倚在小亭石桌旁的謝允瞧見，放下茶盞，揮揮袖子，洗墨江中的牽機立刻如同蟄伏的凶獸，帶著雷鳴似的咆哮沉入水下。

這位吹風賞月品茶、順便圍觀自己媳婦用功的奇男子，懶洋洋地朝洗墨江岸上一笑：「阿妍來啦？」

不學無術如李妍，也忍不住五十步笑百步地嘆為觀止道：「姐夫，真夠上進的！」

謝允皮厚三尺，死豬不怕開水燙地回道：「可不嗎，現如今，蜀中再沒有第二個比我熟悉牽機機關的了。」

周翡感覺他們倆的不著調各有千秋，實在難分高下，無從評判，於是簡單粗暴地說道：「閉嘴——李大狀，妳有什麼事？」

李妍長大經歷許多，也不那麼怕高了，蹲在洗墨江邊，她答道：「寨中來了個貴客，姑姑和姑父出門了不在家，李缺德打發我來叫妳去見見。」

周翡一愣，因為「接客」向來是李晟的事，倘若有「貴客」需要她露面，那麼該「貴客」必定是個不速之客：「來的是什麼人？」

李妍扯著嗓子嚷嚷：「朱雀主木小喬。」

木小喬今日光臨四十八寨，並沒有要興風作浪的意思，他沒將自己打扮成妖魔鬼怪的樣子，只穿了一身普普通通的長衫，兩鬢斑白，面貌上雖帶了些揮之不去的妖氣，但總體而言，十分眉清目秀，是個比較耐看的中年男子。

周翡到的時候，他正在跟李晟說話，李晟雖然屬於「臭男人」，但因為是美男子，所以木小喬對他態度還不錯，有一句算一句，說的都是人話，見周翡進門，木小喬還正經人似的衝她一點頭：「周姑娘，久違了。」

周翡被前任大魔頭一句「周姑娘」叫得嗆了口風，險些絆倒在門檻上，總覺得他老人家是夜貓子進宅——無事不來，當下，她帶了幾分猶疑一點頭，客套了回去：「朱雀主，當年金陵一役，多謝你援手。」

木小喬一擺手：「別自作多情，我自己樂意去瞧熱鬧，看那狗皇帝滿地爬開心得很，沒打算幫妳。」

這句說得十分木小喬，周翡莫名鬆了口氣，問道：「木前輩大駕光臨，不知有何貴幹？」

木小喬也不繞圈子，坦然道：「確實有事，我想見一見貴寨中的吳小姐——為中原武林著書立傳的那位。」

李晟和周翡聽了這話，臉色都是一變，兩人不動聲色地對視了一眼，周翡摩挲了一下刀柄，李晟則十分謹慎地說道：「吳姑娘確實是我們寨中人，但她出身大戶人家，有時難免不懂江湖規矩，或有莽撞之處，倘若她寫了什麼得罪朱雀主的東西，也是我們疏忽了沒和她提的緣故，還望見諒。」

「我又不吃人，這麼防備做什麼？」木小喬似笑非笑地看了他一眼，笑道，「我聽說她最近寫到了霍家堡的腿法，想打聽打聽她寫完了沒有，倘若已經完成，能不能先借來看看？勞駕和她說一聲，我不白看，拿『百劫手』同她換。」

李晟想了想，朱雀主是出了名地愛打架不愛耍手段，話說到這種地步，應該沒什麼惡意。而且周翡正是全盛狀態，活人死人山四大魔頭到齊了她也能一刀切開，倒不必怕，於是兩刻過後，吳楚楚來了。

當年霍連濤拋家捨業，從洞庭逃到永州，又在永州作了一回大死，將顯赫一時的霍家堡作得渣也沒剩一個，曾經縱橫天下的霍家腿法眼看要失傳，幸虧吳楚楚尋訪到了一位隱居的霍家堡故人，又輔以四十八寨中霍老堡主故交的前輩意見，花了近一年的工夫，將霍家腿法補全了。

吳楚楚走遍千山萬水，不是為了將一干祕笈私藏的，本就打算寫完後在江湖上傳閱，所以聽了木小喬的意思，她沒什麼意見，痛痛快快地把手稿謄了一份，讓他帶走了。木小喬此行目的達到，便不再耐煩和李晟他們扯淡，起身就要告辭，吳楚楚卻突然叫住了他：

「朱雀主。」

木小喬一頓。

只見吳楚楚將方才得到的「百劫手」抹平，平整地放在膝頭，好像她翻看的不是徒手剜人心的魔功，而是某位大儒手中流下來的四書五經注釋本，連那血淋淋的圖稿都跟著斯文風雅了起來。

「我見識短淺，鮮少見到『百劫手』這樣的功夫。」吳楚楚溫文有禮地衝他笑了笑，「多謝朱雀主讓晚輩長了一回見識。」

木小喬懶洋洋地問道：「怎麼，吳小姐有什麼見教？」

「不敢當，晚輩只是個門外漢，自己武功也稀鬆平常，不敢拿淺見貽笑大方，」吳楚楚十分謙遜地說道，「但總是聽老人說『過猶不及』，我見朱雀主的百劫手剛烈異常，不留餘地，時間長了，不免傷人傷己，霍家腿法又是極霸道的硬功，若不是自小培養，強行練起，也容易傷人……我是看朱雀主面色略有憔悴才多這一句嘴，霍家腿法雖然交給您了，但也請您多保重。」

她聲音輕柔，語氣和緩，聽在耳朵裡叫人十分享受，哪怕是罵人的髒話，從她嘴裡說出來，別人恐怕也不覺得是冒犯。木小喬雖然一貫任性妄為，但對賞心悅目的人，脾氣往往會好一些，聽了這話，他不以為意地笑了一聲，看了吳楚楚一眼，他帶著幾分彬彬有禮，出言不遜道：「多謝，不關妳的事。」

說完，也不與主人家告別，便徑自揚長而去。

周翡一出長老堂，正好和慢騰騰收拾完茶具的謝允走了個對臉，謝允十分手欠，順手一撈，將她撈進懷裡，四下張望一眼，見遠近沒人，便翹起尾巴，在她嘴角偷了個香：「朱雀主這麼快就讓你們給打發了？怎麼，吳小姐那霍家腿法的一章居然已經寫完了？」

「起開，」周翡按住他十分不老實的手，「你怎麼知道他來幹什麼？」

謝允嘴角一翹，仗著自己個高，伸手按在周翡頭頂：「小紅玉，為父無所不知。」

周翡：「……」

姓謝的恐怕是活得不耐煩了。

「木小喬與霍老堡主關係匪淺，妳不是都知道嗎，」謝允見好就收地縮回手，笑道，「不然當年他弟弟霍連濤怎麼支使得動朱雀主！哎……話說回來，要不是他的人打劫了李公子，又把妳引到地牢，我還沒緣分見妳一面呢，算起來，朱雀主還是妳我的大媒人，方才應該留他喝一杯才是。」

被打劫的李公子正好出來，聽了個正著，當場給氣成了一個葫蘆。

謝允因嘴欠得罪了大舅哥，眼看大事不好，連忙腳下生風，施展開他騰雲駕霧似的輕功，裹挾著周翡逃之夭夭。

一路跑回了他們倆的小院，周翡才問道：「我只聽過木小喬挖人心的故事，他與霍老堡主到底有什麼淵源？」

「我知道兩個故事，妳想聽哪一個？」謝允豎起兩根手指，「一個類似江湖謠言，只是傳說，另一個倒有來龍去脈，聽起來比較合情合理。」

周翡問道：「合情合理的是什麼？」

「木小喬是海天一色的見證人之一，這妳知道，」謝允道，「所謂見證人，就是『中人』，兩邊拿好處，監督兩邊。」

周翡點點頭：「他和我聊起過，他說『一邊答應幫他查一個仇人的身分，一邊答應幫他脫離活人死人山』。」

「他跟妳聊？」謝允愣了愣，追問道，「什麼時候？聊了什麼？周翡，妳這就很不對了！平時在我面前就沉默寡言的，逗妳多說幾句就翻臉不耐煩，怎麼在外面跟誰都能聊？」

周翡道：「你在東海躺屍的時候。」

「好啊，還是趁我看不見妳的時候，」謝允指責道，隨後他半真半假地學著木小喬捏起嗓子，「難道妳喜歡這種腔調的小妖精，我也會……」

周翡：「滾，說人話！」

「哦，」謝允如願以償地討了罵，老實了，繼續道，「見證人要確保知情人不把祕密說出去，還要防止梁紹殺人滅口，肯定是跟在知情人身邊。鳴風樓的二位樓主來到你們四十八寨，封無言隱姓埋名去了齊門，山川劍活著的時候，霓裳夫人帶著羽衣班客居在殷家附近，木小喬自然就到了岳陽——那時活人死人山內訌，四大魔頭分崩離析，南北正邪兩道都等著將他們逐個擊破，木小喬來到霍家堡，也是霍老堡主答應幫他脫離活人死人山，給予庇護，兩人雖說是互相利用，那麼多年下來，大概也頗有交情，想來朱雀主並不像傳說中那樣凶殘不講理，還是有情有義的。」

周翡想了想，總覺得這故事雖然合情合理，卻又有什麼地方不對，因為依她看來，木小喬比傳說中還要凶殘不講理，他一身戾氣逼人的百劫手，心冷似鐵，這些年跟在他身邊的朱雀教眾螞蚱似的死了一批又一批，從來也沒見他吝惜過，可見其心性之涼薄，並不是相處久了就能見交情的——霍老堡主傻了以後，十多年來與木小喬相交甚篤的是他弟弟霍連濤，木小喬照樣說殺就殺，都是親兄弟，難不成霍老堡主真能比霍連濤英俊百倍嗎？

周翡便問道：「江湖謠言又是什麼？」

謝允道：「說木小喬年幼時家破人亡，曾經被賣到戲班裡，班主是個王八蛋，專門虐待小孩子，還要撿生得漂亮的糟蹋，被當時還是少年的霍老堡主遇見，順手救下帶回家。」

周翡奇道：「霍家堡是名門中的名門、正派裡的正派，他既然被帶回了霍家堡，是怎麼長成這副德行的？」

謝允：「他並不是在霍家堡長大。」

周翡：「怎麼？」

謝允嘆了口氣，說道：「妳和羽衣班的人混慣了，大概不知道，早年民間戲子中其實沒有那麼多坤角女伶，大多還是男旦的天下，為了扮起來像，便將那些眉清目秀的小男孩從小充作女孩養，久而久之，他們自己也不知道自己是男是女，木小喬那時正是年幼懵懂的年紀，像一棵被強行修剪出來的病梅，所以一不小心便誤入歧途，對救過他又同他要好霍老堡主起了『女孩的心思』，被當時霍家堡的長輩瞧出來，自然不願意讓自家少主同一個來路不明的小戲子攪合在一起，就使了手段，將他驅逐出霍家堡，自此有了一段恩怨情仇。」

周翡好一會才反應過來什麼叫做「女孩的心思」，「啊」了一聲，愣愣地問道：「真的假的？」

謝允大笑：「當然不是真的，跟妳說了是江湖謠言——差不多的故事至少還有十八個版本，多獵奇的都有，我這是給妳挑了個頗為正經的呢。」

蜀中附近小鎮，因為有「千歲憂」先生常駐，在淫詞豔曲方面總能高過其他地方一籌，漸成一景，吸引了一幫吃閒飯的騷客們來此遊歷，連路邊茶樓酒肆之類都比別處繁華不少，木小喬獨自一人經過小鎮上一座茶樓，聽見裡面正在唱新出的詞曲。

近年來，國仇家恨的故事大家都聽膩了，風花雪月與才子佳人的風尚又起，木小喬素來愛這些靡靡之音，便走進去駐足細聽。

一曲終了，戲班的小跟班將盤子頂在頭上，四下來討賞，那孩子不過八九歲的模樣，長了一張團團圓圓的小笑臉，倒騰著兩條短腿跑上跑下，一不留神，被隆起的木條絆了個大馬趴，正摔在木小喬腳下，客人們都是來取樂的，見他出醜，便哄堂大笑，男孩爬起來，眼角嘴角一耷拉，像是要哭，可是到底不敢，抬頭的瞬間就忍住了，強行拗出了一個沒皮沒臉的笑模樣，猴兒似的從地上一躍而起，團團作了個憨態可掬的揖，引得眾人又一陣發笑，他便搖頭擺尾地朝那笑聲最大的人討錢。

轉了一圈回來，又討到木小喬腳下，那小男孩笑嘻嘻地看了他一眼，不料正對上大魔頭冷冷的目光，嚇得一激靈，再不敢造次，連忙低頭含胸地將托盤往身後一藏，小心翼翼地往後退去。

退出了十幾步遠，小男孩憋了半死，這才大出口氣，正想回頭張望，忽聽耳畔一聲輕響，他吃了一驚，只見托盤裡多了一錠碎銀，足有二兩，男孩張大了嘴，連忙去看，方才那位嚇人的客人已經無影無蹤了。

有這樣的收穫，想必今天下去就不用挨打了，小男孩沒料到那位凶巴巴的客人竟肯這樣好心，命賤的孩子向來無人憐惜，很容易知足，臭揍少挨一頓是一頓，於是歡天喜地地跑了。

此後，吳楚楚雖將霍家腿法與其他一干快要失傳的功夫公之於眾，但因霍家腿對資質與苦功太過苛求，問津者寥寥，倒是二十年後，江湖中有一派名為「長風」，竟以霍家腿法見長，掌門姓霍，是個雖然初出茅廬、但老成持重的後生，自言並非霍家堡後人，只是個不知爹娘姓甚名誰的孤兒，從小跟師父學藝，師父給改了姓。至於霍掌門尊師是哪位，他便諱莫如深了，有人問起，長風派便只說他老人家退隱已久，不願再傳出聲名，此事一直是個謎。

江山百代，漸漸不再有人追究，當年霍家堡雖然分崩離析，功夫卻機緣巧合，就這麼一直流傳了下去，也算源遠流長。

番外八　狂瀾之巔

（一）

「李瑾容，妳要造反嗎？」李徵怒不可遏地夾著一截斷刀，拉高了調門。斷刀是從他那倒楣姑娘手上夾斷的，倘若他方才出手慢了一分，斷的恐怕就是「乾元」派首徒身上的某個部件了。

這一年，李家大姑娘瑾容年方十七，大眼睛雙眼皮，天是老大、她是老二。

乾元派是四十八寨之一，平日裡不言不語，十分和氣生財的門派，掌門座下大弟子宋曉非與李瑾容同歲，也是個翩翩少年郎。不過這少年郎從小就是李姑娘的跟屁蟲，在她的毆打中十分茁壯地長了七尺高，可能是打壞了腦子，竟求著他師父到李寨主面前說親。

乾元的宋掌門聽了他的白日夢，也很發愁，認為自家徒弟挨揍上癮的毛病可能得吃藥，到底耐不住小輩幾次三番地磨，只好硬著頭皮找上門來。

李徵聽了他的來意，沒發表什麼意見，因為知道自己說了不算。他亡妻去得早，自己又是一副好性子，對一雙兒女很是憐愛，難免縱容多過管教，等察覺管不了的時候，已經來不及了。

李瑾鋒的溫吞性情倒是隨了他，李瑾容卻不知在娘胎裡出了什麼問題，天生帶著一點邪氣。她非但不像個女兒家，連個名門正派之後也不像，四十八寨「奉旨為匪」本是笑談，大家都是掛名土匪，本質還是大俠，唯有李姑娘匪得貨真價實。她桀驁不馴、心狠手辣，而且為人處世非常之混，是一筆八張算盤也打不清的混帳，惹急了她，什麼事都幹得出來，除非捨得真刀真槍地動武砍她，不然李徵自認不是她的對手，哪裡敢做她的主？

李徵正要開口婉拒，李瑾容正好不知有什麼事跑到了長老堂，將這尷尬的提親來龍去脈聽了個尾巴。

李徵心道：「壞了。」

果然，李姑娘二話沒說，徑直闖進長老堂，提刀就砍。和和氣氣的乾元掌門見勢不好，忙在李徵的護衛下帶著自己哭哭啼啼的小徒弟逃之夭夭，剩下這一對名刀父女自行斷官司。

李徵把斷刀往地上一扔，七竅生煙。

然而十七八歲的大姑娘，既然已經到了說親的年紀，總不能說打就打，而李寨主素來是溫良恭儉讓，氣急了罵人，也就會說一句「豈有此理」，四個字來回車軲轆未免欠了些氣勢，他無計可施，氣得連乾了三大碗涼茶。

李瑾容手中半截刀身猶在震顫，面無表情，不知悔改。

李徵怒道：「今天同門相殘，明天妳是不是就要欺師滅祖！」

李瑾容振振有詞：「我沒同門相殘，就宋曉非那廢物，我三刀能把他肋板剔出來燉一鍋，我跟他殘得起來嗎？」

李徵聽了這番厥詞，失手摔了茶碗蓋：「那妳就是恃強凌弱，更不是東西！」

李瑾容理直氣壯：「我怎麼他了？我方才用的是刀背，又沒想真砍死他，你又憑什麼夾斷我的刀？」

「刀斷了是妳自己學藝不精！」

「他挨揍也是他學藝不精！」

李徵叫一口怒火噎住，燒熟了大半副心肝肺。

李瑾容想起自己方才自覺排山倒海的一刀，竟能被李徵在猝不及防間以兩指夾斷，非但沒有生出對長輩的讚嘆，反倒有了一腔咬牙切齒的不甘心，她越想越不服，於是對著威名赫赫的南刀道：「爹，你等著，早晚有一天，我也能砍斷你的刀！」

李徵：「……」

這丫頭的破雪刀是他手把手教的，不知哪出了問題，沒有一點「無鋒」的君子氣度，反而剛烈得有些不知進退，李徵總怕她過剛易折，著實操碎了心。他知道李瑾容吃軟不吃硬，只好勉強壓下聲氣，語重心長道：「瑾容，獨木不成林，我們四十八寨共同進退，同門之間，是要講顏面的，人家看得上妳，誠心誠意來求，無論如何都是好意，妳不願意，找個藉口推了就是，怎能這樣無禮？」

「同門顏面」在李大小姐眼裡一文不值，聽了這番囉嗦，她用鼻子出了口氣。

李徵又喋喋不休道：「乾元的宋掌門前些日子同我說，想問問妳哪天方便，去他那指點一下後輩弟子功夫，我看啊，不如妳明天就過去一趟，去了跟人家好好說話，也算賠禮道歉。」

李瑾容斬釘截鐵道：「不去。」

她在刀法這一道上，是老天爺賞飯吃，單憑著一把破雪刀，十四五歲時就已經能同四十八寨的長輩們一較高下，眼下不說四十八寨中年輕一代，就是不少門派的長輩掌門之流，動起手來也要讓她三分。便有人時常請李瑾容代李徵指點一下自家後輩，剛開始還好，有人叫她就去，只是去了沒幾次就煩了，她單以為自己那弟弟李瑾鋒已經是世間罕見的笨蛋，沒料到天下之大，無奇不有，一蛋更比一蛋蠢！

李徵不是慫人也壓不住火了：「李瑾容，四十八寨裝不下妳了是不是？」

「要去你去，」李瑾容口出狂言，轉身就走，「我不去那特產是蠢貨的地方浪費口舌。」

話音沒落，這一身反骨的大姑娘就縱身上樹，身形一閃便不見了蹤影，剩下她爹一個人原地跳腳。

李徵火燒火燎地生了一會悶氣，終於還是無奈。他推開窗，望著被李瑾容借力一躍時震了一地的碎花瓣，心裡忽生鬱結。

兒子瑾鋒從小被強勢的長姐壓制，習慣了看她臉色，為人處世上便少了幾分主心骨，仁義有餘，魄力不足，有時候還有點不靠譜。至於女兒瑾容……李瑾容的根骨、悟性、毅力，無一不是萬裡挑一，好像是李家歷代列祖列宗各取了一點精華，全都傾注在她身上，天分卓絕，比同齡的男孩還要強出百倍。

偏偏又是這麼一副孤傲驕狂的心性。

當此亂世，有天賦鐵肩，她肯不肯擔這一副道義？

她沒見過天高地厚、世情險惡，不知什麼是外，自然也不知什麼是內，從未遇見過危難，更不懂太平難得。

四十八寨，現如今不過是看在他們這些老傢伙們的交情上勉力維持在一起，將來怎樣呢？後輩們，當真有人挑得起這根匪旗嗎？倘若不行，這南北夾縫裡「匪寨」中人，會落個什麼下場？

李徵一想就想多了，出神良久，被一陣急匆匆的腳步聲打斷，他這才回過神來，不由得自嘲一笑，不明白自己怎麼突然憂慮起身後事來了，左右他正當壯年，少說也還能庇護四十八寨一二十年，少年人心性不穩，最易變化，到時也許兒孫自有兒孫福、車到山前必有路呢？

「李師伯！」腳步聲到了門前，來人頗為慌張地喊了一嗓子。

李徵放開心胸，應道：「什麼事？」

「山下暗樁傳信，見您那位朋友段姑娘在附近與人動手爭鬥，對方彷彿是北斗的人！」

李徵的眼角倏地一跳。

（二）

秀山堂的考核被李晟改成了半年一次，師父准了就能報名，到統一考核那天，領了牌子去排隊即可，每個考核日都會引來眾弟子爭相圍觀，堪稱盛會。這會正是臨近中秋，出門在外的弟子們能回來的都回家過節了，秀山堂四十八根木樁的守樁人難得沒有缺勤的，連萬年空缺的李家木樁也出了考核人——周翡回來了。

李瑾容來得早不如來得巧，她經過時，正趕上秀山堂繁瑣的儀式與過場已經走完，弟子們開始逐個登臺。

小弟子們一個個摩拳擦掌，有默默數著場中木樁的，有反覆檢查自己兵器的，還有緊張得來回往茅房跑的。四十八張紅紙花在風中獵獵而動，只聽「噹啷」一聲鑼響，一個小弟子應聲衝進木樁陣中。他一看就是早有準備，進入場中，頭也不抬地避開了各派長輩和精英，從最東邊開始，直奔資歷最淺的小師兄，一路爭分奪秒，香燒盡的時候，正好拿到了四張紙花，子弟名牌穩了。

那小弟子難掩喜色，悶頭便要往臺下跑，跑了一半才想起什麼，連忙又掉頭回來，朝長輩和師兄師姐們道謝。

守樁人資質不一，各派派來的都很隨便，那些弟子眾多的門派，派出來的往往是剛拿到自己弟子名牌的年輕人，不大會為難師弟師妹，人少的就不一定了，趕上這波考核的弟子運氣好，碰上的便是小師兄小師姐，運氣不好，來個師叔師伯也未可知。

秀山堂奪紙花，一生只有一次，自然是成績越漂亮越好，因此眾弟子們都是一個思路——到了考場先大致掃一圈，掂量掂量誰是軟柿子，先易後難。

周翡平時比較忙，很少趕上這種場合，剛開始站得頗為嚴肅，可是一輪過去、兩輪過去……十輪八輪過去，一個往她那裡去的都沒有。守椿人不能離開木樁周圍方圓一丈之內，周翡無聊地在原地晃悠了一會，見沒人理她，乾脆拄了長刀席地而坐。李瑾容看過去的時候，她已經快睡著了。

好不容易有個瀟湘的後輩，同儕之中甚是出類拔萃，香還沒走完一半，他便已經拿到了十張紙花，一時得意忘形沒剎住腳步，眼看著就直奔李家木樁下，周翡眼睛一亮，熹微迫不及待似的跳出鞘來，清冽的刀光一閃，瀟湘的弟子回過神來，才看清眼前是誰，萬萬沒料到她居然不是來充數的，而且真會拔刀，頓時大驚失色，掉頭就跑。

周翡：「……」

李瑾容抱臂在外面圍觀了一會，不由得搖頭失笑，正打算悄悄離開，忽聽有人同她打招呼：「大當家。」

李瑾容一偏頭，見吳楚楚朝她走了過來。

說來也是遺憾，周翡自小磕磕絆絆地跟在她身邊長大，沒享受過什麼溫情，天生也不是會撒嬌討好的性情，李瑾容對她來說，與其說是母親，其實更像是個值得敬仰和挑戰的前輩，永遠少了那一種母女間的親密，時過境遷，周翡也大了，現在想補是補不回來了。

這幾年，四十八寨內有李晟，外有周翡，中間還有個比猴還精的端王殿下，李瑾容不再需要事事操心，現如今，她人過中年，兩鬢生了華髮，年歲漸長，脾氣漸消，對吳楚楚尤其有耐心，因為她同周翡年紀相仿，李瑾容對她多少有一點移情。

「幾時回來的？」李瑾容原地等了她片刻，淡淡地問，「劍閣之行順利嗎？」

「劍閣的守門人本來不見外人，幸虧有大當家的信，」吳楚楚同她說話從不拘謹，笑盈盈地回道，「我還以為趕不上中秋了，誰知在洞庭碰上了阿妍，蹭著行腳幫的車隊，居然還提前了幾天，趕上秀山堂的大事了呢，看得我也想上去試試，不知道能拿到幾朵紅紙窗花。」

李瑾容不以為意：「妳要修《武典》，一年到頭四處奔波，不見得趕得上，不過要是有空，倒可以去找阿翡比劃比劃，要是能在她手下走上十來招，秀山堂的紅紙窗花可以隨便拿。」

吳楚楚笑道：「您這話要是肯當著阿翡的面說，她說不定有多高興。」

李瑾容一擺手：「那丫頭這點隨了我，不知謙遜為何物，沒人誇她，自己都狂起來沒邊，要是再給她兩句好話，只怕要蹬鼻子上天，還是算了。」

吳楚楚好奇道：「阿翡當年過秀山堂，拿了幾朵紅紙窗花？」

李瑾容：「兩朵。」

吳楚楚一呆：「啊？」

李瑾容好像想起了什麼有趣的事，眼角浮起淺淺的笑紋：「不過有一朵是從我手上拿去的。」

吳楚楚眼角抽了抽，感覺這確實像是周翡能幹出來的事，她想了想，又問道：「那大當家呢？」

李瑾容一愣。

（三）

「李師姐，師叔回來了，叫妳去……」

十七歲的李瑾容充耳不聞，手中長刀去勢不改，當空劈下，凌厲的刀風一分為二，旁邊的古樹「簌簌」發抖，木葉紛紛落下，斷口乾淨俐落，好似被利器割開，跑來的弟子倏地剎住腳步，前襟「呲啦」一聲，竟被一丈遠的刀風撕了一個三寸來長的口子。

李瑾容最討厭別人打擾她練刀，看也不看來人一眼，沒好氣道：「吵什麼，煩不煩！」

自從她被她爹教訓一通負氣離去後，李徵還沒來得及追上來囉嗦，就不知因為什麼，突然離開了四十八寨，一走走了月餘沒有消息，李瑾容這幾天總是莫名心慌，正難得有些牽掛，就聽說那老東西回來了。

剛回來就來找她麻煩。

李瑾容怒氣衝衝地收了刀，瞥了旁邊噤若寒蟬的報信的一眼：「在哪？我家還是長老堂？」

「在……在秀山堂。」

李瑾容愣了愣——那時，四十八寨還沒有「秀山堂摘花」的傳統，更沒有小弟子不出師不得下山的規矩，秀山堂也不是什麼考場。只不過那邊地方夠大，裝得下人，各門派新舊掌門交替、同門之間理念不合鬧分家、大人物拜師或清理門戶等會有很多人圍觀的場合，一般在那辦得開。

李瑾容心裡有點七上八下，因為懷疑她爹是吵架吵不過她，打算要將她逐出家門。

剛一到秀山堂，她就覺出了不對，只見那蒼松翠柏中圍出來的空地上站滿了人，放眼望去，四十八寨各大門派裡拿得出手的長輩幾乎來齊了，聽見動靜，人山人海地齊刷刷回頭看向她，饒是李瑾容膽大能包天，也不由得摸不著頭腦地起了一身雞皮疙瘩。

李徵背對著她，一個長個子長得手腳頗不協調的少年侍立在側，正是平日裡打掃秀山堂的小弟子馬吉利。數月不見，李徵好像變得陌生了——李瑾容愕然發現，他瘦了一圈，單薄的後背竟有些直不起來。

馬吉利見她來，先是客客氣氣地喚了一聲「師姐」，隨後雙手將窄背長刀遞給李徵，從懷中摸出一張剪裁精緻的紙窗花，縱身一躍，輕巧地上了樹，將那窗花掛在了李徵身後那大樹枝上，繼而默不作聲地退到一邊。

李瑾容一頭霧水，問道：「爹，這是要做什麼？」

李徵應聲轉身，李瑾容陡然一驚，只見他一身風塵尚未卸下，面色憔悴得幾近印堂發黑，竟是帶了難掩的病容。再怎麼生氣也是親爹，李瑾容便忙問道：「爹，你怎麼了，受傷了嗎？」

李徵不回答，掂了掂他掌中的刀，緩緩說道：「瑾容，破雪刀，妳和爹走的不是一個路數，我已經沒有什麼能指點妳了。」

李瑾容一臉不明所以。

李徵淡淡地說道：「拔妳的刀，今日妳要是能越過我，取到樹上的紙花，妳就可以出師成人了。」

李瑾容不明白李徵為什麼這時候要她出師，更不明白這種「家務事」為什麼要請這麼多人來圍觀，然而李徵已經根本不容她細想，當頭一刀便劈了下來。

他整個人都有些病懨懨的，然而在揮出窄背刀的一瞬間，便已經彷彿超脫了肉體，難以言喻的壓力毫無保留地向李瑾容當頭壓過來，正是破雪刀「山」字訣！

李徵刀如其人，最是中正平和、處處留有餘地，時常讓人忘了他是冠絕天下的「南刀」，然而山壁立千仞，一朝傾倒，便是穹廬壓頂、避無可避。李瑾容從來不知道她那嘮叨又瑣碎的父親手中長刀竟是這樣的，她自以為鋒銳到了極致，一時竟不敢硬接，倉促避開，被綿延不休似的勁力掃過，胸口發悶，冷汗已經下來了。

李瑾容一直承認李徵比她強，卻總是將他當成一個總有一天能擊敗、能趕上的目標，然而就在這一瞬間，她竟有了一絲小小螻蟻仰望不周高山的錯覺——

鋒銳盡碎。

李徵分毫也不讓她，幾不可聞地低聲道：「瑾容，妳不是說要打斷我的刀嗎？來，讓我瞧瞧妳的刀鋒。」

話音沒落，第二刀已經橫掃而至，李瑾容避無可避，只能提刀硬抗，「嗆」一聲，她手腕巨震，險些拿不住自己的刀，整個人險些跟著一起飛出去。一陣厲風劃過，樹葉瀟瀟，她抬頭瞥見樹梢上的紙窗花。此時秀山堂中分明擠滿了人，周遭卻是一點動靜也沒有，他們全都神色凝重地看著她，那些目光沉甸甸地壓在她身上，像藏著蜀中的十萬大山。

李瑾容分神只有一瞬，李徵第三刀已經逼至眼前，她實在退無可退，手中刀身蜂鳴不止，只能重新站穩，強提一口氣接招。

兩把長刀狹路相逢，不過三招，李瑾容半個臂膀已經沒有了知覺。

李徵道：「妳要是認輸，爹會停下。」

李瑾容，若無可戰勝之敵在前，妳當如何？

對面持刀的是她親爹，總不會真的一刀殺了她，就是不敵退避又能怎樣呢？以天下第一刀之鋒，試一個初出茅廬的少女，本就十分荒謬，認輸一點也不丟人，畢竟她才十七歲。

無數念頭在近乎浩瀚的刀光劍影中竊竊私語，李徵將李瑾容隨身佩刀的刀尖撞出了一條裂口，這把刀不是那天在長老堂中被他折斷的便宜貨，是她及笄（注1）時，李徵親自去求了蓬萊陳大師所做，一把不折不扣的寶刀，寶刀可以傳世，倘若不是功力相差懸殊，絕不會輕易折斷。

李徵神色不變，又語氣平平地問道：「妳認輸嗎？」

妳認輸嗎？

李瑾容，倘若身後有退路千條，條條寬闊通天，唯有前路孤獨，佈滿風刀霜劍，妳會走嗎？

妳會順風而退嗎？

妳知道趨利避害，尋一條更輕鬆的活法嗎？

李瑾容，如果世道逼妳孤注一擲，妳這一生，所求者為何？

破雪刀九式三道，哪一條是妳的道？

少女在父親凌厲的刀鋒下，幾乎折成了兩半，堪堪躲過李徵一道「不周風」，她卻突然做出了反擊，手中斷刀刀尖向下，驀地揚起一道沙土，於難以想像之地醞釀出了一刀「斬」，義無反顧、自下而上地撞上李徵的刀，宛如蚍蜉撼樹——

蚍蜉撼樹，螳臂當車。

精衛銜微木，刑天舞干戚（注2）。

本就裂開的刀尖忍無可忍，又斷一截，李瑾容腳下踉蹌半步，順勢別過手腕，刀背撞向李徵身後的樹幹，人和古木都是狠狠一震，各自彈開，她勉強站穩，樹枝上沾的露水劈

注1：笄，髮簪。古代女子年滿十五歲而束髮加笄，表示成年。後世遂稱女子適婚年齡為「及笄」。

注2：陶淵明《讀山海經》：「精衛銜微木，將以填滄海。刑天舞干戚，猛志固常在。」

頭蓋臉地掉了她一頭一臉，順著不甚平整的雙眉流入鬢角。李瑾容的手微微有些哆嗦，她努力站穩了，再提起刀，仍是「斬」字訣的起手式。

「我的道是『無匹』。」李瑾容心道，那些竊竊私語聲轟然湮滅。

李徵突然上前，趕盡殺絕一般，再次逼她拿著那柄斷刀來戰，李瑾容不退反進——一刀，她從手腕到肩頸一線彷彿被刀劈開似的疼，冷汗糊滿了後脊樑骨。

兩刀，那本可傳世的寶刀再碎一截，隨著她旋身卸力，刀片直接插進了樹椿裡。

李瑾容驀地借著拔不出來的刀片往上一躍，李徵卻一掌拍在了樹幹上，要將她生生震下來，李瑾容在他出手的一瞬間就縱身而下，只剩下不到一半長的刀光如天河之水般傾瀉而下，一刀分海！

李徵的刀尖劃過一個近乎完美的圓弧，在目力所不及之下，一瞬間連出三刀，第四刀撞飛了李瑾容的刀，第五刀直指她持刀的手，李瑾容的虎口頓時撕開，再也拿不住斷刀，斷刀脫手而出，第六刀又至！

這一刀殺機凜冽地斬向吊在空中的李瑾容，李瑾容卻不躲不閃，抬手向刀口撞了上去，李徵一驚，立刻便要撤力，不料撞上了鐵物——她手指中間還夾著一片斷刃。

李瑾容力已竭，整個人順著李徵的平推之力，重重地撞在了身後的古木上，李徵一愣，卻見那狼狽的少女突然抬起頭衝他一笑——原來方才那一撞將樹梢上掛著的紅紙窗花震了下來，正好落在她手邊。

「爹，」她靠著樹，跪在一堆廢銅爛鐵之間，裂開的指縫間隙裡夾著一枚窗花，被血染得鮮紅一片，「我拿到了。」

那一刻李徵居高臨下地看著她，眉宇間閃爍的是年少氣盛的女孩看不懂的複雜神色。

他想，為什麼不肯認輸呢？

十七年來，他看著他的小女兒從一丁點大的繈褓嬰兒，長成了一個齊整的大姑娘，知道她脾氣不太好，功夫還不錯，將來不管嫁給誰，總不至於受人欺負，世道再亂，她也有活路。將來綰髮成家、生兒育女，平心靜氣地過上幾十年，兒孫滿堂，說不定還能闖出一份不大不小的家業。

可她不肯，她在眾目睽睽之下，義無反顧地亮出了她的無悔無匹之道。

那麼恐怕逼不得已，她註定要做這個不得好死的英雄了。

（四）

「妳帶人去金陵，找阿存，讓他把這封信轉給梁相爺，切記不可耽擱。」

那日李瑾容從秀山堂出來，隔日就被她爹一腳踹出蜀中——李徵交給她一封信，也不說清楚是什麼事，只命她帶人立刻趕往金陵。

除了信，李徵還將自己的刀給了她，那窄背刀的刀柄摩挲得油光水滑，是李徵帶在身邊多年的心愛之物。

李瑾容一路將要離開蜀中，依然不明就裡，這夜疾行趕路到三更方才在山頭上紮寨休息，李瑾容環顧周遭，暗自算了算，發現四十八寨中，青年一輩裡勉強能拿得出手的，幾乎全跟著她出來了。

李瑾容很不明白這安排有什麼深意，送封信而已，她既不是不認得金陵，也不是不認得周以棠，一人來去東西，倘若快馬加鞭，往返不過月餘光景，為什麼要弄得這樣興師動眾？

緊跟在她旁邊的便是那日在秀山堂中掛窗花的馬吉利，馬吉利頗為乖覺，最擅察言觀色，見她目光掃過來，立即上前道：「師姐，什麼事？」

李瑾容問道：「我爹讓你們跟著我，還交代了別的嗎？」

馬吉利道：「未曾，只是各家師父長輩囑咐過，說出門在外，讓我們一切聽師姐吩咐。」

李瑾容心不在焉地應了一聲，覺得有些不對，這些後輩們集體被打發出來，不像辦事，倒像避禍，李瑾容想起李徵發烏的臉色，心裡打了個突。她摸了摸隨身的小包裹，將李徵那封寫給梁紹的親筆信摸了出來，拿在手裡，她反覆端詳片刻，然後在馬吉利的驚呼中，大逆不道地將封信的火漆直接摳開了。

馬吉利失聲道：「師姐，這是密信！」

李瑾容擺擺手：「我知道是密信，我又沒偷看，我光明正大的看，梁相爺要問起，就說是我拆的，少囉嗦。」

馬吉利是十來歲才入蜀的，稱呼李瑾容作「師姐」，只是謙卑尊重而已，其實比她還要年長一些，以前跟她不太熟，不知道李大小姐竟離經叛道到了這種地步，一時間瞠目結舌。李瑾容卻已經抽出李徵的信看了起來。

剛開始她還只是好奇，三行掃過，李瑾容的臉色就不對了，馬吉利是個規矩人，自然不肯打探長輩們不告訴他的事，這會見她面色驟變，也不知當問不當問，正在他猶豫時，李瑾容猛地站了起來，前不著村後不著店道：「我要回去。」

馬吉利：「什……」

不遠處一聲尖銳的鳥鳴聲打斷了他的話音，眾人同時抬頭望去，只見跑到前面探路的李瑾鋒快馬加鞭地掉頭回來：「姐，前面有火光，好像不對勁。」

李瑾容他們都是土生土長的蜀中人，從小騎馬在山間跑慣了的，出山自然抄了本地人才熟悉的近道，並未走谷底官道，是從山腰上過來的，此時居高臨下往那官道上一看，只見遠處火光點點，連成了一片，像是有大隊人馬在那裡安營紮寨。

有人情不自禁地壓低聲音道：「這得有上千人吧？是什麼人？」

李瑾鋒瞥見她拆開了密信火漆，便問道：「爹的信上都說了什麼？」

李瑾容不答，往身後掃了一眼，點了幾個人，吩咐道：「你們幾個跟我過去看看，其他人就地隱匿，等我消息，先別露出形跡。」

眾青年——因為都打不過她，本能地屈從了李瑾容。李瑾容很快帶人靠近了火光來源處，仔細一看，心裡便是一沉，「上千」說得少了，林中少說有三四千位，都是披甲執銳之人，生火巡邏有條不紊，錯落成陣，彷彿是來者不善。

馬吉利突然面露驚駭之色。

李瑾容：「怎麼？」

馬吉利：「甲……他們穿的甲叫做墨龍甲，李師姐，這些是北人的兵！」

李瑾容面色陡然一緊：「你確定？」

馬吉利惶惶地轉向她：「師姐，我全家都是被這些北狗害死的，我被他們一路追殺到蜀中，我……」

他方寸大亂，語無倫次，可惜這時候眾人都無暇聽他講悲慘身世，不等他說完，便紛紛六神無主地炸起鍋來。

李瑾鋒忙問道：「姐，怎麼辦？」

李瑾容還沒來得及開口，突然，一簇極亮的煙火在不遠處上了天，那強光晃得人一陣眼花繚亂，有人低聲驚呼道：「是寨中的傳訊煙花！」

隨即，一聲尖銳的呼哨自西南山壁間響起，雨點似的鐵箭趁著強光未褪落入北軍陣中，一時間，刀兵聲、慘呼聲、叫喊聲，無端而起，層層聲浪，在狹窄的山谷中被放大了無數倍，竟有山呼海嘯之勢。

「咱們的埋伏……」李瑾鋒下意識地要上前查看，被李瑾容一把按住肩頭。

這埋伏發動得太巧合了，李瑾容覺得這些伏兵簡直就像是事先知道他們會和北軍狹路相逢在此，掐著他們來時，早在這裡等著給他們清障！

這時，人眼開始從強光中恢復，很快就有人遠遠認出了那長驅直入殺進敵陣中的人，領頭的正是乾元派的宋掌門。

李瑾容聽見耳畔一聲驚呼：「師父！」

正是乾元派的宋曉非。

宋掌門一生未曾成家，門下諸多弟子都是他收養的孤兒，個個都隨他的姓，視如己出地養大，宋曉非眼見鬚髮花白的師父闖入人山人海的北軍中，想也不想，大叫一聲，便直接跟著衝了出去。

馬吉利一把沒拉住人：「宋師兄！」

眾人一時間全都去看李瑾容，李瑾容手心佈滿了冷汗，幾乎浸染到冰涼的刀柄中，血與火在她瞳孔中彙聚，拼成了李徵的字跡——

「……我將不久於人世，然生死有命，富貴在天，死得其所，並無怨憤。」

她突然舉起長刀：「砍人沒學過嗎？看什麼看，跟我上！」

四十八寨事先在此地打下的埋伏已經同驟然遭襲的北軍短兵相接，充作信號的煙火尚未落下，李瑾容便催馬越過宋曉非，帶人從高處鋼刀似的插入北軍陣中——她從未打過仗，但是刀法卓絕，因此好似有種本能，將自己當作刀尖，銳不可當地一馬當先。北軍雖然人多勢眾，但若論單打獨鬥，尋常兵將無論如何也不是武林高手的對手，因方才四十八寨的突然襲擊，整個北軍被牽制到一線，此時沒料到側翼遭襲，李瑾容一路切瓜砍菜似的長驅直入，跟著她的青年們順著她這一條血路收割起兩側試圖湧上來的兵將，北軍一時無法合圍，像是被豁開了一條堵不住的傷口！

就在這時，一聲長嘯自北軍中升起，當頭撞來，李瑾容內息翻滾，持刀的手竟是一滑。她尚且如此，四十八寨那些根基淺薄的年輕弟子更不必說，有幾個甚至給當場震下了馬，隨即，只見一個文士模樣的男子提一把摺扇，帶著一夥黑衣人自北軍隊伍中突然冒出來，那「文士」直奔李瑾容，李瑾容一刀架上了對方的摺扇，「嗆」一聲響，摺扇有些狼狽地在那男人手裡轉了一圈，李瑾容手腕有些麻，雙方各退一步。

李瑾容倒提寶刀，問道：「是北斗嗎？你是北斗的誰？」

那「文士」聽了，衝她一笑：「不才，在下谷天璇。這位姑娘刀法好生了得，卻是個生面孔，敢問是何方神聖？」

李瑾容打聽出了對方來歷，卻絲毫不理會什麼動手之前通報姓名的江湖規矩，當下嗤笑一聲：「你算哪根蔥！管得著嗎！」

話音沒落，她手中長刀已經化作不周風，上來就打，幾乎快成了殘影，谷天璇認得厲害，只好接招，與她你來我往地交起手來，同時，李瑾容身後的年輕一輩精英全都陷入了北斗黑衣人裡，可黑衣人並非北軍，乃是北斗的私屬，個中高手不少，而且配合得當、手段卑鄙，哪裡是初出茅廬的年輕人們抵擋得了的！

不過片刻，他們便陷進了黑衣人裡，優勢盡失。方才被李瑾容長刀撕開了一條裂口的北軍迅速合攏，將這幫不知天高地厚的後生們圍堵起來。北斗巨門僅次於貪狼沈天樞，為人陰險狡詐，武功又高，毒殺李徵、圍困四十八寨之計便是他一手策劃，誰知南刀果然不凡，身中「纏絲」，還能在他們北斗四人的圍攻中絲毫不露敗相，且戰且退地遛了他們數百里，重傷北斗兩人，誘殺黑衣人三百多，唯有谷天璇見風跑得快，轉身投奔北朝大軍，堪堪留下了碩果僅存的這麼一支黑衣人。此時，與李瑾容交手不過三招，他便認出了李家的破雪刀。

谷天璇心道：聽說李徵有個女兒，莫不就是她？

再打眼一掃李瑾容身後眾人，見這些人應付北斗黑衣人手忙腳亂，全是嘴上沒毛、辦事不牢之輩，全然不聽四十八寨的伏兵調配，盡是瞎打，谷天璇登時明白過來——四十八寨必然已經是強弩之末，死到臨頭，想把這些後輩送出去。

這可真是踏破鐵鞋無覓處，得來全不費工夫，谷天璇心裡一喜，叫道：「留下他們！」

李瑾容此時已經意識到自己錯了，她方才被火氣和仇恨沖昏了頭，仗著功夫好，貿然闖入兩軍陣前很是不妥，可此時聽見對方這麼一句，她那已經冷靜下來的火氣登時又上了頭：「你說留下就留下嗎！」

這一句話的光景，她手中長刀已與谷天璇過了七八招，一刀重似一刀，谷天璇和李徵交過手，自然知道這小女孩的破雪刀多有不及，卻不料輕視之心未起，已經隱隱有招架不住的意思！

就在這時，李瑾容身後有馬嘶聲長鳴，緊接著，有人驚叫道：「師姐！」

李瑾容一刀蕩開谷天璇，側身回頭，見不少四十八寨的小弟子已經被三五成群的北斗黑衣人斬落馬下，狼狽得東躲西藏，不少都掛了彩，她竟一時分辨不出方才那一嗓子是誰叫喚的。

谷天璇再怎樣也是北斗巨門，方才見她年紀小，一時輕敵才落了下風，哪裡容得她這樣分神，耳畔厲風打來，李瑾容下意識矮身避開，誰知那谷天璇卻不知從什麼地方摸出了一把雷火彈，在兩人錯身而過的瞬間，朝她擲了過去。

李瑾容時常從蜀中溜出去玩，不是沒見過江湖上下三濫的手段，只是沒見過谷天璇這樣的高手使這種手段，險惡的小球氣勢洶洶地對著她面門打來，李瑾容一刀切了三枚，第四枚卻無論如何也避不開了——前三個雷火彈中途被她打出去，在半空中炸開，她那不爭氣的馬驚了。

那馬猛地往上一仰，李瑾容驟然失去平衡，漏網的雷火彈直接杵向她胸口！

李瑾容心道：壞了！

突然，旁邊一股大力襲來，電光石火間，有人橫出一掌，愣是將她從馬背上拍了下去。李瑾容猝然回頭，竟是宋掌門不知什麼時候衝到她身邊，雷火彈在馬背上炸開，那馬慘叫一聲，前蹄高高提起，瘋了似的踏入北軍陣中，李瑾容這才注意到，方才往另一個方向去的四十八寨伏兵竟又殺了回來。

透過血與火，她訥訥地叫了一聲這位被她以下犯上過的前輩：「宋師叔……」

宋掌門那張總是樂呵呵的臉上傷痕與汙跡遍佈，已經看不出底色，透露出前所未見的堅毅，隔著瘋馬，他回手將三個北斗黑衣人送上西天，衝她打了個手勢：「我護送你們，往東南走！」

廣　告　回　函
北區郵政管理登記證
台北廣字第000791號
郵資已付，免貼郵票

104台北市民生東路二段141號11樓

英屬蓋曼群島商家庭傳媒股份有限公司城邦分公司 收

請沿虛線對摺，謝謝

奇幻基地

每個人都有一本奇幻文學的啟蒙書

奇幻基地官網：http://www.ffoundation.com.tw
奇幻基地粉絲團：http://www.facebook.com/ffoundation

書號：**1HO080**　　　書名：有匪4（大結局）：挽山河

請於此處用膠水黏貼

奇幻基地

讀者回函卡

謝謝您購買我們出版的書籍！請費心填寫此回函卡，我們將不定期寄上城邦集團最新的出版訊息。

姓名：________________　　性別：□男　□女

生日：西元________年________月________日

地址：________________

聯絡電話：________________傳真：________________

E-mail ：________________

學歷：□1.小學　□2.國中　□3.高中　□4.大專　□5.研究所以上

職業：□1.學生　□2.軍公教　□3.服務　□4.金融　□5.製造　□6.資訊

□7.傳播　□8.自由業　□9.農漁牧　□10.家管　□11.退休

□12.其他________________

您從何種方式得知本書消息？

□1.書店　□2.網路　□3.報紙　□4.雜誌　□5.廣播　□6.電視

□7.親友推薦　□8.其他________________

您通常以何種方式購書？

□1.書店　□2.網路　□3.傳真訂購　□4.郵局劃撥　□5.其他

您購買本書的原因是（單選）

□1.封面吸引人　□2.內容豐富　□3.價格合理

您喜歡以下哪一種類型的書籍？（可複選）

□1.科幻　□2.魔法奇幻　□3.恐怖　□4.偵探推理

□5.實用類型工具書籍

您是否為奇幻基地網站會員？

□1.是□2.否（若您非奇幻基地會員，歡迎您上網免費加入，可享有奇幻基地網站線上購書75折，以及不定時優惠活動：http://www.ffoundation.com.tw/）

對我們的建議：________________

____

____

請於此處用膠水黏貼